D1994945

IHR ALIEN-PRINZ

Die Gefährtinnen der Voxeraner #1

PRESLEY HALL

Kapitel 1

Charlotte

In zehn Sekunden werde ich die Erde verlassen. *Gott sei Dank.*

Mit wild pochendem Herzen prüfe ich die Gurte, mit denen ich an meinem Sitz festgeschnallt bin. Ich habe vergangene Nacht kein Auge zugetan und mich im Bett herumgewälzt, bis mein Wecker schließlich um sechs Uhr geklingelt hat. Als eine der wenigen Zivilisten, die von der US-Regierung auserwählt wurden, um zum ersten Mal mit Außerirdischen in Kontakt zu treten, bin ich mir der Tatsache bewusst, dass ich kurz davorstehe, Geschichte zu schreiben.

Die Foreigner II ist ein riesiges Raumschiff, das drei Stockwerke hoch und wie ein Pfeil geformt ist – hinten breiter und vorne spitz zulaufend. Ich konnte nicht anders, als es voller Ehrfurcht anzustarren, als ich heute Morgen angekommen bin, um an Bord zu gehen, und jetzt, kurz vor dem Start, mischt sich meine Ehrfurcht mit Adrenalin und Nervosität.

Die Stimme, die aus den Lautsprechern über unseren Köpfen ertönt, zählt die Sekunden herunter, ihr Klang wird jedoch fast vollständig von dem Hämmern meines Herzens in meinen Ohren übertönt.

»Fünf.«

Das Schiff bebt.

»Vier.«

Ich schließe meine Augen nicht.

»Drei.«

Jeder Start birgt Risiken.

»Zwei.«

Wir könnten sterben.

»Eins. Start.«

Das Raumschiff vibriert immer stärker und die Wucht unseres Starts drückt mich in den Sitz. Mein Blick schweift zu den anderen Passagieren in diesem Teil des riesigen Raumschiffs, die alle genau wie ich angeschnallt sind.

»Heilige Scheiße. Heilige Scheiße. Okay. Okay ... Nein, nein, nein, es ist alles gut. Es ist alles in Ordnung. Es ist sicher. Sehr, sehr sicher.« Die Frau neben mir murmelt mit zugekniffenen Augen vor sich hin. »Das Schiff ist in Ordnung. Es wird nicht auseinanderfallen. Alien-Technologie. Gute Technologie. Gutes Material. Völlig sicher. Oh, verdammt.«

Ihr Gemurmel entlockt mir fast ein Lächeln. Ich glaube, sie will sich damit trösten und beruhigen, als wäre es ein Mantra. Aber offenbar funktioniert es nicht. Mit jedem Wort scheint sie sich einer ausgewachsenen Panikattacke zu nähern.

Ich überlege, wie ich ihr helfen könnte, sich zu entspannen – obwohl ich selbst nicht vollkommen ruhig bin.

»Hey!«

Ich muss über das Dröhnen der Motoren hinweg schreien. Die Augen der Frau öffnen sich und sie dreht ihren Kopf ein wenig, um mich anzuschauen. Ihre Augen sind so weit aufgerissen, dass ihre Wimpern ihre Augenbrauen berühren und ihre Pupillen sind so groß, dass fast nichts mehr von ihrer hellgrauen Augenfarbe zu sehen ist.

»Was ist der Unterschied zwischen einer Hellblonden und einer Dunkelblonden?«, rufe ich. Ich habe keine Ahnung, warum mir ausgerechnet diese Frage einfällt.

Die Augen der Frau werden noch größer, dann runzelt sie die Stirn. »*Was?*«

»Eine Hellblonde und eine Dunkelblonde! Was ist der Unterschied?«

Das Schiff ruckelt, und anstatt meine dumme Frage zu beantworten, schreit sie.

Es ruckelt erneut. Dieses Mal schreie *ich*, ebenso wie fast alle anderen in der Kabine. Bei der nächsten Erschütterung kommt mir fast mein Frühstück hoch.

Und dann ist plötzlich alles still.

Wieder ertönt eine Stimme durch die Lautsprecher. »Wir haben die Mesosphäre durchbrochen und befinden uns nun in der Thermosphäre. In einer Minute und zwölf Sekunden werden wir in die Exosphäre eintreten. Die Flugbahn ist optimal, die Tarnvorrichtungen sind vollständig aktiviert. Bitte verlassen Sie Ihre Plätze erst, wenn das rote Licht über der Tür grün wird.«

Ich schaue die Frau neben mir an. Sie erwidert meinen Blick. »Die Dunkelblonde ist nicht ganz so hell«, flüstere ich.

Einen Moment lang antwortet die Frau nicht. Sie blinzelt mich an, ihr Gesicht ist immer noch vor Schreck erstarrt. Dann beginnt sie zu lachen. Es ist weniger ein freudiges als vielmehr ein leicht verrücktes Lachen – aber ich nehme an, dass wir *alle* ein wenig verrückt sein müssen, dieser Mission zugestimmt zu haben.

»Geht es Ihnen gut?«, frage ich, als ihr Kichern erstirbt.

Die Frau sackt mit geröteten Wangen auf ihrem Sitz zusammen. »Ja. Das wird schon.« Ein kleines Lächeln umspielt ihre Mundwinkel und sie hebt eine Augenbraue. »Ach, und übrigens ... Das war der schlechteste Witz, den ich je gehört habe.«

Ich zucke mit den Achseln. Es *ist* ein schrecklicher Witz. Mein Mann hat ihn mir einmal vor langer Zeit erzählt, als zwischen uns noch alles in Ordnung war und noch keines seiner Geheimnisse ans Licht gekommen war.

»Aber er hat sie abgelenkt«, gebe ich zurück. »Also hat er seinen Zweck erfüllt.«

Sie atmet lautstark aus und lächelt schief. »Stimmt. Vielen Dank dafür. Ich hätte nicht erwartet, dass ich so ausflippen würde. Ich meine, ich bin *Ärztin*, um Himmels willen. Ich sollte besser mit angespannten Situationen umgehen können. Ich kann meine Hand im Operationssaal ruhig halten, kein Problem. Aber das hier? Es hat sich wie das erste Mal angefühlt, als ich Achterbahn gefahren bin, nur tausendmal schlimmer.«

Ich kichere. »Wem sagen Sie das? Nachdem ich die Erdatmosphäre in einem Alien-Raumschiff verlassen und überlebt habe, um die Geschichte erzählen zu können, werde ich mich nie wieder über Flugreisen beschweren.«

Ihre grauen Augen blitzen amüsiert, woraufhin sie sich

unbeholfen auf ihrem Sitz umdreht und mir eine Hand entgegenstreckt. »Dr. Elizabeth Banfield.«

Ich ergreife ihre Hand. »Charlotte Navarro.«

»Oh!« Ihre Augenbrauen schießen in die Höhe. »Ich dachte mir schon, dass Sie mir bekannt vorkommen. Sie sind Joseph Navarros Frau, richtig? Der Senator von Illinois?«

Ich lasse ihre Hand los und nicke. Es überrascht mich nicht, dass sie mein Gesicht kennt. Nicht alle Ehepartner von Politikern werden bekannt, aber Joseph und ich haben nach seinem Skandal eine Menge Presse bekommen.

Wenn der eigene Mann in einem Hotelzimmer mit einem Escort-Boy fotografiert wird, lassen die Medien dieses Thema nicht so schnell ruhen.

Die ganze Sache hätte seine Karriere fast zu Fall gebracht. Ich habe eingewilligt, bei ihm zu bleiben, bis er all das durchgestanden hat, und habe weiterhin die Rolle der liebevollen Ehefrau gespielt, damit er als Starpolitiker weiter aufsteigen konnte. Aber wir wissen beide, dass es nur vorgetäuscht ist. Vielleicht ist das einer der Gründe, warum ich mich für diese Mission beworben habe, und einer der Gründe, warum er seine Beziehungen spielen lassen hat, damit ich angenommen werde. Wir brauchen eine Pause von der Lüge, die wir gelebt haben.

Elizabeth erwähnt den Sexskandal nicht, genauso wenig wie ich. Vielleicht weiß sie auch nichts davon, obwohl sie schon hinter dem Mond gelebt haben müsste, um die Schlagzeilen nicht zu lesen. So oder so, ich bin dankbar, als sie den Moment verstreichen lässt.

Ein lautes Klicken hallt in der Kabine wider, gefolgt von einem schrillen Piepton. Als ich nach oben schaue, ist das rote Licht über der Tür von Rot auf Grün umgesprungen. Die Stimme über uns ertönt, klar und deutlich.

»Die künstliche Schwerkraft wurde aktiviert. Sie können Ihre Sicherheitsgurte lösen. Sie werden benachrichtigt, wenn wir uns in etwa zwölf Tagen unserem Ziel nähern. Wir bitten Sie, sich jetzt in den Ihnen zugewiesenen Kabinen einzufinden.«

Ich öffne die Schnallen an den Riemen über meiner Brust und stehe auf. Mit eingeschalteter künstlicher Schwerkraft fühlt sich das Stehen völlig natürlich an.

Auch Elizabeth steht auf und streckt sich. Sie hat eine elegante Ausstrahlung und ist etwas größer als ich, ihr hellbraunes Haar ist zu einem straffen Pferdeschwanz zusammengebunden, der ihr zwischen die Schultern fällt.

Es überrascht mich nicht, dass sie Ärztin ist. Abgesehen vom Kapitän und der Besatzung, die natürlich aufgrund ihrer Raumfahrt-Erfahrung ausgewählt wurden, sind alle anderen aufgrund der Kenntnisse an Bord der Foreigner II, die sie in die Mission einbringen können. Jeder von uns verfügt über bestimmte Fähigkeiten, die uns bei unserem ersten Kontakt mit außerirdischen Spezies hoffentlich hilfreich sein werden.

Es sind Ärzte, Forscher, Wissenschaftler und Ingenieure an Bord. Meine Ausbildung als Sprachforscherin kommt mir im Vergleich zu den Fähigkeiten und Kenntnissen einiger dieser Leute ein wenig erbärmlich vor, aber ich erinnere mich daran, dass sie bestimmt nützlich sein wird.

Die anderen Passagiere beginnen, die Sitzkabine zu verlassen, und Elizabeth und ich folgen ihnen. Die Korridore sind breit und kühl, der Gang ist mit Gummi ausgelegt. Das Innere des Schiffes wurde so sorgfältig umfunktioniert, dass ich fast vergesse, dass ich mich in einem Raumschiff befinde, das ursprünglich von Außerirdischen entworfen und gebaut wurde.

Die Foreigner II ist vor mehr als zehn Jahren auf der Erde abgestürzt. Als die Regierung die Absturzstelle fand, hat sie das Schiff versteckt. Erst nach vielen Jahren und einer Investition von Milliarden von Dollar war es wieder einsatzfähig. Unsere Mission ist streng geheim. Die Medien haben nicht darüber berichtet, und niemand von uns durfte öffentlich darüber sprechen. Neben anderen fortschrittlichen außerirdischen Technologien, mit denen das Schiff bereits ausgestattet war, verfügt es über eine Tarnvorrichtung, die verhindert hat, dass unser Start von internationalen Satelliten erfasst wird.

Mehrere Personen gehen mit Elizabeth und mir den Flur entlang, während wir uns auf die Rückseite des Schiffes zubewegen. Alle wichtigen Mitarbeiter des Raumschiffs erkennt man an ihren kastanienbraunen Overalls, und es sind einige.

Nach mehreren Minuten Fußmarsch biegen wir rechts in einen Korridor mit einer leuchtenden Acht ein, die auf einen leuchtenden Überbau gemalt ist.

»Das ist meine Kabine.« Ich zeige auf die zweite Tür auf der linken Seite. »Kabine acht-null-drei.«

Ihr Gesicht beginnt zu strahlen. »Oh, was für ein schöner Zufall. Wir sind Nachbarinnen. Ich wohne in acht-null-fünf.«

Ich grinse sie an. Es ist schön, ein freundliches Gesicht in der Nähe zu haben.

Als Elizabeth zu ihrer Kabine geht, tippe ich den Code auf dem Eingabefeld meiner Tür ein. Die Tür gleitet zur

Seite und ich trete ein. Sie ist größer, als ich erwartet hatte. Die Einrichtung ist schlicht und karg – es gibt nur ein kleines Bett, eine Kommode und einen Spiegel – aber es reicht, und mein Gepäck steht bereits auf dem Boden neben dem Bett. Aber was meine Aufmerksamkeit *wirklich* fesselt, ist das Fenster. Eigentlich nicht so sehr das Fenster selbst, sondern die Aussicht, die es bietet.

Es ist wunderschön.

Atemberaubend.

Hypnotisierend.

Ich merke nicht einmal, dass ich mich bewege, bis ich direkt davorstehe. Ich umklammere die kleine Fensterbank und blicke in den dunklen Raum dahinter. Alles, was ich sehen kann, sind Sterne, die in der Ferne wie Edelsteine leuchten.

Heilige Scheiße.

Ich fliege durch den Weltraum. Es ist real. Es geschieht wirklich.

Ich lasse alles hinter mir, was ich kenne, und begebe mich auf unbekanntes Terrain.

Kapitel 2

Charlotte

WÄHREND DER NÄCHSTEN Tage gewöhnen wir uns alle langsam auf dem Schiff ein und entwickeln eine entspannte Routine. Für alle, die nicht zur Besatzung gehören, gibt es auf dem Raumschiff nicht viel zu tun, also verbringe ich viel Zeit in meiner Kabine und lese sprachwissenschaftliche Zeitschriften auf meinem Tablet.

An unserem vierten Tag im Weltraum wache ich etwas später auf als sonst. Das Licht wird zwar heller und dann wieder gedimmt, um Morgen und Abend zu simulieren, aber ohne richtiges Sonnenlicht verliere ich trotzdem mein Zeitgefühl.

Ich ziehe einen Morgenmantel über mein violettes Nachthemd, lasse meine Füße in meine Lieblingspantoffeln gleiten und wünsche mir, ich hätte ein Paar Hausschuhe eingepackt. Die Böden auf diesem Schiff fühlen sich irgendwie immer kalt an.

Als ich gerade dabei bin, mein Bett zu machen, höre ich

ein Klopfen an der Tür. Ich gehe hinüber und drücke den Knopf auf der kleinen Tafel daneben. Auf der anderen Seite steht Elizabeth und ich runzle die Stirn, als ich sie sehe. Sie wirkt zittrig und nervös und ihr Blick huscht immer wieder zum Korridor.

»Hey, Elizabeth. Was gibt's?«

Sie fasst mich am Arm, zieht mich zu sich und murmelt mir ins Ohr. »Ich habe etwas gesehen. Etwas wirklich Merkwürdiges. Ich zweifle schon an meinem Verstand, weil ich denke, was ich denke. Bitte, sieh es dir an!«

Bevor ich etwas erwidern kann, dreht sie sich um und beginnt, mich hinter sich her durch den Flur zu ziehen. Ich schüttle den Rest meiner Müdigkeit ab, während ich mich beeile, mit ihren langen Schritten mitzuhalten und versuche, meinen Morgenmantel über meinem Nachthemd festzuhalten.

»Warte! Elizabeth, mach langsam«, zische ich mit leiser Stimme. Obwohl ich keine Ahnung habe, was vor sich geht, gibt mir ihr seltsames Verhalten das Gefühl, dass wir lieber keine Aufmerksamkeit auf uns lenken sollten.

»Beeil dich«, erwidert sie.

Mein Magen zieht sich vor Nervosität zusammen. Ich kenne Elizabeth noch nicht lange, aber nach dem Start sind wir schnell Freundinnen geworden und ich habe sie noch nie so gesehen. Sie sieht nicht so verängstigt aus wie damals, als wir die Erdatmosphäre verlassen haben. Jetzt wirkt sie eher aufgewühlt und ... verärgert.

Ich sage nichts. Stattdessen erhöhe ich meine Geschwindigkeit und laufe neben ihr her, während ich versuche, zu verhindern, dass meine Fantasie mit mir durchgeht. Während wir durch die gewundenen Korridore und einige Treppen hinunterlaufen, gehe ich in Gedanken verschiedene Möglichkeiten durch. Es könnte alles sein, und bis auf ihren offensichtlichen Handlungsdruck hat Elizabeth mir keinerlei Hinweise darauf gegeben, was los ist.

Schließlich verlangsamt sie ihre Schritte ein wenig. Ihr Griff um meine Hand wird fester, als wir eine große Tür durchqueren. Die Tür ist in die Wand eingelassen und steht offen, und ich frage mich, ob das so sein soll.

Aber als wir weiter in den Raum hineingehen, vergesse ich die Tür völlig.

Wir stehen in einem riesigen Raum tief im Inneren des Schiffes. Er ist gewaltig und lang, mindestens halb so lang wie das ganze Schiff. Im ganzen Raum sind im Abstand von wenigen Metern Kapseln in ordentlichen Reihen angeordnet.

Und in jeder befindet sich ein Körper.

Ich blinzle, während mein Herz vor Schreck einen Schlag aussetzt. »Wer ... wer sind all diese Menschen?«

Elizabeth hält meine Hand immer noch fest. Anstatt zu antworten, läuft sie weiter und zieht mich weiter in den riesigen Raum hinein.

Es muss sich um eine Art Besatzung handeln, denke ich. *Vielleicht sind sie eine Art Ersatzcrew? Aber warum sind sie in diesen Kapseln? Schlafend?*

Wir kommen zwischen zwei der Kapseln zum Stehen. Ich weiß nicht, ob sie von Menschen oder Außerirdischen entworfen wurden, aber sie sehen aus wie eine Art Kryogenbehälter. Stase-Kapseln. Etwas in der Art.

Aber wozu sind sie da?

Elizabeths Gesicht ist blass. Sie schluckt schwer, bevor sie spricht und ihr Blick wandert durch den Raum und trifft schließlich meinen.

»Ich werde dir etwas sagen«, sagt sie ernsthaft. »Und du musst unvoreingenommen bleiben. Ich habe es erst nicht geglaubt, aber nachdem ich *das hier* gesehen habe ...«

Sie deutet auf die Hunderten von Kapseln, die uns umgeben und mir rutscht das Herz in die Hose.

»Was?«, dränge ich. »*Was* geglaubt? Was ist hier los?«

Sie schüttelt den Kopf. »Ich weiß es nicht genau. Aber ich bin ein bisschen im Raumschiff spazieren gegangen, weil ich ein wenig Bewegung gebraucht habe und den Kopf freibekommen wollte. Gestern habe ich gehört, wie sich einige Besatzungsmitglieder über etwas Seltsames unterhalten haben.«

»Inwiefern seltsam?«

»Sie haben davon gesprochen, etwas im Frachtraum zu überprüfen und haben dieses Etwas immer wieder als ‚sie' bezeichnet. Ich bin einfach davon ausgegangen, dass es sich um eine Terminologie handelt, mit der ich nicht vertraut bin – so wie Schiffe manchmal ‚sie' genannt werden, so was in der Art. Aber sie haben darüber gesprochen, wie wertvoll die Fracht ist, wie wichtig. Und einer von ihnen hat ein Wort gesagt, das ich nicht kenne. Orkun, oder so.«

»Und du denkst, diese...« Ich deute auf unsere Umgebung. »Diese Frauen sind die *Fracht*?«

Elizabeths Stimme wird tiefer. »Ja. Ich glaube, sie sind für den Handel bestimmt. Wir werden zum ersten Mal Kontakt mit Außerirdischen herstellen, und ich glaube, jemand auf der Erde dachte, dass es besser laufen würde, wenn wir etwas anzubieten hätten.«

»Scheiße.«

Mein Magen zieht sich zusammen und ich blicke zu der Kapsel, die mir am nächsten ist. Die Frau darin ist jung. Ende zwanzig, vielleicht. Hübsch. So wie alle Frauen um sie herum.

Und es sind *ausschließlich* Frauen.

Scheiße! Hat Elizabeth recht?

»Wir sollten es jemandem sagen«, flüstere ich, wobei ich mir kaum der Tatsache bewusst bin, dass ich spreche, während ich das Mädchen in der Kapsel neben mir betrachte. Sie sieht so friedlich aus, nichts ahnend, was um sie herum vor sich geht.

»Ja.« Elizabeths Stimme ist angespannt. »Aber *wem*? Und wer weiß davon?«

»Lass uns gehen«, sage ich heiser. »Wir müssen von hier verschwinden.«

Wir müssen überlegen, was zum Teufel wir unternehmen sollen, und wir können auf keinen Fall hierbleiben und darüber diskutieren. Ich drehe mich schnell um und mache mich auf den Rückweg durch das Meer aus Kryokapseln. Elizabeth folgt mir durch die Tür, aber als wir den Korridor betreten, bleibe ich wie angewurzelt stehen.

Scheiße.

Zwei Männer kommen auf uns zu. Besatzungsmitglieder, ihren kastanienbraunen Overalls nach zu urteilen.

»Was geht hier vor?« Der größere Mann sieht mich mit zusammengekniffenen Augen an. »Sie sollten nicht hier unten sein. Keine von Ihnen.«

Der andere Mann wirft einen Blick auf die offene Tür und sein Kiefer spannt sich an. Plötzlich kommt mir die unangenehme Erkenntnis, dass diese beiden braun gekleideten Männer nicht einfach nur Besatzungsmitglieder sind. Sie sind *Wachen.*

Und sie wissen, dass wir gerade etwas gesehen haben, das wir nicht sehen sollten.

»Sie müssen mit uns kommen«, sagt der Große mit harter Stimme. »Der Kapitän wird mit Ihnen sprechen wollen.«

»Gut.« Ich versuche, das Zittern aus meiner Stimme zu verbannen, während sich Wut und Angst in meiner Brust vermischen. »Denn ich glaube, ich würde auch gerne mit *ihm* sprechen.«

Mein Magen fühlt sich plötzlich an, als sei er voller Zement, als uns die beiden Männer in ihre Mitte nehmen und die Treppe hinauf in einen Mitarbeiterkorridor führen. Ich kenne den Weg nicht, den wir gehen, aber mein Orientierungssinn ist gut genug, um zu wissen, dass wir zum Hauptteil des Schiffes zurückkehren.

Der Kapitän wird mit uns sprechen wollen? Heißt das, er weiß davon?

Ich öffne den Mund, um den Wachmann vor mir zu fragen, zu versuchen, *irgendetwas* von ihm zu erfahren, aber bevor ich etwas sagen kann, bebt das Schiff unter mir.

Wir bleiben alle stehen, und meine Beine verkrampfen sich, während ich versuche, das Gleichgewicht zu halten.

Dann ertönt plötzlich ein Alarm, laut und schrill. Das Schiff kippt zur Seite, sodass wir alle vier an die Wand taumeln, bevor das laute Ächzen von Metall an meine Ohren dringt.

»Verdammt.« Der Wachmann vor uns sieht seinen Kameraden mit großen Augen an. »Was zum Teufel ist das?«

»Keine Ahnung. Wir sollten uns besser auf dem Kommandodeck melden. Lass uns die beiden erst mal einsperren.«

In der Ferne sind Rufe und Schreie zu hören, die den Alarm übertönen, und ich kann nicht sagen, was vor sich geht. Sind wir gegen etwas geflogen? Werden wir angegriffen?

Das Schiff neigt sich erneut und die Wachen stolpern ein wenig, während sie uns in einen kleinen Raum abseits des Hauptkorridors bringen. Er hat Ähnlichkeit mit der Kabine, in der wir während des Starts gesessen haben, nur dass es in diesem Raum anstatt der langen Sitzreihen in der Hauptkabine nur einige wenige Plätze gibt.

Sie stoßen uns hinein, bevor sie sich umdrehen und den Flur entlangrennen, als sich die Tür schließt.

»Warten Sie!« Elizabeth drückt auf das Tastenfeld, doch es passiert nichts. Panisch hämmert sie an die Tür »Hey! Sie können uns nicht einfach hier zurücklassen!«

Das Schiff wackelt, und mir wird übel. Gegenüber von der Tür ist ein kleines Fenster in die Wand eingelassen, das groß genug ist, um mir einen Blick auf das Geschehen draußen zu ermöglichen.

Ich möchte wegschauen, aber ich kann nicht.

Vor uns befindet sich ein wirbelnder Strudel aus Farbe und Licht, der einen starken Kontrast zur Schwärze des Weltalls bildet. Und wir bewegen uns direkt darauf zu.

Als Elizabeth an der Tür aufgibt, dreht sie sich um und folgt meinem Blick.

»Heilige Scheiße!« Ihr heiserer Schrei ist durch den schrillen Alarm kaum zu hören. »Ist das ein *Wurmloch*?«

Oh Gott.

Ist es das?

»Die Sitze!« Ich reiße mich aus meinem Zustand schockierter Benommenheit, zerre Elizabeth von der Tür weg und stoße sie auf einen der hart gepolsterten Sitze. »Schnall dich an! Schnell!«

Dann lasse ich mich mit wie verrückt zitternden Händen auf den Sitz neben ihr fallen und befestige rasch die Gurte über meinem Oberkörper und meiner Taille . Der Strudel vor dem Fenster wird immer größer, als wir uns nähern, und ich schließe die Augen, als die wirbelnden Farben alles andere in den Hintergrund zu drängen scheinen.

Als wir in das Wurmloch eintreten, fühlt sich jeder Knochen in meinem Körper an, als würde er zusammengepresst werden. Dann habe ich das Gefühl, als würde ich von meinen Atomen auseinandergezogen werden. Und dann fühle ich mich seltsam schwerelos, als hätte mein ganzer Körper aufgehört, zu existieren.

Es ist, als befände man sich auf drei verschiedenen Achterbahnen gleichzeitig, die alle in verschiedene Richtungen fahren. Ich glaube, ich würde mich übergeben, wenn ich wüsste, wo mein Magen ist.

Ich habe keine Ahnung, wie lange wir uns in dem Wurmloch befinden, aber als wir es schließlich wieder verlassen, bebt mein ganzer Körper. Die Lichter des Schiffes flackern.

Der Alarm schrillt immer noch und meine Nackenhaare stellen sich auf.

Dann, genauso schnell wie das Wurmloch aufgetaucht ist, wird vor dem Fenster etwas anderes sichtbar.

Ein Planet.

Es ist keiner, den ich je zuvor gesehen oder über den ich

auf der Highschool oder am College etwas gelernt habe. Ich sehe das wirbelnde Weiß der Wolken und die grünen und blauen Flecken, die Land und Wasser sein müssen, aber der Planet, auf den wir zurasen, ist ganz sicher nicht die Erde.

Die Kontinente haben vollkommen andere Formen. Außerdem ist er von einem massiven Ring umgeben, ähnlich wie der Saturn.

»Alarm. Alarm. Unbekannter Druck. Linker Haupttriebwerkskopf beschädigt. Alarm. Unbekannter Druck. Bitte suchen Sie Schutz.«

Das Schiff bebt so stark, dass meine Sicht verschwimmt. Der Planet vor dem Fenster kommt näher.

Zu nah.

So nah, dass ich nichts anderes sehen kann.

Wir werden sterben.

Der Lärm ist unerträglich und das Schiff dreht sich zu schnell von links nach rechts, als dass ich begreifen könnte, was vor sich geht. Ich höre, wie Metall auf Metall trifft. Der grün-blaue Planet ist so nah, dass ich den Ring nicht mehr sehen kann, und dann stelle ich entsetzt fest, dass wir *durch* ihn *hindurchfliegen* und dabei von jedem einzelnen Stein getroffen werden.

»Alarm. Schubdüse eins beschädigt. Alarm. Schubdüse drei beschädigt. Alarm. Sauerstoffabfall in Sektor vierzig. Alarm. Suchen Sie sofort Schutz. Alarm. Erhöhte Sturzgeschwindigkeit. Alarm. Auf Aufprall vorbereiten.«

Die Zeit kriecht förmlich dahin.

Meine Ohren füllen sich mit einem Dröhnen, wie ich es noch nie zuvor gehört habe. Mein Herz hämmert gegen meinen Brustkorb, mein Magen dreht sich, und dann –

Dunkelheit.

Kapitel 3

Droth

ZAYRE UND RATH sitzen auf im Hauptraum meiner kleinen Behausung dem Boden und unterhalten sich leise, während sie eine Jagdstrategie ausarbeiten.

Von Zeit zu Zeit taucht einer von ihnen seinen Schreibstab in den Tintenbecher und zeichnet ein Muster auf die weiche Tierhaut, die vor ihnen liegt.

Ich knie gegenüber von ihnen auf dem Boden, während ich sie bei der Arbeit beaufsichtige und ihnen Hilfestellung anbiete, wenn nötig – nicht, dass sie meine Hilfe noch oft bräuchten. Die Zeiten, in denen sie Schwierigkeiten hatten, Formationen und Zahlen zu verstehen, sind vorbei. Mit einundzwanzig beziehungsweise zweiundzwanzig Jahren sind sie alt genug, um eine Jagd zu koordinieren.

Dennoch sind sie noch nicht ganz so weit, um auf eigene Faust loszuziehen. Zayre hat immer noch Probleme mit seinen Angriffsstrategien, und Rath ist immer noch unterdurchschnittlich darin, sich aus Formationen zurückzuziehen, die seine Flanke offenlassen würden. Der eine ist zu vorsichtig, der andere stürzt sich zu schnell in Gefahren.

Eigentlich hätte ihr Vater, Xondr, auf meinem Platz sitzen und seine Söhne bei ihrem Werdegang zu echten Voxeranern begleiten sollen. Er hätte sie das Wissen unseres Volkes lehren sollen. Aber meinetwegen ist Xondr tot, und deswegen ist es meine Pflicht, dafür zu sorgen, dass seine fast erwachsenen Söhne mit dreiundzwanzig Jahren ihre zweite Volljährigkeit erreichen.

Fast hätte ich das Tintenfässchen umgeschüttet, das ich in der Hand halte, als die Ruhe in unserem Dorfes durch einen krachenden Lärm unterbrochen wird. Mir gegenüber verschüttet Zayre sein Fässchen tatsächlich. Es wird noch eine Weile dauern, bis seine Glieder seinem Kriegerinstinkt gehorchen werden, deshalb schelte ich ihn nicht für seine Reaktion. Rath wirft ihm einen Blick zu, woraufhin Zayre errötet und das Fässchen schnell wieder aufrichtet.

Aber ich habe es bereits vergessen.

Ich stehe auf und durchquere meine kleine Hütte. Dann öffne ich die Tür und trete hinaus ins Sonnenlicht.

Nichts rührt sich im Lager. Jaro und Axen, zwei meiner zuverlässigsten Männer, stehen am Lagerfeuer und ich gehe instinktiv auf sie zu.

Sie wenden ihren Blick nicht vom Himmel ab. Ebenso wenig wie ich.

Meine Männer und ich leben seit fünf Jahren auf diesem Planeten. Wir haben schon öfter Schiffe auf Nuthora ankommen gesehen und gehört – alle paar Monate schickt der Sonnenrat eine neue Gruppe von Gefangenen.

Aber dieses hier ist anders.

Dieses Schiff steuert nicht durch die Lüfte, es stürzt ab.

Es ist weit weg, sodass die riesige Gestalt aus der Entfernung trügerisch klein erscheint. Als es über den Himmel rast, wird mir klar, dass das Schiff in zwei Teile gebrochen ist. Das Schiff muss das Ringsystem getroffen haben, das Nuthora umkreist, und zerbrochen sein, als es durch die Felsen und Trümmer gestürzt ist.

Die beiden Hälften entfernen sich immer weiter voneinander, je näher sie dem Boden kommen und hinterlassen riesige Rauchwolken. Sie sind so weit weg, dass es schwierig ist, zu erkennen, wo genau sie landen, aber ich kann sehen, dass sie sehr weit voneinander entfernt sind.

»Slanch«, flucht Jaro leise, den Blick in den Himmel gerichtet.

Ich empfinde ein gewisses Mitleid mit den Kreaturen im Schiff, aber es verschwindet so schnell, wie es gekommen ist. Nur ein erfahrener Pilot würde es schaffen, durch die Ringe zu fliegen, und wie es scheint, hatte dieses Schiff nicht das Glück, einen solchen an Bord zu haben.

Zumindest werden die Passagiere vermutlich alle tot sein und stellen somit keine Bedrohung für uns dar.

Auf einem Gefängnisplaneten wie Nuthora werden Neuankömmlinge nicht gerade mit offenen Armen empfangen.

Das letzte Mal, als ein Schiff eine Ladung Gefangener in unserem Quadranten abgesetzt hat, hatten wir monatelang mit Hinterhalten und Plünderern zu kämpfen. Wir haben zwei Männer an die Angreifer verloren, bevor es uns gelungen ist, sie in die Flucht zu schlagen, und sie auf der Suche nach leichterer Beute in andere Gebiete weitergezogen sind.

»Ich werde die Gegend absuchen«, murmelt Axen und

sieht mich an. Seine blaugrünen Augen sind zusammengekniffen und seine Muskeln sind angespannt, als würde er sich für einen Kampf bereitmachen.

»Nicht nötig«, grunzt Jaro und verschränkt die Arme. »Die sind alle tot. Obwohl wir wahrscheinlich zur Absturzstelle gelangen könnten, bevor sich die Plünderer darauf stürzen. Bestimmt ist irgendwas zu retten.«

Jaro ist immer darauf aus, irgendetwas zu erbeuten. Und ich kann es ihm nicht verübeln. Diese Fähigkeit, mit allen Mitteln um die kleinsten Dinge zu kämpfen, hat uns schon mehr als einmal wertvolle Ressourcen eingebracht.

Axen denkt über Jaros Worte nach, bevor er sich mir zuwendet. »Soll ich eine Truppe losschicken, mein Prinz?«

Bei seinen Worten spannen sich meine Schultern leicht an. Ich habe meinen Männern gesagt, dass sie mich einfach Droth nennen sollen, solange wir auf diesem Planeten sind, aber alte Gewohnheiten sind schwer abzulegen. Dabei bin ich kein Prinz mehr.

Auf Vox hat meine königliche Abstammung etwas bedeutet.

Aber hier?

Wovon soll ich an diesem trostlosen, gefährlichen Ort Prinz sein?

Ich ignoriere Axens Versprecher und denke über seine Frage nach. Je nachdem, wie schwer das Schiff beim Absturz beschädigt wurde, besteht die Chance, dass wir in dem Teil des Wracks, das in unserer Nähe gelandet ist, etwas Lohnenswertes finden könnten.

Aber es ist das Risiko nicht wert.

Ich habe dank meiner unklugen Entscheidungen in der Vergangenheit zu viele gute Krieger verloren, und ich werde den gleichen Fehler nicht noch einmal machen. Wir haben alles, was wir brauchen – nach mehr zu suchen wird uns nur Probleme machen.

»Ich werde darüber nachdenken«, sage ich. »Macht in der Zwischenzeit mit den Perimetern weiter.«

Rath und Zayre sind hinter mir aus der Hütte nach draußen getreten. Ich kann die eifrige Neugierde, die von ihnen ausgeht, regelrecht riechen, als sie die Rauchwolke einatmen, die von der Absturzstelle in unserer Nähe aufsteigt. Ich will sie nicht an den hohen Mauern vorbeilassen, die unser Dorf schützen. Aber, wenn ich es nicht tue, werden sie hinter meinem Rücken gehen und, ihrem Alter entsprechend, irgendetwas Dummes anstellen, so viel ist klar.

»Nimm die Jungblüter mit«, sage ich zu Axen. Ich werfe einen Blick über meine Schulter deute mit dem Kinn in ihre Richtung. »Nehmt eure Waffen. Und tut, was Axen euch sagt.«

Mit lautem Gejubel eilen die beiden jungen Männer zu ihrer Gemeinschaftshütte, um ihre Speere zu holen.

»Ich kümmere mich darum«, verspricht Axen. Ich nicke und sehe zu, wie mein bester Krieger davonmarschiert, um die Patrouillen zusammenzurufen.

»Du weißt, wo du mich findest«, murmelt Jaro, bevor auch er weggeht.

Als ich allein bin, blicke ich zum Horizont und den Rauchschwaden, die in der Ferne über den üppigen grünen Bäumen aufsteigen.

Zwischen meinen Rippen macht sich ein seltsamer Schmerz bemerkbar und ich reibe mir gedankenverloren über die nackte Brust, den Blick immer noch auf die Spuren des abgestürzten Schiffes gerichtet.

Das Gefühl in meiner Brust breitet sich weiter aus und ich atme tief ein, während mein Herz immer schneller schlägt. Ich kann nicht genau sagen, was dieses Gefühl ist, aber es ist seltsam. Ungewöhnlich.

Ich verspüre eine Unruhe in meinem Bauch, die mich zum Handeln drängt. *Dazu ... irgendetwas zu tun.* Ich bin hungrig, aber es ist kein normaler Hunger.

»Droth?«

Kzuris Stimme reißt mich aus meiner Träumerei und ich schüttle mich und konzentriere mich wieder auf die Gegenwart. Der größere Mann steht in meiner Nähe, das Ende seines Speers ist auf den Boden gerichtet und er hat den Kopf leicht zur Seite geneigt. Er sagt nichts – er war noch nie ein Mann der großen Worte – aber sein Gesichtsausdruck ist neugierig und ein wenig besorgt.

»Mir geht es gut«, sage ich zu ihm.

Und so ist es auch. Welcher Bann auch immer mich im Griff hatte, ist verschwunden.

Vielleicht werde ich nie erfahren, was es war.

Kapitel 4

Charlotte

Vor meinen geschlossenen Augenlidern brennt ein Licht.

Ich blinzle und zucke zusammen, als der Schmerz in meinen Schläfen pocht. Es dauert einige lange Momente, bis die Welt sich nicht mehr dreht und ich wieder scharf sehen kann.

Die Helligkeit, die mich aufgeweckt hat, ist das Sonnenlicht, das durch die Überreste eines zerbrochenen Fensters strahlt. Der gesamte Gang vor mir ist zerstört. Das Metall ist in sich zusammengefaltet und einige der Sitze sind aus ihrer Halterung gerissen worden.

Oh Gott!

Das Schiff.

Wir sind abgestürzt.

Plötzlich fällt mir alles wieder ein und ich reiße den Kopf so schnell hoch, dass es sich anfühlt, als würde mein Gehirn in meinem Schädel rasseln.

Neben mir ist Elizabeth, sie ist bewusstlos. Ihr Kopf ist

zur Seite geneigt, sodass ich ihr Gesicht nicht sehen kann, aber ich kann einen dunklen, roten Fleck auf ihrer Schläfe und in ihrem Haar erkennen. *Scheiße!*

Ihre Brust hebt und senkt sich aber zumindest. Sie ist nicht tot. Noch nicht.

»W-wach auf. E ... Elizabeth ...«

Meine Stimme ist schwach und heiser und ich kämpfe gegen die Gurte an, die mich festhalten. Ich muss zu meiner Freundin gelangen, ich muss ihr irgendwie helfen. Ich bin zwar keine Ärztin, aber ich muss etwas tun.

Ich strecke meine zitternden Hände aus und mache mich an den Schnallen zu schaffen. Mein Kopf tut immer noch weh, aber ich bin mir des Schmerzes kaum noch bewusst. Ich spüre nichts mehr, bis auf den brennenden Drang, mich zu bewegen, zu handeln, *etwas zu tun.* Als sich die Gurte endlich lösen, stelle ich mich auf meine wackligen Beine und stolpere zu Elizabeth hinüber.

Sie ist immer noch ohnmächtig, und für mein ungeschultes Auge scheint sie bis auf die Wunde an ihrem Kopf unverletzt zu sein. Vorsichtig berühre ich die Wunde und suche nach der Öffnung, finde aber nur einen langen, dünnen Schnitt, der nur oberflächlich zu sein scheint. Wahrscheinlich ist sie nur durch den Schock ohnmächtig geworden.

Das hoffe ich zumindest.

So schnell ich kann schnalle ich Elizabeths Gurte ab. Sie kippt nach vorne aus dem Sitz und ich fange sie auf, bevor sie auf dem Boden aufschlagen kann. Leider sind meine Beine im Moment etwa so stark wie nasse Handtücher. Als ich versuche, sowohl ihr Körpergewicht als auch mein eigenes zu halten, knicken sie unter mir ein und ich lande in einer sitzenden Position auf dem Boden, während Elizabeth mir unbeholfen in den Schoß fällt.

Mit einem Stöhnen bewegt sich Elizabeth und zieht die Augenbrauen zusammen. Mein Herz hüpft. Ich lache schluchzend, während mir die Tränen über die Wangen laufen – wir sind verdammt nochmal am Leben. Ich halte sie immer noch fest und drücke ihren Körper an meinen, woraufhin sie erneut stöhnt und blinzelnd die Augen öffnet.

»Charlotte?« Sie sieht mich mit einem leicht benommenen Blick an, als könnte sie nicht ganz glauben, dass ich echt bin. »Wir sind ... am Leben?«

»Ja, wir haben es geschafft.«

»Scheiße.«

Ich lache erneut, obwohl unsere Situation keinerlei Anlass dafür bietet. Ich lache, weil mein Adrenalinspiegel immer noch so hoch ist, dass mein Körper nicht weiß, was er tun soll, außer gleichzeitig zu lachen und hysterisch zu weinen.

»Ich glaube … du bist vielleicht verrückt.«

Elizabeth setzt sich auf und eine weitere Welle der Erleichterung durchströmt mich. Ihre Bewegungen und der klare Blick in ihren Augen scheinen meine ursprüngliche Vermutung zu bestätigen – bis auf den kleinen Schnitt an ihrem Kopf hat sie keine größeren Verletzungen erlitten. Keine schweren inneren Verletzungen und kein Schädel-Hirn-Trauma.

Gott, wir hatten beide so verdammt viel Glück.

»Kannst du gehen?« Ich rapple mich auf, ziehe Elizabeths Arm über meine Schulter und sie lehnt sich an mich.

»Ja.« Sie atmet schwer und verzieht das Gesicht. »Gib mir eine Minute, ich bin noch ein bisschen neben der Spur.«

Während ich schweige und ihr einen Moment gebe, um sich zu sammeln, begreife ich zum ersten Mal, dass es *mir* vielleicht nicht gut geht.

Ich fühle mich … seltsam.

Alles um mich herum ist scharf und klar. Mein Kopf pocht immer noch an der Stelle, wo ich ihn mir während des Absturzes angeschlagen haben muss, und doch fühle ich mich gut. Sogar besser als gut. Seltsam konzentriert.

Das muss an dem übermäßigen Adrenalin liegen, das durch meinen Körper schießt. Ich konnte schon immer gut mit Krisen umgehen, und diese Instinkte kommen jetzt an die Oberfläche und verdrängen alles andere, damit ich funktionieren kann.

Aber ich glaube, dass es mir körperlich gut geht. Und ich weiß, was Elizabeth und ich tun müssen.

»Wir müssen andere Überlebende finden«, murmle ich. »Falls es welche gibt.«

Sie nickt, richtet sich ein wenig auf und nimmt damit einen Teil ihres Gewichts von meiner Schulter. »Lass uns gehen.«

Ihre Härte und Entschlossenheit bestätigen mir nur noch einmal, warum ich sie mag. Ich lege allerdings trotzdem einen Arm um sie, da ich nicht riskieren will, dass sie stürzt und sich erneut den Kopf anschlägt.

Zum Glück steht die Tür des Raumes offen. Vielleicht hat es während des Absturzes einen Kurzschluss gegeben. Wir gehen durch die Tür und den Hauptkorridor entlang. Am Ende, wo er sich nach rechts und links teilt, erkenne ich ein helles Licht, wahrscheinlich die Sonne, die den Korridor erhellt.

Mein ohnehin schon rasender Puls beschleunigt sich noch mehr. »Oh, Scheiße …«

»Los. Los.« Elizabeth nimmt ihren Arm von meinen Schultern und stützt sich an der Wand ab, während sie so schnell wie möglich weiterläuft. Auf ihr Drängen hin bewege ich mich schneller und sprinte den ganzen Weg bis zum Ende des Korridors.

Dort angekommen bleibe ich abrupt stehen.

Ich kann nur dastehen und nach links und rechts blicken, wo beide Seiten des Korridors völlig weggebrochen sind. Sonnenlicht hüllt mich ein und ich hebe eine Hand, um meine Augen zu schützen.

Beide Korridore haben zu Passagierkabinen geführt. Sie sind verschwunden, und so wie es aussieht, ist auch die gesamte hintere Hälfte des Schiffes verschwunden. Ich trete an den äußersten Rand des Korridors, wo das Metall zerbrochen ist, zerrissen von der Kraft dessen, was uns getroffen hat, während wir durch diesen Ring geflogen sind. Ich kann immer noch den Ring über mir sehen, wie er sich über den Himmel wölbt. Ich hätte ihn als schön empfunden, wenn ich nicht aus erster Hand erfahren hätte, wie tödlich er ist.

Aufgrund der Größe des Schiffes und der Art und Weise, wie dieser Teil auf dem Boden aufgeschlagen ist, liegen ungefähr drei Stockwerke unter uns. Es wäre ein tiefer Fall bis zum Boden, und als ich über den Rand schaue, dreht sich mir der Magen um.

Vor mir erstreckt sich der zerklüftete Weg, den sich dieser Teil des Schiffes durch das dichte Blattwerk des Waldes gebahnt hat. Einige Bäume sind komplett entwurzelt oder gespalten, andere scheinen zu qualmen.

»Wir müssen irgendwie da runter. Hier.«

Elizabeths Stimme lässt mich zusammenzucken. Ich habe gar nicht mitbekommen, dass sie mich bereits eingeholt hat.

Ich sehe zu, wie sie in die Hocke geht und sich mit einem dicken Metallkabel in der Hand wieder aufrichtet. Sie wankt zum Rand des weggerissenen Korridors und wirft das Kabel über den Rand. Dann setzt sie sich hin und beginnt, an dem Kabel herunterzuklettern, als wäre es ein Seil.

Mein Herz hämmert, während ich nervös zuschaue und hoffe, dass sie sich schon genug von dem Absturz erholt hat, um das zu tun. Aber sie klettert selbstsicher nach unten, wobei sie die zerrissenen Kanten des Schiffs nutzt, um Halt für ihre Füße zu suchen. Als sie den Boden erreicht und das Kabel loslässt, folge ich ihr.

Ich hatte recht. Das Schiff scheint in zwei Hälften gebrochen zu sein, und von hier unten kann ich sehen, dass die zweite Ebene ausschließlich aus Spulen und Pumpen besteht.

Was ich auf der dritten Ebene, dem Boden des Schiffes, sehe, veranlasst mich jedoch dazu, wieder loszurennen. Elizabeth muss inzwischen genauso im Adrenalinrausch sein wie ich, denn sie taumelt nicht mehr hinter mir her. Tatsächlich überholt sie mich beinahe, als wir beide über die grasbewachsene Lichtung sprinten.

Neben dem zerrissenen Schiff liegen Kapseln. Mehr als ein Dutzend, mindestens, vielleicht sogar zwei Dutzend. Sie müssen sich bei unserem Absturz gelöst haben. Die restlichen Kapseln, die im Boden des Schiffes angebracht gewesen waren, sind durch das Gewicht des Schiffes völlig zerquetscht worden. Darin gab es bestimmt keine Überlebenden. Aber die Kapseln auf dem Boden sind noch intakt.

Als wir die erste erreichen, schaue ich hinein. Alles sieht normal aus. Das Mädchen, das darin liegt, scheint zu schlafen. Nichts sieht beschädigt aus.

Elizabeth drückt ihr Gesicht an das Glas, bevor sie schreit: »Sie lebt!«

Sie fängt an, an der verschlossenen Tür der Kapsel zu kratzen und ich eile zu ihr, um zu helfen. Ich schiebe meine Finger in den Spalt der Tür, aber das Netz, das die Kapsel luftdicht verschließt, gibt nicht nach.

»Scheiße. Sie wird bald keinen Sauerstoff mehr haben!«, keucht Elizabeth, während ihre Finger über den glatten Behälter kratzen.

Ich verdopple meine Anstrengungen und versuche, meine Fingerspitzen unter die Dichtung zu schieben. Ich biege, drücke und ziehe, aber es ist, als würde ich versuchen, mit bloßen Händen eine Autotür aufzubrechen. Es gibt nichts, woran ich mich festhalten kann.

»Es funktioniert nicht. Scheiße.«

Elizabeth flucht, tritt zurück und wischt sich die Hände an der Hose ab. Dann wendet sie sich plötzlich von der Kryokapsel ab und sucht das Gras um uns herum ab. Sie gibt einen triumphierenden Laut von sich, joggt ein paar Meter weiter und bückt sich dann, um einen fußballgroßen Stein aufzuheben.

Sie trägt ihn mit beiden Händen zur Kapsel, dort angekommen hebt sie den Stein hoch und lässt ihn rasch nach unten schnellen, um damit auf das Glas einzuschlagen.

»Was machst du da?«, platze ich schockiert hervor. »Wir wissen nicht, wie diese Dinger aufgehen. Sie könnte sterben, wenn du die Kapsel zerbrichst!«

»Wenn ich sie *nicht* zerbreche, stirbt sie sowieso.« Sie

sieht auf und begegnet meinem Blick. Ihr Haar ist immer noch blutverkrustet und sie blickt grimmig drein. »Jetzt, da die Kapseln nicht mehr mit dem Schiff verbunden sind, verlieren sie Sauerstoff. Ich weiß nicht, welche Protokolle befolgt werden müssen, um jemanden aus dem Kryoschlaf zu holen. Aber wir haben keine andere Wahl.«

Ich zögere, mein Herz hämmert.

Sie hat recht.

Diese Frauen könnten so oder so sterben, aber wenn wir das Glas zerschlagen, besteht zumindest eine gewisse Chance, sie zu retten.

Schnell suche ich nach etwas, das ich als Knüppel verwenden kann. Ich finde ein Stück eines schweren Rohres, das in der Nähe im Gras liegt, und hebe es auf.

Mit zitternden Händen schlage ich mit dem Rohr gegen das Glas, an derselben Stelle, die Elizabeth bereits getroffen hat, und es entsteht ein großes Loch im Deckel der Kryokapsel.

Aus dem Inneren dringt ein dumpfes Stöhnen und mein Herz setzt einen Schlag aus. Meine Beine fühlen sich wie gelähmt an.

Geht es der Frau da drin gut? Stirbt sie?

Kapitel 5

Charlotte

Elizabeth greift durch das große Loch, das wir in die Glasfront der Kapsel geschlagen haben. Auch ich beuge mich vor, schaue hinein und beobachte, wie ihre Finger den Hals der Frau finden und nach einem Puls tasten. Sie wischt ein paar Glasscherben weg und öffnet dann die Augenlider der schlaftrunkenen Frau.

»Was…?«

Die Stimme der Frau ist schwach, aber das scheint Elizabeth zu reichen. Meine Freundin blickt zu mir auf und nickt heftig.

»Es geht ihr gut. Oder zumindest den Umständen entsprechend. Brich die anderen Kryokapseln auf. Los, los!«

Ich sprinte zur nächsten Kapsel und schwinge das Rohr mit aller Kraft. Es sind drei Versuche nötig, aber schließlich gelingt es mir, ein Loch ins Glas zu schlagen. Im Inneren der Kapsel regnen Scherben auf ein junges, hübsches Gesicht herab.

Ich schiebe meine Hände durch das zerklüftete Loch und wische das Glas vorsichtig von der bleichen Haut des Mädchens.

Genau wie bei der Frau in der anderen Kapsel öffnen sich ihre Augen nach einem Augenblick, ihr Blick ist benommen und unfokussiert und ihre Augen sind so groß und blau, dass sie fast wie die einer Puppe aussehen. Als sie mich direkt anschaut, bin ich mir nicht sicher, ob sie mich tatsächlich sieht. Sie nimmt einen tiefen Atemzug, und als sie ausatmet, stöhnt sie leise.

Hinter mir ertönt das Geräusch von zerbrechendem Glas, als Elizabeth sich ebenfalls an die Arbeit macht. Wir müssen schnell handeln, wenn wir all diese Frauen retten wollen, bevor ihnen der Sauerstoff ausgeht.

Ich streiche dem blonden Mädchen noch etwas Glas aus den Haaren. Ihre Augen werden immer klarer, und ich sehe, wie sich Panik in ihrem Gesicht breitmacht.

»Alles in Ordnung«, sage ich zu ihr, wobei ich versuche, so zu tun, als wäre es keine offensichtliche Lüge. »Es ist alles gut. Du bist jetzt in Sicherheit, ich werde dich da rausholen.«

»Lass mich raus!«

Das Mädchen beginnt sich zu wehren und streckt die Hände aus, um sich gegen das Glas der Kapsel zu stemmen. Als sie mich ansieht, ist ihr Blick wild und verwirrt.

»Okay«, verspreche ich ihr. »Das werde ich. Hör einfach auf, dich zu bewegen, okay? Sonst tust du dir noch weh. Ich hole dich raus.«

Wenn ich herausfinde, wie.

»Da ist ein Hebel an der Innenseite!«, schreit Elizabeth, als hätte sie meine Gedanken gelesen.

Ich brauche eine Sekunde, um den Hebel zu finden, von dem sie spricht, aber kaum habe ich ihn gefunden, löst sich der obere Teil der Kapsel vom unteren. Ich hebe den Deckel an und schiebe ihn weg. Das Mädchen im Inneren setzt sich auf.

Sie sieht desorientiert und verängstigt aus. Ich möchte ihr helfen, ihr erklären, was passiert ist, aber ich habe nicht mehr als ein paar Sekunden Zeit.

»Ich komme gleich wieder. Bleib hier«, weise ich sie atemlos an. Dann schnappe ich mir mein Rohr und gehe zur nächsten Kapsel.

Meine Arme schmerzen, als ich das Rohrstück immer und immer wieder schwinge, um eine Kapsel nach der anderen zu öffnen.

Ich zähle nicht, wie viele Frauen aus den Kapseln klettern. Alles ist verschwommen, während ich mich so schnell wie ich kann bewege und darauf bedacht bin, jede Einzelne von ihnen zu retten. Schließlich laufe ich auf eine weitere Kapsel zu, um sie zu öffnen – halte aber inne, als ich merke, dass sie bereits zertrümmert und leer ist.

Es gibt keine Kryokapseln mehr zu öffnen.

Außer Atem und erschöpft werfe ich das Rohr ins Gras und schaue auf, um die Lichtung zu überblicken. Dort befinden sich etwa zwanzig Frauen. Die meisten von ihnen haben es geschafft, aus ihren Kapseln zu klettern, einige halten sich jedoch an den Metallkanten der Behälter fest, als ob sie noch nicht allein stehen könnten.

Sie alle drehen sich um und blicken Elizabeth und mich mit großen Augen an.

»Sind alle am Leben?« Das ist wahrscheinlich die dümmste Frage, die ich je gestellt habe, aber mein

Verstand ist so durcheinander, dass mir nichts Besseres einfällt.

Einige der Frauen nicken. Keine von ihnen sagt etwas.

Elizabeth steht ein paar Meter von mir entfernt und wir tauschen einen Blick aus. Ein Hauch von Farbe ist in ihr Gesicht zurückgekehrt, und es sieht so aus, als ob der kleine Schnitt an ihrem Kopf aufgehört hat zu bluten.

»Wir müssen nachsehen, ob es weitere Überlebende gibt«, sage ich und gehe auf sie zu. »Ich glaube, die meisten Passagiere waren in der anderen Hälfte des Schiffes, aber vielleicht waren auch ein paar Leute in diesem Abschnitt, die es geschafft haben, sich vor dem Absturz anzuschnallen.«

Ich denke an den Kapitän. An die Wachen, die uns wegen unserer Schnüffelei im Frachtraum festgenommen haben.

Sind sie am Leben?

Und wenn sie es sind, was sollen wir dann tun?

DER ABSTURZ WAR BRUTAL.

Der Kapitän, die Besatzungsmitglieder, die mich und Elizabeth im Frachtraum erwischt haben, und alle auf dem Kommandodeck sind tot. Außer den Frauen aus den Kryokapseln haben wir keine weiteren lebenden Passagiere gefunden.

In diesem Teil des Schiffes waren nicht so viele Menschen wie in den Unterkünften, und ich habe keine Ahnung, was mit der hinteren Hälfte des Schiffes und den Menschen, die sich dort während des Absturzes aufgehalten haben, passiert ist. Vielleicht haben mehr von ihnen überlebt als in der vorderen Schiffshälfte. Oder vielleicht hat auch keiner von ihnen überlebt.

Nachdem wir unsere Suche nach Überlebenden beendet haben, bringen wir alle Frauen in einen der überwiegend unbeschädigten Räume auf dem Schiff. Die Foreigner II hat keinen Strom, aber durch die Fenster dringt Licht nach drinnen. Während Elizabeth beginnt, sich um die Verletzungen der Frauen zu kümmern, blättere ich den Stapel von Ordnern und Flugunterlagen durch, den wir in der Kapitänskabine gefunden haben.

Als ich eine besonders dicke Mappe öffne, stockt mir der Atem.

Oh Gott!

Während ich die Seiten durchblättere, verkrampft sich mein Magen immer stärker.

Der Inhalt dieser Mappe hinterlässt ein Gefühl der inneren Leere in mir. Alles, an was ich je geglaubt habe, alles, was ich je über meine Regierung, meinen Planeten, mein *Volk* gedacht habe – *weg*.

Die erste Seite ist der Beginn eines Dossiers, in alphabetischer Reihenfolge.

Aaron, Tara. Fünfundzwanzig Jahre alt. Blutgruppe, Maße, Lebenslauf, Beruf, Notizen, Bilder und geschätzter Wert.

Wert.

Tara Aaron, wer auch immer sie war, sollte als Währung gehandelt werden. Das weiß ich, weil sich auf der Rückseite der Mappe eine Liste von Gegenständen befindet, die ich nicht kenne, mit Namen wie »Kontaktholografen« oder »Texariot-Wärmeüberwachungsmonitore«.

Daneben stehen ebenfalls Zahlenwerte in einer

Währung, die ich noch nie zuvor gesehen habe. Und das Schlimmste daran? Der verdammt nochmal schlimmste Teil? Unten auf jeder Seite befindet sich das Siegel des Verteidigungsministeriums der Vereinigten Staaten von Amerika, vom Verteidigungsminister unterzeichnet und datiert. Ich habe mit dem Verteidigungsminister zu Abend gegessen.

Ich war – bin – die Frau eines Senators. Niemand erwartet von mir, dass ich etwas anderes tue, als Abendessen und Spendenaktionen zu koordinieren und gut für die Kameras auszusehen, aber das heißt nicht, dass ich nicht mehr wollte. Ich wollte mich beweisen und meinen eigenen Weg in unserem politischen System gehen, ich wollte gegen das Unrecht kämpfen, das ich in der Welt gesehen habe, wollte mehr als nur Josephs Frau sein.

Aber jetzt …

Jetzt habe ich diese Mappe. Sie ist ein konkreter Beweis dafür, dass die Regierung, die ich immer bewundert habe, die Regierung, von der ich ein Teil sein wollte, durch und durch verdorben war.

Wenn ich das richtig lese – und ich habe es so oft gelesen, dass ich mir *sicher* bin – dann hatte die Regierung vor, die Frauen im Frachtraum an Aliens zu verkaufen, und zwar ausschließlich zu dem Zweck, die seltsamen Gegenstände zu bekommen, die auf der Rückseite der Mappe aufgelistet sind.

Menschenhandel.

Oder was angesichts der identischen, freizügigen Outfits der Frauen noch wahrscheinlicher ist, *Sex*handel.

Nachdem Elizabeth die letzten Frauen untersucht hat, kommt sie zu mir herüber. Sie hat ihre Kopfwunde gereinigt und den Schnitt mit einem Klammerpflaster versorgt. Sie blickt auf die offene Mappe in meinem Schoß, und obwohl sie sie im Gegensatz zu mir nicht gelesen hat, kann ich in ihren Augen sehen, dass sie ihren Inhalt bereits erraten hat.

Ich nicke wortlos, woraufhin sie wütend die Lippen zusammenpresst.

»Verdammte Scheiße«, murmelt sie.

So könnte man es zusammenfassen.

»Ich verstehe nicht, warum sie sich die Mühe gemacht haben, das Schiff mit Leuten wie uns zu bemannen – mit Sprachforschern, Ärzten, Wissenschaftlern und so weiter – wenn sie in Wirklichkeit nur Frauen ins All geschickt haben, um sie zu verkaufen.« Ich blicke wieder auf die Mappe hinunter und mir dreht sich der Magen um.

»Vielleicht wollten sie beides tun. Sie haben versucht, ein wenig Diplomatie auf einer Mission anzuwenden, die im Wesentlichen eine Handelsmission war.« Elizabeth schnaubt. »Ich bin mir sicher, dass wir nicht die Einzigen waren, die keine Ahnung hatten, was da vor sich ging. Aber der Kapitän und ein Großteil der Besatzung wussten es *definitiv*.«

Sie hat recht. Ich bin so wütend, dass ich schreien oder weinen oder etwas zerschmettern möchte. Ich will wissen, wer diese Mission genehmigt hat. Ich will, dass derjenige dafür bezahlt.

Aber ich kann im Moment nichts davon tun. Ich bin auf einem fremden Planeten gestrandet, mit zwei Dutzend Überlebenden eines schrecklichen Absturzes, und muss mich erst einmal mit dieser Realität auseinandersetzen.

»Geht es allen gut?«, frage ich und nicke in die Richtung der Frauen.

Elizabeth nickt. »Zum Glück keine größeren Verletzungen. Aber wir werden bald Nahrung und Wasser brauchen.«

Während wir uns unterhalten, bemerke ich, wie die anderen Frauen immer wieder in unsere Richtung sehen. Ich weiß nicht genau, wie es passiert ist, aber aus irgendeinem Grund scheinen Elizabeth und ich zu den Anführerinnen dieser zusammengewürfelten Bande aus Überlebenden ernannt worden zu sein. Vielleicht liegt es daran, dass unsere Gesichter die ersten waren, die sie beim Aufwachen gesehen haben.

Langsam fange ich wirklich an, mir zu wünschen, ich wäre als Kind bei den Pfadfindern gewesen.

Wie sollen wir alle hier draußen überleben?

Ich weiß nicht, wie man nach Nahrung sucht. Ich hätte nie gedacht, dass ich das einmal tun müsste, vor allem nicht auf einem fremden Planeten, auf dem ich die Pflanzen nicht kenne. Außerdem habe ich keine Ahnung, was zu tun ist, wenn wir von irgendetwas angegriffen werden. Gott weiß, was für Kreaturen auf diesem Planeten leben.

Eine Sache, bei der ich mir absolut sicher bin, ist, dass es hier Lebewesen *gibt*. Es gibt Leben.

Schließlich sind wir nicht durch Sauerstoffmangel erstickt, und wir befinden uns mitten im Dschungel. Ich erinnere mich noch gut an den Blick, den ich auf den Planeten erhascht habe, bevor wir abgestürzt sind, und ich kann mich daran erinnern, große Wasser- und Landflächen gesehen zu haben.

Und wo es Wasser und Sauerstoff gibt, da gibt es auch Tiere.

Ich öffne den Mund, um Elizabeth zu fragen, ob sie

Erfahrung mit Überlebenstraining hat, aber bevor ich etwas sagen kann, erregt ein lauter Schrei meine Aufmerksamkeit.

Eine der Frauen – ich glaube, ihr Name ist Sadie – springt auf die Füße. Ihr Blick ist wild, ihr rotblondes Haar zerzaust. Genau wie alle anderen Frauen ist sie mit einem dünnen Tank-Top und Shorts bekleidet, die so kurz sind, dass sie genauso gut Unterwäsche sein könnten. Gott sei Dank sind wir in etwas gelandet, das aussieht wie ein Alien-Dschungel und nicht wie eine Tundra. Da ich kurz vor unserem Absturz verschiedene Oberflächenstrukturen des Planeten erkennen konnte, vermute ich, dass es hier unterschiedliche Ökosysteme gibt, ähnlich wie auf der Erde.

»Nein!« Sadie schüttelt den Kopf und Tränen glitzern in ihren Augen. »Nein, das kann nicht wahr sein. Die können uns hier nicht festhalten. Ich kann nicht hier sein! Ich muss nach Hause. Ich –«

Sie bricht mitten im Satz ab, dreht sich um und stürmt aus dem Raum.

Sofort springe ich auf und Elizabeth und ich rennen ihr hinterher. Ich höre, wie einige der anderen Frauen uns folgen, ihre Schritte hämmern über den Boden des Flurs hinter uns. Als ich den Vorsprung am Ende des Korridors erreiche, ist Sadie bereits dabei, sich an dem Kabel hinunterzuhangeln.

Verdammt, sie ist schnell.

So schnell ich kann, klettere ich an der Seite des Schiffes hinunter und klammere mich mit verschwitzten Händen am Kabel fest. Als meine Füße endlich den Boden berühren, hat die blonde Frau die Lichtung bereits halb überquert und läuft auf den dichten Wald zu, der uns umgibt.

Die Sonne steht hoch am Himmel und ich kann die

Wärme ihrer Strahlen spüren, während ich Sadie hinterhersprinte. Mein Bademantel flattert wild und wickelt sich um meine Beine. Ich ziehe ihn aus, damit ich schneller laufen kann.

Ich muss zu ihr gelangen. Ich kann sie nicht allein in den Wald laufen lassen.

Als ich Sadie fast eingeholt habe, nehme ich aus dem Augenwinkel eine Bewegung wahr. Ich drehe den Kopf, als etwas, das wie ein riesiger Vogel aussieht, vom Himmel herabstürzt.

Ich erhasche einen Blick auf einen riesigen Schnabel und blauschwarze Federn, bevor er im Sturzflug auf mich zuschießt und mich mit seinen großen Klauen packt.

Ein entsetzter Aufschrei entweicht meiner Kehle.

Er hebt mich hoch, wie ein Adler, der sich ein Kaninchen schnappt, dann schlägt er mit seinen riesigen Flügeln und der Wind peitscht mir ins Gesicht.

»Charlotte!«

Eine Hand umfasst einen meiner Knöchel. Mein Herz setzt einen Schlag aus und als ich nach unten schaue, sehe ich, dass Elizabeth mich festhält. Eine andere Frau, groß und schlaksig, schlingt ihre Arme um Elizabeths Taille. Eine dritte Frau greift nach meinem anderen Knöchel. Noch mehr Frauen eilen mir zu Hilfe, und ehe ich mich versehe, hänge ich ausgestreckt zwischen Himmel und Erde.

Jedes Mal, wenn ich nach unten gezogen werde, kreischt der Vogel, gräbt seine Klauen noch fester in meine Haut und drückt meine Knochen zusammen.

Scheiße. Die Frauen werden dieses Tauziehen nicht gewinnen, nicht, ohne mich dabei zu töten. Ich befürchte, dass meine Arme brechen könnten, wenn mich der Vogel noch fester umklammert. Ich entferne mich immer weiter vom Boden, und einige der Frauen haben losgelassen, aber nicht Elizabeth.

Wir sehen einander in die Augen. Ihr Gesicht ist zu einer Maske aus Wut und Angst verzerrt.

Ich weiß, dass sie mich retten will. Ich kann es in ihren Augen sehen, ich spüre es an ihrem festen Griff.

Aber ihre Hände sind verschwitzt, und obwohl sie mit aller Kraft versucht, sich festzuhalten, lösen sich ihre Finger von meinem Knöchel. Als sie zu Boden fällt, steigt der Vogel nach oben. Ich werde immer höher und höher in die Luft gehoben, und dann ist Elizabeth so weit weg, dass sie nur noch ein Farbpunkt ist, umgeben von anderen Farbpunkten.

Der Wind, der um mich herum peitscht, ist kühl auf meiner Haut. Mein Bademantel ist längst weg, doch meine Schuhe habe ich während des Kampfes nicht verloren, und meine Füße baumeln unter mir, während der Vogel mich schnell durch die Luft trägt.

Ich schnappe nach Luft und betrachte die Wipfel der grünen Bäume weit, *weit* unter mir. In der Ferne sehe ich ein großes Gewässer – nicht, dass mir das jetzt noch helfen würde. Ich weiß, dass dieser Vogel mich wahrscheinlich fressen oder an seine Jungen verfüttern wird oder so etwas in der Art. Warum hätte er mich sonst packen sollen?

Mir ist schwindelig und ich fühle mich benommen. Ich bemühe mich, nicht das Bewusstsein zu verlieren, und habe das schreckliche Gefühl, dass dies das Ende ist.

So werde ich also sterben.

Kapitel 6

Droth

NACHDEM UNSER AUFSTAND gegen meinen Onkel auf Vox gescheitert ist und wir auf Nuthora verbannt worden sind, ist meinen Männern und mir schnell klar geworden, wie gefährlich dieser Planet sein kann.

Das Gelände selbst kann rau und wild sein, und die anderen Wesen, die diesen Ort außer uns bevölkern, können bösartig und blutrünstig sein.

Deswegen war eines der ersten Dinge, die wir getan haben, unsere Position zu festigen, indem wir einen Landabschnitt, der mehrere Tage von der nächsten Stadt entfernt ist, abgesteckt und eine massive Mauer darum gebaut haben. Innerhalb dieser Begrenzung haben wir dann aus schwerem Holz, das wir im Wald um uns herum gesammelt haben, unsere Wohnhäuser und andere Bauten errichtet, und uns eine kleine Siedlung geschaffen. Natürlich ist das nichts im Vergleich zu dem Palast, in dem ich einst auf meinem Heimatplaneten gelebt habe, aber ich bin stolz auf die Arbeit, die meine Männer und ich geleistet haben, um uns selbst im Exil einen Platz zum Leben zu schaffen.

Heute fühlen sich die Mauern um unser Lager herum jedoch zu eng an.

Vielleicht hat es etwas mit dem seltsamen Gefühl zu tun, das ich vorhin hatte. Selbst jetzt nagt es noch an mir.

Da ich unruhig war und mich nicht konzentrieren konnte, habe ich überprüft, ob die Patrouille verdoppelt wurde, bevor ich durch die Tore geschlüpft bin, um selbst loszuziehen.

Normalerweise gehen wir in Gruppen von mindestens zwei oder drei Personen auf Beutezug. Und vielleicht ist es unklug, mich heute ganz allein auf die Jagd zu begeben.

Aber ich muss meinen Kopf freibekommen, und ich weiß, dass dies der beste Weg ist.

Vorsichtig bahne ich mir den Weg durch das Nuthora-Unterholz und achte darauf, nicht auf die üppigen Blätter und dicken Ranken, die den Waldboden bedecken, zu treten. Dieser Ort unterscheidet sich sehr von meinem Heimatplaneten, und obwohl es fast fünf Jahre her ist, seit wir von Vox verbannt wurden, sehne ich mich immer noch nach dem Sand. Auf den verschiedenen Teilen des Gefängnisplaneten gibt es unterschiedliche Klimazonen, aber in unserem Quadranten ist es fast immer feucht. Die schwüle Luft kann in der heißen Jahreszeit geradezu bedrückend sein, aber immerhin ist dieser Ort die Heimat vieler Tiere, die über dem Kochfeuer zubereitet köstlich schmecken.

Ich bleibe stehen und gehe hinter einem Busch mit langen Blättern in Deckung. Der Platz ist genauso gut wie jeder andere, um mich vor meiner Beute zu verstecken.

Wenn ich Glück habe, kommt ein großes Yallao vorbei, der gerade auf der Suche nach ein paar wilden Beeren ist.

Als ich meinen Speer gerade in den Boden drücke, verschwindet das Sonnenlicht von oben plötzlich und wird von einer großen Gestalt verdeckt. Es dauert nur einen Augenblick, da der riesige Schatten schnell über das Land wandert.

Als ich aufschaue, sehe ich den Schuldigen sofort.

Es ist ein Gicnuk, und zwar ein sehr großer, was etwas zu heißen hat. Seine Flügelspannweite ist mindestens zweimal so breit wie ich groß bin, und wenn ein Gicnuk von normaler Größe eine Woche lang eine Handvoll Männer ernähren kann, dann sollte dieser Gicnuk doppelt so viele ernähren können. Ich würde meine Pflicht gegenüber meinem Volk nicht erfüllen, wenn ich ihn nicht jagen würde.

Das, und ich wollte schon immer mein Können an einem dieser Biester ausprobieren.

Aufregung durchströmt mich und mein Puls beschleunigt sich angesichts des Nervenkitzels, den die Jagd mit sich bringt.

Ich schnappe mir meinen Speer und renne durch den Wald, wobei ich dem großen Schatten des Vogels durch die engstehenden Bäume und das Gestrüpp folge. Ich kann meinen Speer erst werfen, wenn ich freie Wurflinie habe, aber nicht weit vor mir ist ein großes Loch im Blätterdach.

Perfekt.

Meine Beine bewegen sich schneller, die Luft zischt an meiner nackten Haut vorbei. Ich springe um einen großen Baum herum und lege an Geschwindigkeit zu, als ich das Loch im Blätterdach erreiche.

Der Gicnuk schlägt mit seinen riesigen Flügeln und ich

rase auf eine Ansammlung von Felsbrocken zu, wobei ich flink von einem zum nächsten springe. Als ich den höchsten Punkt auf den großen Felsen erreiche, beuge ich meine Knie und stoße mich ab, um mich nach oben zu drücken.

Ich greife nach meinem Speer und werfe ihn auf den riesigen Vogel. Als der Speer meine Hand verlässt, bemerke ich, dass etwas von den Krallen des Gicnuks baumelt.

Die Waffe trifft ihr Ziel, bevor ich sehen kann, was der Gicnuk in seinen Klauen hat. Mein Speer fliegt weiter als beabsichtigt, trifft den falschen Teil des Vogels und gräbt sich in seinen Flügel. Der Gicnuk stößt einen schrillen Schrei aus und kippt zur Seite.

Er schlägt fester mit seinen kräftigen Flügeln und stößt einen weiteren lauten Schrei aus, als er sich wieder aufrichtet.

Akhi. Ich fletsche meine Zähne und knurre frustriert. Ich habe die Bestie verletzt, aber nicht stark genug, um sie zu Fall zu bringen.

Während der Gicnuk Schwierigkeiten hat, weiterzufliegen, lässt er das, was er in seinen Klauen hat, los – und zum ersten Mal erkenne ich, was es ist.

Eine Person.

Wer auch immer es ist, er ist wahrscheinlich schon tot, aber darüber denke ich nicht nach. Alles, was ich sehe, ist ein fallender Körper, und ich stürme los, um ihn aufzufangen, bevor er zu Boden stürzt.

Pflanzen und Bäume streifen mich, während ich renne und ich schaffe es, mich direkt unter den fallenden Körper zu stellen, kurz bevor er auf dem Waldboden aufschlägt. Ich strecke die Arme aus, und als mich das Gewicht des Körpers trifft, falle ich nach hinten und komme stöhnend auf.

Der Körper liegt ausgebreitet auf mir, schlaff und weich.

Ich habe keinerlei Zweifel, dass er tot ist, aber ich schiebe ihn von mir herunter und setze mich auf, um trotzdem nachzusehen

Mir stockt der Atem.

Es ist eine Frau.

Eine kleine Frau, die einer Rasse anzugehören scheint, die ich nicht kenne. Meine Brust schmerzt, als ich sie erblicke. Ihr Haar ist dunkel, wie das gealterte Holz eines Baumes. Die zerzausten Strähnen bedecken ihr Gesicht und verdecken teilweise ihre Züge.

Während ich sie betrachte, sehe ich das Flattern ihres Pulses am Hals. Sie ist am Leben.

Wahrscheinlich ist sie durch den Schock des Sturzes ohnmächtig geworden, oder vielleicht war sie schon vorher bewusstlos. Sie hat in den Klauen des Gicnuks keinen Laut von sich gegeben.

Mein Magen verkrampft sich, als wäre ich wieder ein nervöses Jungblut auf seiner ersten Jagd. Vorsichtig hebe ich sie hoch und lege sie auf den Rücken.

Meine Hände bewegen sich ohne bewusste Anstrengung, und es ist fast so, als hätte mein Körper die vollständige Kontrolle über meinen Geist. Ich streiche ihr zerzaustes Haar zurück und betrachte ihr Gesicht.

Ihr Gesicht ist zart und so klein, dass ich ihren gesamten Kiefer mit einer Hand umfassen kann. Ihre Nase ist lang und gerade und ihre Haut weiß wie der Sand auf Vox. Sie hat kleine Flecken im Gesicht, winzige Punkte, die ihre Nase und ihre Wangen bedecken.

Sie sieht so anders aus als ich, so anders als alles, was ich bisher gesehen habe. Ich war nicht auf vielen anderen

Planeten als Vox und Nuthora, aber ich habe die vom Verbrechen heimgesuchten Städte, die auf diesem Planeten entstanden sind, oft besucht und bin einer Vielzahl verschiedener Spezies begegnet.

Sie ist mit keiner von ihnen vergleichbar.

Diese Frau ist zart und weich, als hätte der Wind eine Form angenommen. Umwerfend schön. So unvorstellbar perfekt, dass ich eine Gänsehaut an den Armen bekomme.

Immer wieder berühre ich ihr Gesicht, streiche mit den Daumen über ihre feinen Wangenknochen und über ihren Hals. Ich weiß nicht warum, aber ich kann nicht aufhören. Sie fühlt sich so weich an, und mir wird plötzlich unglaublich warm. Diese *Wärme*, das seltsame Gefühl, das ich empfunden habe, als ich in den Himmel geblickt und die Rauchfahnen des Absturzes gesehen habe, ist wieder da.

Es ist wie ein Leck, das sich von der Brust bis zum Bauch und dann in all meine Gliedmaßen ausbreitet.

Vorsichtig untersuche ich den Rest von ihr, betrachte ihre Figur. Alles an ihrem Körper ist genauso zart und fein wie ihr Gesicht.

Ihre Kleidung ist mir unbekannt, völlig anders als die, die meine Leute tragen. Auf Vox tragen die Krieger Lendenschurz oder Tunika, und die Frauen etwas Ähnliches. Vielleicht gehört diese Frau einer königlichen Familie von weit her an. Das violette Unterhemd, das sie trägt, ist aus einem feinen, weichen Material. Es hängt an zwei dünnen Fäden von ihren Schultern herab und reicht bis zur Mitte ihrer Oberschenkel. Es ist schmutzig und zerrissen, aber ich kann sehen, dass es einmal sehr schön war.

Auf der Suche nach Anzeichen einer Verletzung wandern meine Hände tiefer, gleiten über den Stoff ihres

Kleides, streichen leicht über die Seiten ihrer Brüste und ihren Bauch. Die Hitze in meinem Bauch breitet sich immer weiter aus, bis in die Leistengegend.

Es ist lange her, seit ich mit einer Frau geschlafen habe. Mehr als fünf Jahre. Ich habe keine Lust, dafür in die Städte zu gehen, wie es einige der anderen gelegentlich tun, und in ein Bordell will ich schon gar nicht.

Meine Hände wandern wieder an ihrer Brust nach oben und ich senke meinen Kopf, um mit meiner Nase ihren Hals zu berühren und ihren fremdartigen, süßen Geruch einzuatmen.

Sie gibt beim Ausatmen ein Geräusch von sich und ich erstarre, aber sie wacht nicht auf. Stattdessen wölbt sie sich mir entgegen. Meine Hände sind immer noch auf ihrer Brust und ich streiche mit meinen Fingern über die harten Knospen, die gegen ihr Kleid drücken. Zuerst ist es nur ein Experiment, aber sie gibt erneut dieses leise Geräusch von sich, weshalb ich es noch einmal tue. Das Tierfell um meine Taille fühlt sich plötzlich zu eng an.

Es ist falsch, sie zu berühren, während sie bewusstlos ist, das weiß ich, aber etwas an ihr zieht mich so stark an, dass es fast unmöglich ist, ihr zu widerstehen. Es kostet mich jedes Quäntchen Willenskraft, meine Hände von ihrem Körper nehmen, aber ich zwinge meine Muskeln zum Gehorsam. Ich kann mich kontrollieren. Ich bin keine wilde Bestie.

Ich setze mich auf meine Fersen und sehe sie an.

Ich sollte versuchen, sie aufzuwecken, um ein paar Informationen aus ihr herauszubekommen, aber es ist fast so, als ob mein Verstand beschlossen hätte, sich von mir zu verabschieden, denn mein Blick gleitet ständig über ihren Körper, als ob ich versuchen würde, mir jede einzelne Wölbung und Kurve einzuprägen.

Diese Frau ist niemand für mich. Eine völlig Fremde.

Und doch kann ich nicht aufhören, mir vorzustellen, wie es sein könnte, sie zu halten, zu fühlen, wie sie ihre Arme um mich legt, meine schmerzende Männlichkeit in ihr zu vergraben und wieder diese perfekten leisen Laute zu hören.

Was hat es mit ihr auf sich?

Kapitel 7

Charlotte

DIESMAL BIN ICH WIRKLICH TOT. Da bin ich mir sicher.

Das wäre nur logisch. Ich war in den letzten vierundzwanzig Stunden mehr Gefahren ausgesetzt als in meinem ganzen bisherigen Leben, mein Glück musste also irgendwann enden.

Mein Bewusstsein schwebt in einem nicht greifbaren Raum. Ich erinnere mich daran, wie ich von dem Riesenvogel geschnappt und weggetragen worden bin, dann erinnere ich mich daran, dass der Vogel gekreischt hat und zur Seite gekippt ist. Ich erinnere mich, dass er mich losgelassen hat, und ich erinnere mich lebhaft an meinen Sturz auf den Boden.

Dann hat die Dunkelheit wieder alles verschluckt.

Jetzt lasse ich mich durch den Raum treiben. Ich kann nichts sehen oder fühlen, aber allmählich werde ich mir einer seltsamen Empfindung bewusst, die sich durch mein … mein Wesen ausbreitet.

Meinen Geist, vielleicht.

Mein eigentliches Herz.

Es ist wie eine Blume, die im Zentrum meines Seins blüht, und es ist nichts als reine Wärme. Es fühlt sich an wie ein Zuhause, wie Liebe, wie ein unausgesprochenes Versprechen.

Dann verändert sich das Gefühl plötzlich.

Es strömt durch mich hindurch, breitet sich aus und wird immer heißer, erfüllt mich, bis es mich verzehrt. Meine Nerven brennen, und mit jeder Sekunde, die vergeht, durchflutet etwas, das ich nicht einmal benennen kann, meine Adern mit flüssiger Hitze. Als das Gefühl immer stärker wird, stöhne ich leise auf. Ich spüre ein Pulsieren zwischen meinen Beinen, einen Schmerz, den Druck des Verlangens.

Während sich meine Augen langsam öffnen, fällt mir auf, dass das Glück einmal mehr auf meiner Seite gewesen sein muss. Ich bin doch *nicht* tot.

Alles um mich herum scheint verschwommen und kaum noch da zu sein, während ich den Nebel in meinem Kopf vertreibe und versuche, mich zu konzentrieren. Über mir erkenne ich Farben, das helle Blau und Grün des Himmels und des Laubes. Und der seltsame Schmerz in meinem Körper ist immer noch da, auch wenn er mittlerweile zu einem leichten Brennen abgestumpft ist.

Ich blinzle erneut, als sich etwas in mein Blickfeld bewegt. Anstatt der Bäume sehe ich jetzt einen Mann, der mich ebenfalls anschaut.

Nun … vielleicht ist »Mann« nicht das richtige Wort.

Er ist männlich, das ja.

Aber menschlich? Definitiv nicht.

Von seinen katzenähnlichen blauen Augen bis hin zu

dem fast perlmuttartig, blaugrauen Farbton seiner Haut, ist es offensichtlich, dass er nicht zur selben Spezies gehört wie ich. Sein Haar ist dunkel und lang, und ein paar Strähnen über seine Schulter und kitzeln meine Nase. Dabei stelle ich überrascht fest, dass unsere Gesichter so dicht beieinander sind, dass ich meinen Kopf nur ein paar Zentimeter heben müsste, damit sich unsere Nasen berühren.

Er ist … wunderschön. Fremdartig und verlockend. Das Licht, das ihn von hinten erhellt, lässt ihn beinahe ätherisch aussehen, als wäre er eine Figur aus einem Traum.

Vielleicht ist er das.

Vielleicht ist das alles ein Traum, die letzten Bilder, die mein Unterbewusstsein heraufbeschwört, bevor mich der Tod mit sich zieht.

Seine große Hand liegt auf meinem Knie und sein Atem trifft auf meinen Mund. Aus irgendeinem Grund entfacht das Gefühl seiner Haut an meiner wieder die Hitze, die noch immer in mir schlummert. Ich kann nicht anders und verlagere mein Bein ein wenig, sodass seine Hand ein paar Zentimeter an meinem Oberschenkel hinaufgleitet. Ich bekomme Gänsehaut, meine Nervenenden kribbeln.

Dann, wie ein Gummiband, das wieder in seine ursprüngliche Position zurückschnellt, bricht die Realität über mich herein.

Was zum Teufel mache ich hier?

Dies ist definitiv *kein* Traum.

Mein ganzer Körper bebt und ich stoße den fremden Mann weg.

Er weicht zurück, und ich krieche so schnell unter ihm hervor, dass mir schwindlig wird. Dann drehe ich mich auf dem Absatz um und beginne zu rennen.

Oder zumindest *versuche* ich zu rennen.

Meine Beine sind zum Sprint bereit, aber scheinbar habe ich alle meine Adrenalinreserven für den Tag aufgebraucht. Das inzwischen vertraute Gefühl eines nassen Handtuchs kehrt in meine Muskeln zurück und fast falle ich mit dem Gesicht voran in den Dreck.

Bevor ich auf dem Boden aufschlagen kann, legen sich zwei starke Arme um meine Taille. Starke Arme. Kräftige. Graublau und mit wirbelnden, weißen Mustern darauf.

Als mich der Außerirdische packt, schreie ich wie ein verwundetes Tier. Zum Teil vor Angst, festgehalten zu werden und zum Teil vor Überraschung über die Reaktion meines Körpers. Dieses seltsame Gefühl der Erregung, das mich aufgeweckt hat, kehrt mit voller Wucht zurück, als er mich an sich drückt, und ich muss mich anstrengen, es zu ignorieren.

Heilige Scheiße. Was passiert mit mir?

Es verlangt mir einiges ab, nicht in Panik zu geraten, still dazuliegen und einfach nur zu atmen. Ich weiß nicht, ob er merkt, wie erregt ich bin, aber ich habe keine allzu große Angst, dass er versuchen wird, das auszunutzen. Die Art, wie er mich hält, ist sanft und vorsichtig. Fast … zärtlich.

Als würde ich ihm etwas bedeuten, obwohl ich diesen außerirdischen Mann noch nie zuvor in meinem Leben begegnet bin.

Ich sollte schreckliche Angst haben. Das wäre logisch, aber aus irgendeinem Grund kann ich mich nicht ganz in die Angst hineinsteigern, die ich eigentlich fühlen sollte. Irgendetwas in meinem Bauch sagt mir, dass alles in Ordnung ist, und trotz der Fakten der Situation, in der ich mich befinde, höre ich auf diesen leisen Instinkt in mir.

Und selbst wenn ich versuchen würde, mich aus seinem

Griff zu befreien und zu fliehen, würden die Chancen gut stehen, dass ich erneut hinfallen würde. Meine Gliedmaßen zittern, und obwohl ich nicht glaube, dass ich mich beim Sturz vom Himmel schwer verletzt habe, hat mein Körper heute viel durchgemacht.

Wenn ich nicht entkommen kann, dann hat es keinen Sinn, einen Kreislauf aus Versuchen und Scheitern durchzumachen. Der außerirdische Mann greift mich nicht an, also muss er die Fähigkeit des logischen Denkens besitzen – wäre er eine geistlose Kreatur in der Wildnis, würde ich ihm nur als Nahrung oder zur Fortpflanzung nützen. Da nichts davon geschieht, bin ich also vorerst nicht in Gefahr.

Okay, ich liege also gerade in den Armen eines männlichen Außerirdischen. Na toll. Erstkontakt hergestellt, Mission erfüllt.

Er ist ein vermeintlich freundlicher – oder zumindest neutraler – Mann, was fantastisch ist. Glücksfall. Wenn er zu höherem Denken und komplexer Kommunikation fähig ist, dann kann ich mit ihm reden. Gut, dass ich auf meine Mutter gehört habe, als sie mich sanft in Richtung eines sprachwissenschaftlichen Studiums auf dem College gestoßen hat. Die Chancen stehen gut, dass dieser Mann keine irdische Sprache spricht, aber ich habe das nötige Handwerkszeug, um die Grundlagen *seiner* Sprache zu erfassen und zu analysieren.

Zumindest in der Theorie.

Er hält mich immer noch fest. Er hat sich noch gar nicht bewegt. Ich räuspere mich und tippe ihm sanft auf den Arm.

Scheiße, seine Unterarme sind riesig. Seine Hände auch. Er ist groß und überragt mich um mindestens dreißig Zentimeter. Ich konnte ihn noch nicht ganz sehen, aber er muss ein sehr großer Kerl sein – die Art, für die meine Freundinnen und ich auf dem College immer geschwärmt haben, wenn wir durch die Bars gezogen sind.

Als Antwort auf mein wortloses Drängen stellt mich der Außerirdische auf die Füße und lässt mich los. Meine Beine fühlen sich immer noch schwach an, als würden sie mich nicht lange tragen können, aber wenigstens kann ich jetzt alleine stehen. Ich drehe mich um, um dem Mann ins Gesicht zu schauen, aber mir fehlen die Worte, sobald ich ihn richtig sehe.

Heilige … wow.

So etwas habe ich noch nie zuvor gesehen. Seine Gesichtszüge, von seiner markanten Kieferpartie bis zu seiner geraden Nase, sind sehr menschenähnlich. Fast würde ich glauben, dass er ein Mensch *ist*, aber seine Augen und seine seltsam gemusterte Haut sind definitiv nicht menschlich.

Er trägt nichts weiter als einen Lendenschurz, und seine breiten Schultern verjüngen sich zu einer schlanken Taille und muskulösen Beinen.

Stille dehnt sich zwischen uns aus. Ich weiß, dass ich starre, aber scheinbar kann ich nicht aufhören, ihn anzusehen. Er ist atemberaubend, und das habe ich schon seit langer Zeit über keinen Mann mehr gesagt.

Nein, nicht über einen Mann. Er ist ein Außerirdischer.

Könnte es sein, dass wir Glück hatten und genau auf dem Planeten abgestürzt sind, auf dem wir ursprünglich ankommen sollten? Nein, sicher nicht. Laut unseres Kurses sollte unsere Ankunft erst in einem Monat sein, und zum Zeitpunkt des Absturzes waren wir erst ein paar Tage unterwegs gewesen. Außerdem bin ich mir ziemlich sicher, dass dieses seltsame, wirbelnde Tunnelding ein Wurmloch war. Das heißt, ich könnte jetzt überall im Universum sein.

»Ähm. Hallo.«

Ich spreche zuerst, da er es nicht tut und wir irgendwo anfangen sollten. Ich hebe meine Hand und winke ihm zu. Er verfolgt die Bewegung mit seinem durchdringenden Blick und hebt die Augenbrauen.

Scheiße! Ich bin für *so* etwas *eindeutig* nicht geschaffen.

Diese ganze verdammte Mission war eine Katastrophe, bevor sie überhaupt begonnen hat. Alles daran war eine Lüge. Völlig verkorkst. Ich muss zurück zum Schiff, zurück zur Erde. Ich muss aufdecken, was die Regierung getan hat und was sie vielleicht immer noch tut.

Wie viele andere Erdenfrauen haben sie für den Handel mit Außerirdischen ins All geschickt? Ich dachte, die Foreigner II sollte der erste Kontakt der Menschheit mit außerirdischen Lebensformen sein, aber langsam beginne ich daran zu zweifeln. Vielleicht war es die erste Regierungsmission, die so tief in den Weltraum vordringen sollte. Aber ich habe das unangenehme Gefühl, dass unsere Regierung schon viel länger mit Frauen handelt.

Entschlossenheit erfüllt mich und ich rolle meine Schultern zurück und blicke zu dem Außerirdischen auf. Vielleicht bin ich nicht dafür geschaffen, aber das ändert nichts an der Tatsache, dass ich hier bin. Ich werde also einfach mein Bestes geben müssen.

»Mein Schiff.« Ich spreche langsam, mache ich mit einer Hand eine Faust und bewege sie, als würde sie aus dem Himmel kommen, bevor ich sie in die Handfläche meiner anderen Hand schlage. »Abgestürzt.« Ich lege meine Hand auf meine Brust. »Ich.« Meine Finger liegen wie ein Dach über meinem Kopf. »Will nach Hause.«

Der Außerirdische neigt den Kopf zur Seite und blinzelt mich an.

Verdammt.

»Du.« Ich zeige auf ihn, dann mache ich mit meinen Fingern eine laufende Bewegung in der Luft. »Bringst.« Ich zeige wieder auf mich selbst. »Mich.« Ich blähe meine Brust auf und fühle mich mehr als nur ein wenig lächerlich, als ich meine Faust an mein Herz halte. »Zu deinem Anführer.«

Der Außerirdische reagiert nicht sofort, aber seine Lippen öffnen und bewegen sich, als ob er die Worte in seinem Mund schmecken würde. »An-fure.«

»An-füüüh-rer. Ja.« Ich nicke, ein wenig zu enthusiastisch.

»Tuak.« Er zeigt auf sich selbst und dann auf den Wald hinter uns.

Versucht er mir zu sagen, dass er dorthin geht? Oder vielleicht ist er damit einverstanden, mich mitzunehmen. Scheiße. Ich weiß es nicht, es könnte alles Mögliche sein.

Tuak ist kein Wort, das ich kenne, aber es klingt wie eine östliche Sprache. Ehrlich gesagt bin ich mir nicht einmal sicher, warum ich mir die Mühe mache, es mit irgendetwas zu vergleichen, das auf der Erde gesprochen wird. Ich bezweifle sehr, dass Sprachen von völlig verschiedenen Planeten irgendwelche Gemeinsamkeiten haben.

Ich bin verloren. Unglaublich verloren.

Ich weiß nicht einmal, in welchem Sonnensystem ich mich befinde. Und ich versuche verzweifelt, nach Hause zu kommen, auch wenn »zu Hause« eine korrupte Regierung und ein Mann auf mich warten, der mich nicht lieben könnte, selbst wenn er es wollte.

Was, wenn ich nie wieder auf die Erde zurückkomme? Wie viele andere Frauen werden in den Weltraum geschickt werden? Wer wird meinen Eltern samstags Blumen ans Grab bringen?

Ich betrachte wieder das Gesicht des Außerirdischen und beobachte, wie sich seine Brauen zusammenziehen.

»Urusen gee du?«

Er macht einen Schritt auf mich zu. Seine hypnotisierenden Augen sind so ausdrucksstark, dass ich das Gefühl habe, alles in ihnen lesen zu können. Verwirrung. Neugierde. Besorgnis.

Ich weiß nicht, warum es ihm etwas ausmachen sollte, wenn ich verärgert wäre. Er ist ein Fremder, ich bin ein Eindringling. Wenn überhaupt, dann sollte er eine Waffe auf mich richten. Wieso ist er sich so sicher, dass ich ihn nicht verletzen werde?

Langsam streckt er seine Hand aus und berührt meine Wange. Überrascht stelle ich fest, dass ich weine und mir Tränen der Verzweiflung über das Gesicht laufen.

Die Fingerknöchel des Außerirdischen streifen meinen Augenwinkel, und dann … passiert etwas Seltsames. Sein Atem stockt und sein ganzer Körper versteift sich, während sich seine ovalen Pupillen erweitern. Er starrt mich direkt an, aber sein Blick ist so unfokussiert, dass ich Angst habe, er könnte in Ohnmacht fallen.

Dann wird sein Blick plötzlich scharf und bohrt sich mit einer überwältigenden Intensität in mich hinein. Ich bekomme Gänsehaut auf den Armen und fange an zu zittern.

»Rhael«, sagt er mit tiefer, ruhiger Stimme.

Es klingt fast wie ein Kommando, selbstsicher und stolz.

Ich wische meine verschwitzten Handflächen am Stoff meines zerrissenen Nachthemdes ab, während mein Herz gegen meine Rippen schlägt.

Was zum Teufel soll das bedeuten?

Kapitel 8

Droth

Mein.

Sie gehört mir.

Das weiß ich genauso sicher wie meinen eigenen Namen. Sobald ich die Nässe gespürt habe, die aus ihren Augen gesickert ist, hat sich in meiner Brust etwas so fest zusammengezogen, dass es weh getan hat.

Dann hat mich ein Rausch der Gewissheit durchflutet, der so stark war, dass er mich fast von den Füßen gerissen hat.

Diese Frau ist meine Gefährtin.

Die Götter haben sie zu mir geschickt, nachdem sie mir so viele Jahre lang verweigert haben, was ich mir immer so sehr gewünscht habe, dass es weh tat, es mir einzugestehen. Eine Gefährtin. Eine Frau, mit der ich ein Leben, eine Welt erschaffen kann.

»Mein.«

Ich spreche das Wort laut aus, als müsste ich der Welt

meinen Anspruch verkünden, ihn greifbar und real machen, bevor sie auf dem gleichen Weg, auf dem sie gekommen ist, im Wind verschwindet.

Sie antwortet nicht. Höchstwahrscheinlich versteht sie mich nicht. Ich verstehe auch kein Wort von dem, was sie sagt – aber das macht nichts, wir werden das schon hinkriegen. Sprachen können gelernt werden. Alles, was zählt, ist, dass ich sie gefunden habe, dass sie mich gefunden hat.

Ich berühre ihre zarten Wangenknochen und fahre die Linie ihrer Wange bis zu ihrem Mundwinkel nach. Die Finger meiner anderen Hand gleiten über die feuchte Haut unter ihren Augen. Sie ist so perfekt. Eine zerbrechliche Glasscherbe, die sicher in etwas Weiches gehüllt werden muss, und doch ist sie auch eine furchtlose Kriegerin, die mich genauso beschützen wird, wie ich sie beschützen werde.

Bis zu meinem letzten Atemzug.

Denn sie gehört mir, und ich gehöre ihr.

Ihre Wimpern flattern und senken sich, als sie mich ansieht. Ich bewundere ihr Aussehen, die Art, wie sie sich bewegt, wie sie auf jede Kleinigkeit reagiert. Feuer schießt durch meine Adern wie ein Fieber. Ihr Kopf dreht sich zur Seite, als sie sich unterbewusst an meine Berührung schmiegt und ihre Wange gegen meine Handfläche drückt.

Mein Körper reagiert augenblicklich und eine neue Welle der Begierde steigt in mir auf. Ich habe Geschichten über die Verbindung zwischen Gefährten gehört und habe viele Paare auf Vox gekannt. Aber von der Bindung zu wissen und sie selbst zu erleben, sind zwei völlig verschiedene Dinge. Die Verbindung ist so viel *verzehrender*, als ich gedacht habe, und sie erfüllt meine Sinne, sodass ich nur noch an meine Gefährtin denken kann.

Auf Vox gibt es normalerweise eine Zeremonie, aber eigentlich brauchen wir nur die Autorität der Götter, um eine wahre Gefährtenverbindung zu schließen. Meine Mutter hätte sich gefreut, das zu sehen.

Die Augen der Frau sind wieder vollständig geöffnet, ihr Blick ist auf mich gerichtet. Ihre Augen sind grün, dunkel wie die Blätter an den Beerensträuchern. Die Farbe ist so lebhaft, dass sie in starkem Kontrast zu ihrer blassen Haut steht.

»Wer bist du?«

Die Frage entweicht meinen Lippen im Flüsterton und ich trete näher an sie heran. Ich habe nicht aufgehört, ihr Gesicht zu berühren. Ich kann mich nicht dazu durchringen, sie loszulassen.

Die Haut unter meinen Fingerkuppen ist so weich und glatt. Ich habe mir schon wegen ihres Gewandes gedacht, dass sie von königlicher Abstammung ist, aber ihre Haut ist ein weiterer Beweis dafür. Niemand hat eine so weiche Haut, außer kleine Kinder und alle, die nicht in der Wildnis arbeiten.

Ich wundere mich darüber, dass die Götter uns beide zusammengeführt haben – einen Prinzen und eine Prinzessin.

Woher kommt diese Frau? Wie kann sie hier sein, auf diesem Planeten voller Ausgestoßener und Krimineller? Wie kann sie mit dem Rest von uns hier festsitzen, wenn ihre Seele doch so offensichtlich nicht zu Bösem fähig ist?

»Wo ist dein Volk?«, frage ich.

Ich nehme an, es ist jetzt auch mein Volk. So wird es auf Vox gehandhabt – wenn die Verbindung zwischen zwei Gefährten geschlossen wird, werden die beiden Blutlinien zusammengeführt und alle werden zu einer Familie. Ich habe noch nie davon gehört, dass meine Spezies eine Verbindung mit fremden Arten eingegangen ist, daher weiß ich nicht, wie es in unserem Fall aussehen wird.

»Wo sind sie?«, wiederhole ich. »Woher kommst du?«

Sie schüttelt den Kopf und mein Herz zieht sich zusammen. Einen Moment lang glaube ich, dass sie die Bindung ablehnt. Es ist ihr Recht, das zu tun. So funktioniert die Gefährtenbindung – sie muss freiwillig eingegangen werden. Wenn sie sich entscheidet, die Verbindung zwischen uns abzulehnen, dann würde ich ihren Wunsch respektieren, aber ich hoffe verzweifelt, dass sie es nicht tut.

Als sie immer wieder den Kopf schüttelt und die Augenbrauen zusammenzieht, wird mir klar, dass sie mich nicht ablehnt. Sie ist verwirrt.

»Verflucht sei das Schicksal!«, murmle ich frustriert.

Ich möchte einfach mit ihr reden können, sie fragen, ob sie die gleiche starke Anziehung spürt wie ich. Ich möchte sie fragen, wie sie hierhergekommen ist.

Beim Klang meiner Stimme blinzelt sie. Ihr Stirnrunzeln verschwindet und macht einem Lächeln Platz. Es kommt kein Wasser mehr aus ihren Augen. Irgendetwas hat ihre Stimmung verbessert, und sie glücklich zu sehen, verbessert wiederum meine eigene Stimmung. Oder vielleicht liegt es nur daran, dass meine Sprache in ihren Ohren komisch klingt.

»Fuupa wombo?«, murmelt sie.

Sie hat immer noch dieses kleine Lächeln im Gesicht, und es wird breiter, als sie meine Worte wiederholt. Ihr

Grinsen ist ansteckend, und sie ist so schön, dass meine Brust schmerzt, wenn ich sie ansehe.

»Ja, verflucht sei das Schicksal!« Ich lächle zurück, ich kann nicht anders.

Die Verbindung zwischen uns wird stärker, und mein Magen fühlt sich leicht an. Ich trete näher an sie heran und hoffe, dass sie mich ebenso sehr will wie ich sie. Ihr Lachen verstummt und ihre Augen werden größer, aber sie weicht nicht zurück.

Meine Bewegungen sind langsam und bedächtig, sodass sie genügend Zeit hat, sich zur Seite zu drehen oder mich wegzuschubsen, wenn sie das will, aber sie tut es nicht. Ich lege einen Arm um ihre schmale Taille und ziehe sie an mich.

Ihre Brust streift meine, während ich auf sie herabblicke. Ihre Lippen sind ausdrucksstark und schön, und ich sehne mich danach, sie auf meinen eigenen spüren. Ihr Herz hämmert hinter ihren Rippen, so heftig, dass ich es fühlen kann, und auch mein Herz schlägt wie eine Kriegstrommel.

Ich senke den Kopf und sie hebt die Hände und legt sie an meine Brust. Mein Schwanz hat sich etwas beruhigt, seit mir das mit der Gefährtenbindung bewusst geworden ist, aber jetzt wird er wieder steif und drückt sich gegen meinen Lendenschurz wie ein wildes Tier in einem Käfig.

Unfähig, ihrem süßen Duft zu widerstehen, streife ich ihre Nase mit meiner. Ihr ganzer Körper erschlafft und wird fast nur noch durch meine Umarmung gehalten.

Meine Lippen schweben über ihren, so nah, dass ich ihren Atem auf meiner Haut spüren kann. Sie gibt einen leisen Laut von sich – kaum hörbar, aber er ist da. Ein Wimmern, als ob sie wollen würde, dass ich ihr helfe.

Die Länge zwischen meinen Beinen schwillt noch mehr an. Der Druck ist zu groß.

Ich weiß, dass das nicht richtig ist, aber ich würde sie am liebsten hinlegen und sie hier auf dem Boden beanspruchen. Das hätte ich vorhin fast getan, als sie ihre Beine gespreizt und mich mit einem begierigen Blick direkt angesehen hat. Wenn sie mich bitten würde, sie jetzt zu beanspruchen, könnte ich es ihr nicht verweigern. Ich glaube nicht, dass ich ihr überhaupt irgendetwas verweigern könnte.

Gerade, als sich unser Atem vermischt, als ich meine Gefährtin zum ersten Mal küssen will, raschelt es hinter ihr in den Blättern.

Ein lautes Kreischen ertönt und der Gicnuk schießt zwischen den Bäumen hervor, seine Klauen donnern über den Boden. Als er seine Flügel ausbreitet, sehe ich, dass mein Speer noch immer in einem davon steckt. Dann schreit er und das wütende Geräusch lässt den Wald um uns herum erbeben.

Mein ganzer Körper spannt sich an. Ich dachte, die Bestie sei weggeflogen, nachdem ich sie verletzt hatte, aber sie muss zurückgekommen sein, um sich die Beute zu holen, die sie verloren hat.

Meine Gefährtin.

Wut und ein starker Beschützerinstinkt steigen in mir auf.

Nein. Diese Kreatur darf sie nicht haben. Sie gehört mir, und ich würde sterben, um sie zu beschützen. Ich reiße meinen Mund weit auf, und das Gebrüll, das aus meiner Brust dringt, reicht aus, um die Kampfansage der Bestie zu verschlucken.

Kapitel 9

Charlotte

EINEN MOMENT lang hatte ich das Gefühl, in einer Art Traum zu sein, verloren in zwei seltsam magnetischen Augen. Der außerirdische Mann und ich waren dicht beieinander, haben Wärme und Atem geteilt. Seine Lippen waren so nah an meinen, dass wir uns mit nur einer winzigen Bewegung hätten küssen können.

Ich glaube … ich glaube, ich *wollte sogar*, dass er mich küsst.

Doch dann hat ein schrilles Kreischen den Nebel in meinem Kopf durchschnitten, und alles, was warm und weich war, wurde plötzlich gestochen scharf.

Der Vogel.

Dieser verdammte Vogel.

Das monströse Ding kreischt erneut, und die Haare in meinem Nacken sträuben sich.

Meine Beine fühlen sich wie eingefroren an, während ich zuschaue, wie sich der Mann, der noch vor wenigen Augenblicken so sanft zu mir war, in etwas anderes verwandelt. Seine Augen werden dunkel und wild, und er öffnet seinen Mund und brüllt laut. Benommen bemerke ich, dass er leicht verlängerte Eckzähne hat, länger als ich es je bei einem Menschen gesehen habe.

Als der Vogel angreift, stürmt der Mann los und stößt mich von der Bestie weg.. Ich lande auf dem moosigen Boden und rolle mich ab, wobei mir für einen Moment die Luft aus den Lungen weicht. Trotz meiner etwas unsanften Landung weiß ich, dass er mir gerade das Leben gerettet hat.

Ich schnappe nach Luft, stehe auf und renne hinter einen Baum. Ich spähe hinter dem dicken Stamm hervor, um zu sehen, was vor sich geht.

Der Mann duckt sich unter dem schnappenden Schnabel des Vogels hindurch und kommt dabei seinem riesigen Körper so nahe, dass er zerquetscht werden würde, falls der Vogel umfallen sollte. Der Vogel streckt seinen Hals und schnappt wieder nach dem Mann, der jedoch seine Hüften dreht und unter den riesigen Flügel schlüpft. Im einem Moment steckt der Speer im Flügel fest und wackelt unbeholfen bei jeder Bewegung, und im nächsten wird die Waffe von unten herausgerissen.

Wieder stößt der Vogel einen Schrei aus. Er hebt seine Flügel und versucht zu fliegen, aber der außerirdische Krieger rammt die Waffe in den Oberkörper der Bestie. Die Adern in den Armen des Mannes treten hervor und er fletscht die Zähne, während er sich bemüht, die riesige Bestie zu Fall zu bringen.

Der Vogel windet und dreht sich und seine Flügel flattern durch die Luft, während er zu fliegen versucht – aber dann brüllt der Außerirdische erneut.

Mein Herz galoppiert in meiner Brust. Ich habe Angst, dass der Vogel gewinnen wird. Ich habe Angst, dass er diesen Mann mitreißt und dann zu mir zurückkehrt. Der Kriegsschrei des Außerirdischen erschüttert mich bis ins Mark und ich kralle mich mit meinen Fingernägeln in den Baum.

Die Bauchmuskeln des Mannes spannen sich an, ebenso wie seine Beine und seine Schultermuskulatur. Der aufgespießte Vogel wehrt sich gegen den Speer, der in seinem Oberkörper steckt, aber am Ende ist es zwecklos. Irgendwie gelingt es dem Mann, eine Kreatur, die ein Vielfaches seines Körpergewichts wiegen muss, in hohem Bogen auf den Boden zu schleudern, sodass ihr Körper wie mit einem Hammerschlag auf den Waldboden knallt.

Der Vogel flattert ein letztes Mal vergeblich und wütend mit den Flügeln. Seine Beine zucken wild und seine Krallen treffen den Außerirdischen.

Obwohl ich relativ weit weg bin, kann ich kann die Schnittwunde in seiner Haut deutlich sehen. Eine dunkelblaue Flüssigkeit sickert aus der Wunde und fließt wie Blut über seine Haut. Nein, es *ist* Blut.

Der Krieger schaut sich die Verletzung nicht einmal an. Er scheint sie kaum zu bemerken. Der Vogel liegt am Boden und versucht, den Speer zu zerbrechen, der ihn in den Boden drückt, doch der Außerirdische reißt seinen Speer aus der Brust des Vogels und stößt ihn sofort wieder hinein. Sobald der Speer seine Brust durchbohrt hat, stößt der Vogel einen gedämpften Schrei aus und schlägt mit den Flügeln, während der Todeskampf seinen Körper durchzuckt.

Der Mann fliegt durch die Luft, als er durch die letzten zuckenden Bewegungen des Vogels weggeschleudert wird. Er schlägt mehrere Meter entfernt auf dem Boden auf, während der Vogel schließlich regungslos liegen bleibt.

Nach so viel Lärm und Chaos ist es totenstill im Dschungel.

Ich blinzle und versuche zu schlucken. Meine Kehle ist plötzlich völlig ausgetrocknet.

Das ist zu viel. Zu viel von *allem.*

Ich werde auf keinen Fall hierbleiben, um herauszufinden, wer von den beiden Freunde hat, die nach ihm suchen. Ich muss zurück zu den Frauen von meinem Schiff, zu den Menschen, die meine Sprache sprechen, zu dem zerstörten Raumschiff, das wir irgendwie wieder zusammenbauen müssen, um zurück nach Hause zu kommen.

Ich drehe mich um und stoße mich von dem Baum ab. In meinem Kopf wirbeln Bilder von tausend Außerirdischen, die mit Speeren und Fragen auf mich zustürmen, herum, und ich bin nicht in der Lage, auch nur eine einzige davon zu beantworten. Oder tausend riesige Vögel, die sich auf meinen Kopf stürzen, so groß wie Elefanten und so wütend wie ein Schwarm Krähen.

Vielleicht sind die anderen Frauen gar nicht mehr am Leben. Vielleicht sind noch mehr von diesen Vögeln gekommen und haben sie eine nach der anderen mitgenommen.

Vielleicht bin ich allein auf diesem fremden Planeten.

Vielleicht bin ich sowieso aufgeschmissen.

Dutzende schrecklicher Möglichkeiten gehen mir durch den Kopf, während ich einzig von meiner Panik angetrieben losrenne. Ich versuche den Ästen und dem Unterholz des

Waldes so gut wie möglich auszuweichen, aber mein dämliches Nachthemd bleibt immer wieder an Zweigen und Büschen hängen.

Sie kratzen über meine Haut, während ich vorbeirase, aber ich spüre es kaum. Dann schiebt sich etwas anderes durch die Panik in meiner Brust nach oben, und ich kenne es gut genug, um es beim Namen zu nennen.

Schuldgefühle.

Meine trampelnden Schritte verlangsamen sich, als ich an den Mann denke und daran, wie er gelächelt und mich behutsam festgehalten hat. Ich erinnere mich an das seltsame Gefühl der Zugehörigkeit, das ich in seinen Armen empfunden habe, als ob er mich wollte – nur mich, niemanden sonst.

Er war freundlich zu mir und hat mich beschützt, und ich habe ihn dort einfach zum Sterben zurückgelassen. Egal, welche anderen Pflichten ich habe, egal, wie verängstigt ich bin, das ist nicht richtig. Das hat er nicht verdient. Ich muss zurückgehen, um mich zu vergewissern, dass er zumindest nicht tot ist.

Mein Herz schlägt immer noch wie wild und die Angst rinnt mir wie Eiswasser über den Rücken. Aber eine plötzliche Gewissheit erfüllt mich.

Ich kann ihn nicht zurücklassen. Nicht auf diese Weise.

Also drehe ich mich um und beginne, mich wieder durch den Wald zu kämpfen. Nach einigen Minuten erblicke ich den Vogel und den Mann in der Ferne. Sie liegen beide noch auf dem Boden. Mein Herz stottert in meiner Brust und ich werde schneller, da mich die Sorgen innerlich auffressen.

Bitte sei am Leben.

Ich weiß nicht, warum ich mich so um diesen Fremden

sorge, aber ich rede mir ein, dass es rein pragmatische Gründe hat.

Wenn er am Leben *ist*, dann besteht die Möglichkeit, dass er mir helfen kann, mein Schiff und die anderen Frauen zu finden. Der Vogel hat mich ziemlich weit getragen, und der fremde Mann kennt wahrscheinlich die Geografie dieses Planeten. Zumindest besser als ich.

Der logische Teil meines Gehirns, der normalerweise viel lauter ist als meine spontane Seite, fragt sich, ob der Außerirdische wirklich so freundlich ist, wie er bei unserer ersten Begegnung gewirkt hat. Schließlich geben die Menschen ständig vor, etwas zu sein, das sie nicht sind, um zu bekommen, was sie wollen.

Er könnte bösartig sein. Er könnte gefährlich sein. Er könnte ein Lügner sein.

Aber er war nicht nur nett zu mir. Er war auch *mutig*. Er hätte einfach vor dem Vogel weglaufen und mich nur hinter sich herziehen können. Aber stattdessen hat er mich aus dem Weg gestoßen und ihn angegriffen, um mich zu beschützen.

Und er hat nicht gezögert. Nicht einmal eine Sekunde lang.

Von meinen Gedanken getrieben, bewegen sich meine Füße noch schneller und ich sprinte die letzten Meter bis zu ihm.

Als ich ihn erreiche, lasse ich mich im Gras auf die Knie fallen, drehe ihn auf den Rücken und suche seinen Körper nach Wunden ab.

Seine Haut ist dreckig und er hat ein paar Schrammen und Schnitte. Eine Wunde an seinem Arm ist besonders schlimm. Wahrscheinlich hat der Vogel ihn dort mit seinen Krallen erwischt. Sein Blut ist dunkel-violett-blau.

Ich greife nach seinem kräftigen Kinn und drehe seinen Kopf ein wenig, um nach Verletzungen an seinem Schädel zu suchen. Ich sehe kein Blut in seinem dunklen Haar, und auch auf dem Boden unter seinem Kopf ist kein Blut zu sehen.

In etwa einer Stunde wird er wahrscheinlich eine böse Beule haben, aber er sollte bald aufwachen, wenn er sich den Kopf nicht zu hart angeschlagen hat. Ich weiß nicht, wie außerirdische Gehirnerschütterungen funktionieren, aber ich gehe davon aus, dass sie sich nicht sonderlich von menschlichen unterscheiden. Sobald er aufwacht, muss ich dafür sorgen, dass er bei Bewusstsein bleibt, bis wir jemanden finden, der ihm helfen kann.

Ich streiche ihm die Haare aus dem Gesicht, beuge mich über ihn und mustere seine Gesichtszüge. Auf eine gewisse Weise ist es schön, ihn genau betrachten zu können, während er es nicht mitbekommt. Es würde sich zu intim anfühlen, wenn er mich direkt ansehen würde.

So fühlt es sich nicht so unbehaglich an, denn seine fremdartige Schönheit macht mich neugierig. Er hat wunderschöne, feine Muster am ganzen Körper, wie Tätowierungen. Sie sind weiß und heben sich stark von seiner perlmuttähnlichen, blaugrauen Haut ab – auf seinem Brustkorb und seinen Hüften sind sie gewunden und blass, aber auf seinen Armen und Schultern sind sie deutlicher und heben sich stärker ab.

Seine Wangenknochen sind hoch und kantig. So wie die der Männermodels und Filmstars auf der Erde, die reihenweise Frauenherzen brechen.

Eigentlich will ich ihn nicht berühren, aber ich tue es trotzdem. Das Gefühl seiner warmen Haut unter meinen Fingern ist angenehm. Ich könnte vermutlich den ganzen Tag sein Gesicht berühren, ihn beobachten und erkunden. Ich streiche mit meinem Daumen über seine Kieferpartie und staune darüber, wie weich sich seine Haut anfühlt. Da ist nicht einmal ein Hauch von Stoppeln.

Plötzlich schießt seine Hand nach oben. Starke Finger legen sich schneller um mein Handgelenk, als ich blinzeln kann.

»Scheiße!«

Ich keuche und mein Körper zuckt instinktiv zurück. Die Augen des Mannes sind offen und funkeln mich wild an, und seine Lippe ist hochgezogen, sodass seine scharfen Eckzähne hervorblitzen.

Mir schlägt das Herz bis zum Hals.

Vielleicht habe ich mit meiner Vermutung, dass er keine Bedrohung darstellt, doch falsch gelegen.

Kapitel 10

Droth

NEIN.

Ich werde nicht verlieren.

Der Gicnuk wird meine Gefährtin *nicht* mitnehmen.

Während ich mich durch den Nebel der Dunkelheit kämpfe und meine Augen im Sonnenlicht öffne, bin ich angespannt und nervös, bereit, weiterzukämpfen.

Ich werde diese Schlacht nicht verlieren. Ich werde meine Gefährtin beschützen. Ich werde alles zerstören, das versucht, mich aufzuhalten.

Eine Gestalt ist über mir und berührt mich. Ich packe das Ding, das über mein Gesicht streicht, bereit, es von mir zu schleudern. Doch dann wird alles wieder scharf.

Das Erste, was ich sehe, sind große grüne Augen, dann wird der Rest des Gesichts meiner Gefährtin klar. Ihr Mund ist leicht geöffnet, die Nasenlöcher sind weit aufgebläht. Als sie ihre Hand wegzieht, steigen Schuldgefühle in mir auf. Ich will nicht, dass sie Angst vor mir hat.

Ich lasse ihr Handgelenk los, als sie wieder versucht, sich

aus meinem Griff zu winden. Ihre Augen sind groß und rund, und der Anblick ihres verängstigten Gesichts lässt meine verschwommenen Gedanken wieder klarer werden. Ich erinnere mich. Der Vogel hat mich mit seinen Klauen erwischt, aber ich habe es geschafft, eine Schwachstelle zu finden und die Bestie zu töten. Der Vogel ist tot. Ich kann seinen Körper über ihre bleiche Schulter hinweg sehen, er liegt auf dem Boden. Es gibt keinen Grund, weiterzukämpfen.

Ich atme tief durch die Nase ein und setze mich auf. Dabei weicht die Frau wie ein aufgescheuchtes Tier zurück. Ihre Reaktion bricht mir das Herz. Ich wünschte, ich könnte ihr begreiflich machen, dass sie die einzige Person auf dieser Welt ist, die mich nie zu fürchten braucht.

Als ich aufstehe, strecke ich ihr meine Hand entgegen. Mein Kopf pocht ein wenig, aber das ist nicht schlimm. Es gibt im Moment wichtigere Dinge.

Zögernd nimmt sie meine Hand und ich ziehe sie neben mir hoch. Sie macht einen Schritt rückwärts und sieht mich misstrauisch an. Ich glaube, dass sie vorher eher neugierig als verängstigt war, was jetzt allerdings nicht mehr der Fall ist.

Ich kann es ihr nicht verübeln.

Sie ist empfindlich, und ich bin es nicht. Sie hat stumpfe Fangzähne, ich nicht. Sie ist gerade einmal halb so groß wie ich. Wenn ich sie töten wollte, wäre das nicht weiter schwierig, und ich bin mir sicher, dass sie sich dessen bewusst ist – aber sie läuft nicht weg.

Ich mache ihr also keine *allzu große* Angst. Entweder das oder sie ist unglaublich mutig.

Als ich mich bewege, tut es weh, weshalb ich den Blick

von meiner Gefährtin abwende, um meine Wunden zu begutachten. Ich habe einen großen Schnitt am Arm, aber sonst nichts. Nachdem ich mich allein auf einen Gicnuk gestürzt habe, kann ich mich glücklich schätzen, noch alle meine Gliedmaßen zu haben.

Ich schaue noch einmal zu meiner Gefährtin und stelle fest, dass sie mich beobachtet. Mit vorsichtigen Bewegungen löse ich den kleinen Trinkschlauch aus der Schlinge um meine Hüften. Es ist ein fester Kanister aus einem Petruskürbis, klein und handlich. Ich öffne ihn mit den Zähnen und gieße das Wasser über die Wunde, die von meinem Ellbogen bis zur Schulterspitze reicht. Die Stelle ist ein wenig unpraktisch, aber nicht allzu schlimm. Ich bin nur dankbar, dass sie nicht auf meinem Rücken ist.

Während ich das trocknende Blut von der Wunde wegschrubbe, macht meine Gefährtin einen zögerlichen Schritt vorwärts und streckt ihre Hände aus. Einen Moment lang denke ich, sie bittet um etwas zu trinken, aber dann sehe ich, dass ihr Blick auf den Schnitt gerichtet ist, ihr Blick ist sanft.

Ihre Sorge ist wie ein Balsam, der etwas in meiner Seele beruhigt, von dessen Existenz ich bisher noch nicht einmal gewusst habe.

Sie sorgt sich. Sie möchte helfen.

Ich zögere nur eine Sekunde, bevor ich meiner Gefährtin den Trinkschlauch reiche. Sie nimmt ihn und geht hinter mich. Ich kann nicht sehen, was sie tut, aber ich kann das kühle Wasser spüren, das über meinen Nacken, meine Schulter, meine Rippen und meine Wirbelsäule läuft.

Als ihre Hand über meine Haut streicht und sie das Blut

und den Schmutz abwäscht, spannt sich mein Kiefer an und mein Körper erstarrt.

Ich hätte nie gedacht, dass sich etwas so Einfaches so gut anfühlen kann, aber das tut es. Ihre Fingerspitzen sind wie Feuer, das über meine Haut züngelt, und ich sinke fast zu Boden, als sie leicht auf die Muskeln meiner Schultern drückt. Mein Schwanz beginnt zu zucken, obwohl sie mich kaum berührt. Es dauert nur Sekunden, bis meine gesamte Länge anschwillt. Die Begierde ist so plötzlich und kraftvoll, dass es fast wehtut.

Ich muss mich zusammenreißen. Wenn mein Schwanz jedes Mal, wenn sie mich berührt, egal wie leicht, so reagiert, dann werde ich ein ernsthaftes Problem haben, im Alltag zu funktionieren.

Mein Kiefer verkrampft sich und mein ganzer Körper schmerzt von dem Bedürfnis, mich umzudrehen und sie in meine Arme zu ziehen. Um ihre Lippen zu spüren. Jede Stelle ihrer Haut zu kosten.

Um sie zu beanspruchen.

Der Drang ist so stark, dass er fast überwältigend ist und meine Willenskraft zerfrisst.

Ich muss meine Hände beschäftigen, meinen Geist anderweitig ablenken. Also greife ich auf die andere Seite meiner Hüftschlinge und ziehe das Bindemittel heraus, welches meine Männer und ich für Situationen wie diese immer dabeihaben. Ich räuspere mich und strecke meinen Arm aus, um ihr die winzige Spritze zu reichen. Darin befindet sich eine klare Flüssigkeit mit mikroskopisch kleinen Polymeren. Das Zeug wird auf dem Markt vor Pascia verkauft, der Stadt, die unserer Siedlung am nächsten liegt, und es ist eines der wenigen Dinge, die ich immer kaufe, wenn sich mir die Gelegenheit bietet.

Als meine Gefährtin nicht sofort nach dem Röhrchen greift, sehe ich sie über meine Schulter hinweg an. Sie betrachtet meine Hand mit gerunzelter Stirn, als wüsste sie nicht, was sie da vor sich hat. Vielleicht weiß sie es auch nicht. Ich habe keine Ahnung, ob es diese Technologie auf ihrem Planeten gibt.

»Gib es einfach auf meine Wunde. Dann wächst die Haut zusammen.«

Ich deute darauf und schließe meine Faust. Sie neigt den Kopf und sieht mich einen Moment lang an, bevor sie die Spritze aus meiner Handfläche nimmt und sie auf den großen Schnitt drückt.

Sobald die Lösung auf meine Haut trifft, beginnt die Wunde zu kribbeln. Ich kann es nicht sehen, aber ich weiß, dass sich der Inhalt der Spritze ausbreitet, seine Wirkung entfaltet und die Haut entlang der Schnittwunde zusammenklebt.

Ich höre, wie meine Gefährtin hinter mir leise nach Luft schnappt, und ich schaue gerade noch rechtzeitig über meine Schulter, um zu sehen, wie sich ihr Mund öffnet, als sie meinen Rücken anstarrt.

Sie streckt zögerlich ihre Hand aus und ich bleibe regungslos stehen, während sie ihre Neugierde stillt. Ich erwarte, dass sie die nun geschlossene Wunde berührt, aber stattdessen streift ihre Hand über einen der kleinen, hervorstehenden Knoten an meiner Wirbelsäule. Mein ganzer Körper zittert, als ein Blitz von meinem Rücken in meine Leistengegend schießt.

In weniger als einer Stunde hat es diese Frau geschafft,

mich mehr als einmal bis zur Schmerzgrenze steif werden zu lassen.

Sie murmelt etwas mit ihrer melodischen Stimme und klingt fasziniert. Als sie von meinen Knoten ablässt, beginnen ihre Finger, die Muster auf meiner Haut nachzuzeichnen. Meine Schulter hinauf, den Nacken entlang, die Rippen hinunter.

Es ist eine Qual, mich nicht zu bewegen, während sie mich erforscht, und ich kann nur annehmen, dass sie nicht weiß, was ihre Berührung mit mir macht. Ich würde nichts lieber tun, als ihre Hände festzuhalten und ihren Körper auf die gleiche Weise zu erforschen.

Aber egal, wie viel Hitze sie in mir entfacht, ich werde sie nicht erschrecken.

Ihre zarten Fingerspitzen wandern von meinem unteren Rücken bis zu meinen Hüften, welche unwillkürlich nach vorn zucken. Einen flüchtigen Moment lang kann ich mir lebhaft vorstellen, wie sie, die Beine um mich geschlungenen, an einem Baum keucht. Das würde sich für uns beide so gut anfühlen.

Ich würde ihr alles geben, sie vor Euphorie wahnsinnig machen, sie als mein Eigentum beanspruchen.

Akhi. Ich muss mich beherrschen, bevor ich etwas tue, was ich bereuen werde.

Als wäre sie fest entschlossen, die Grenzen meiner Selbstbeherrschung zu testen, fährt meine Gefährtin die Markierungen auf meinem unteren Rücken nach und meine Erregung droht, sich zu entladen.

Es ist zu viel. Ich gehe einige Schritte von ihr weg und bücke mich, versuche verzweifelt, meine pulsierende Männlichkeit zu beruhigen. Aus meinem Schwanz sickern kleine

Tröpfchen Sperma durch meinen Lendenschurz, und während ich versuche, die Kontrolle über meinen Körper wiederzuerlangen, höre ich sie wieder hinter mir sprechen.

Ihre Schritte nähern sich und ich will meine Hand ausstrecken, um sie zu warnen.

Wenn sie mich noch einmal berührt, weiß ich nicht, ob ich diese wahnsinnige, pulsierende Anziehungskraft kontrollieren kann. Ich will sie nicht abschrecken. Ich war in meinem Leben noch nie so wild vor Begierde.

»Get s di ut?« Ihre Stimme ist leise und besorgt. Ihre fremde Sprache klingt so exotisch, melodisch und sanft. Aus dem Augenwinkel sehe ich, wie sie die Hand nach mir ausstreckt.

Götter, gebt mir Kraft.

Durch meinen inneren Kampf bin ich so abgelenkt, dass ich das leise Rascheln der Blätter in der Nähe fast nicht gehört hätte. Ich schaue auf, als einige meiner Männer aus dem Wald auftauchen.

»Droth! Wir haben den Gicnuk gesehen, die den du getötet hast. Bist du –«

Xevars Stimme bricht ab, als er mich und meine Gefährtin erblickt. Seine Augen weiten sich und er fletscht knurrend die Zähne. Meine Männer stoßen einen kollektiven Schrei aus und umzingeln uns, ihre Speere direkt auf meine Gefährtin gerichtet.

Slanch.

Sie hat immer noch mein Blut an ihren Händen, was sie völlig falsch verstehen. So klein und zerbrechlich sie auch sein mag, jeder auf diesem Gefängnisplaneten kann eine Bedrohung darstellen. Das haben wir alle auf die harte Tour gelernt.

Ich habe keine Zeit zum Nachdenken, keine Zeit, ihnen zu versichern, dass meine Gefährtin mir nie etwas antun würde.

Die Waffen werden erhoben, und ich habe nur einen Moment Zeit, um zu reagieren.

Ich lege einen Arm um die Taille der Frau und ziehe sie an meine Seite. Das Gebrüll, das mir diesmal entweicht, ist noch lauter als das von vorhin, als der Gicnuk mit seinem wuterfüllten Blick durch den Wald gebrochen ist.

Es ist lauter als jeder Laut, den ich *je* von mir gegeben habe.

Kapitel 11

Charlotte

Verdammt.

Als ob dieser Tag nicht noch schlimmer werden könnte, sind wir jetzt von einer Horde Außerirdischer umzingelt.

Einen Moment lang kann ich nichts anderes tun, als mich an dem großen Außerirdischen neben mir festzuklammern. Mein Herz klopft so heftig, dass mir die Brust wehtut, und das Brüllen, das der Mann von sich gibt, lässt meine Ohren klingeln.

Der Kerl, an dem ich mich festhalte, ist die mutigste Person, die ich je gesehen habe. Wir sind leicht in der Unterzahl, zwei zu sieben, aber er bäumt sich gegen sie alle auf.

Na ja, wenn wir schon in der Falle sitzen und sterben werden, dann können wir uns wenigstens zur Wehr setzen. Aber ich werde nicht einfach zuschauen und nichts tun, während ich mich von dem Mann beschützen lasse, der mich bereits zweimal gerettet hat.

Obwohl meine Hände immer noch zittern, löse ich meine Arme von ihm und lasse meinen Blick über den Boden schweifen. Direkt links von mir liegt ein großer Stein. Ich bin vielleicht nicht in der Lage dazu, einem der Außerirdischen einen Speer zu entreißen, und ich bin vielleicht auch nicht in der Lage, zu kämpfen, aber ich werde trotzdem versuchen, einen von ihnen auszuschalten. Zumindest einen Versuch ist es wert.

Ich blicke zu dem Außerirdischen auf, der direkt vor uns steht, einem kräftigen Rohling, der die Stirn runzelt. Er sieht mächtig und gefährlich aus. Er sieht …

Oh Gott, er sieht aus wie mein *Außerirdischer.*

Dieselben Muster, dieselbe Grundstruktur des Gesichts, dieselben Augen.

Sie alle sehen wie mein neuer blauhäutiger Freund aus, auch wenn der genaue Farbton ihrer Haut- und Haarfarbe variiert. Ich sehe zu meinem Außerirdischen auf – es ist seltsam, so über ihn zu denken, aber ich tue es – und stelle fest, dass er und der Große vor uns sich gegenseitig niederstarren.

Niemand rührt sich, aber ich gehe kein Risiko ein, nur für den Fall, dass sie sich dazu entschließen, anzugreifen.

Ich schnappe mir den Stein neben meinen Füßen und husche hinter meinen Außerirdischen, sodass wir Rücken an Rücken stehen. Ich drücke den kleinen Stein in meiner Hand und starre die Außerirdischen an, denen ich jetzt gegenüberstehe. Selbst der Schlankste von ihnen ist immer noch um einiges größer als ich, größer als die meisten Männer auf der Erde. Wenn das hier schlecht ausgeht, haben wir nicht die geringste Chance, lebend aus der Sache herauszukommen. Aber ich muss es versuchen.

Scheiße, das ist noch schlimmer als der Vogel. Wahrscheinlich kann man nicht mutig sein, ohne Angst zu haben.

Dann spüre ich die Stimme meines Außerirdischen an meinem Rücken vibrieren. Es ist ein tiefes Geräusch, und da unsere Körper aneinandergepresst sind, spüre ich das Beben an meiner Haut. Ich habe keine Ahnung, was er sagt, aber ich kann die Ergebnisse sofort sehen.

Die Außerirdischen in meinem Blickfeld entspannen sich ein wenig. Sie zielen immer noch mit ihren scharfen Speeren auf mich, aber ihr Gesichtsausdruck entspannt sich allmählich und geht von wütend zu verwirrt über. Einer der kleineren – sofern man einen dieser Kerle als klein bezeichnen kann – lehnt sich gegen seinen Speer und sieht mich mit zusammengekniffenen Augen an, als wäre ich ein Objekt, das erforscht werden muss.

Mein Außerirdischer spricht wieder. Diesmal ist seine Stimme leise und feierlich, woraufhin eine Art Welle durch die versammelten Männer geht.

Ihr verwirrter Gesichtsausdruck verwandelt sich in Überraschung, und sie tauschen Blicke aus, einige mit offenem Mund, andere mit einem nachdenklichen Stirnrunzeln. Dann sehen sie mich alle direkt an.

Ich habe Joseph schon bei vielen politischen Debatten und Kundgebungen sprechen sehen, und ich weiß, wie man die Menge liest. Was auch immer mein Außerirdischer gerade zu diesen Männern gesagt hat, war entweder schockierend oder verblüffend – vielleicht auch beides. Alle Gesichter sehen ehrfürchtig aus. Der Mann, der mich zuvor angesehen hat, grinst sogar und stößt den Mann neben sich mit dem Ellbogen an, bevor er ihm etwas zuflüstert. Der

Außerirdische auf seiner anderen Seite schlägt ihm mit dem Ende seines Speeres auf den Kopf.

Scheiße, was hat mein Retter diesen Typen erzählt?

Als hätte er meine Gedanken erraten, bewegt sich der Außerirdische hinter meinem Rücken und dreht sich ganz zu mir um. Ich schaue zu ihm auf und wende mich ihm ebenfalls zu, wodurch ich den anderen Aliens den Rücken zudrehe. Meinen Stein behalte ich fest in der Hand.

»Unduwa rue?«

Er deutet auf mich, und einen Augenblick später scheint er sich daran zu erinnern, dass wir bereits festgestellt haben, dass ich kein Wort von dem verstehe, was er sagt.

»Ahh …« Er entblößt seine Zähne und legt eine Hand an seine Brust. »Droth.« Dann legt er die gleiche Hand auf mein Herz, das unter seiner Handfläche stottert. »Rue?«, wiederholt er.

Wenn ich raten muss, fragt er nach meinem Namen. Vielleicht sagt er auch etwas, das nichts mit Namen zu tun hat, aber ich werde meinem Bauchgefühl folgen. Und ehrlich gesagt hoffe ich, dass ich recht habe. Ich möchte nämlich auch seinen Namen erfahren.

»Charlotte Navarro«, sage ich und lege eine Hand auf meine Brust. Und nur um sicherzugehen, dass wir auch das Gleiche meinen, klopfe ich mir auf die Brust. »Charlotte.« Und dann berühre ich seine Brust. »Droth.«

Droth.

Was für ein seltsamer Name. Aber er passt zu ihm. Scharf. Auf den Punkt gebracht.

»Schar-lete Neevaro.« Droth sagt es langsam, und es ist nicht ganz richtig, aber es ist reltaiv nah dran, also nicke ich.

»Qu.« Er gestikuliert mit der Hand, während er spricht,

und macht eine Bewegung, die deutlich sagt: »Komm mit mir«.

Ähm. Wirklich?

Ich bin völlig verloren auf einem fremden Planeten, getrennt von den anderen Menschen und umgeben von einem halben Dutzend außerirdischer Krieger im Lendenschurz. Und er will, dass ich mit ihm komme?

»Schar-lete Neevaro, qu.« Er winkt wieder mit der Hand und geht rückwärts, während er mir immer noch fest in die Augen sieht. »Qu, est huue.«

Er lächelt jetzt und streckt seine Hand aus, und ich spüre ein seltsames Ziehen irgendwo in meiner Körpermitte, als würde mich eine unsichtbare Kraft zu ihm hinziehen.

Ich bin in Chicago geboren und aufgewachsen. Die Stadt ist alles andere als sicher, aber meine Eltern haben dafür gesorgt, dass ich weiß, wie ich mich schützen und kluge Entscheidungen treffen kann.

Und ich habe selten gehört, dass eine Frau allein mit einem Haufen fremder Männer mitgegangen ist und die Sache gut für sie geendet hat.

Ich sollte weglaufen. Das sollte man in solchen Situationen tun. Ich bin vorhin nur zurückgekommen, um sicherzugehen, dass Droth nicht tot ist, und jetzt, da ich weiß, dass er es nicht ist, sollte ich von hier verschwinden, solange ich noch kann.

Ich merke nicht, dass ich zurückweiche, bis Droth ein langes Gesicht macht. Seine Hand erschlafft ein wenig und er sieht fast … verloren aus. Mir gefällt dieser verletzte Gesichtsausdruck nicht, und ich möchte ihn verschwinden lassen.

Ich verlagere mein Gewicht von einem Fuß auf den

anderen, während ich ihn ansehe, auf meiner Unterlippe herumkaue und in Gedanken meine Möglichkeiten durchgehe.

Wenn ich weglaufe, sind die Chancen gering, dass ich es jemals zu den anderen Frauen zurückschaffe. Dieser Vogel hat mich eine ganze Weile getragen, bevor er mich fallen gelassen hat, und während ich von seinen Klauen heruntergebaumelt bin, habe ich mich so oft gedreht, dass ich nicht einmal weiß, in welche Richtung ich gehen muss, um zurück zum Schiff zu gelangen. Außerdem ist dieser Vogel vielleicht sogar *harmlos* im Vergleich zu einigen der anderen Tiere, die im Wald lauern.

Entgegen allem, was man mich je gelehrt hat, entgegen aller Vernunft, mache ich einen Schritt auf den Außerirdischen zu. Ich weiß nicht, ob ich ihm völlig vertrauen kann – soweit ich weiß, könnte er mich in sein Zuhause bringen, um mich zu versklaven oder zu fressen – aber ich habe nicht das *Gefühl*, dass er eine Gefahr für mich darstellt.

Er hat sein Leben für mich riskiert. Er hat mich gerettet. Das bedeutet etwas. Das muss es einfach.

Ein leicht wahnsinniges Lächeln umspielt meine Lippen. *Nun, ich nehme an, dass ich sowieso bald wieder Todesangst haben werde.*

»Okay«, murmle ich und atme lautstark aus. »Okay, ich komme mit dir.«

Ich trete vor und greife nach seiner ausgestreckten Hand. Droths breites Lächeln erhellt sein Gesicht, während sich seine Finger sanft um meine legen.

Als sich unsere Handflächen treffen, macht sich wieder dieses ungewohnte Gefühl in meinem Bauch breit.

Wärme.

Begierde.

Trost.

Der Stein, den ich vorhin aufgehoben habe, gleitet mir aus den Fingern meiner anderen Hand und fällt mit einem dumpfen Aufprall zu Boden.

Kapitel 12

Droth

AUCH WENN ICH unglaublich erleichtert bin, dass Charlotte zugestimmt hat, mit mir in mein Dorf zu kommen, werden wir noch kurz aufgehalten, als ich meine Männer anweise, den toten Gicnuk zu säubern und auszunehmen.

Sie steht dicht neben mir, während ich leise mit Xevar spreche, und darauf achte, mich auf ihn zu konzentrieren. Wenn ich meinen Blick umherschweifen lasse, fange ich wieder an, meine Gefährtin anzustarren, und dann werde ich wieder steif …

Ich kann nicht anders.

Ein Blick auf sie, auf ihre schlanken Beine, ihre großen Augen, ihren runden Po, und es passiert einfach.

Xevar nickt, als ich ihm letzte Anweisungen erteile. Er wendet sich mit erhobener Hand ab. »Zayre! Rath! Ihr bleibt bei mir!«

Die Männer versammeln sich um den toten Vogel herum und beginnen mit der mühsamen Aufgabe, die riesige

Kreatur zu schlachten. Charlotte sieht neugierig zu und hat den Mund leicht geöffnet, während ihr Blick ihren Bewegungen folgt.

Wenn ich zuvor vermutet habe, dass sie eine Adlige aus einem fernen Land ist, so bin ich mir jetzt fast völlig sicher. Es liegt an der Art, wie sie sich benimmt. An ihrem Mut, mit dem sie meinen Männern entgegengetreten ist, als sie dachte, sie könnten eine Bedrohung darstellen. An ihrem langen und eleganten Namen.

Fünf Silben. Nicht eine, sondern fünf.

Ein Name, der so majestätisch klingt, muss eine Art königliche Referenz sein.

Ich denke darüber nach, wie ihr Königreich wohl aussieht, und dann versichere ich mir, dass ich sogar mitgehen würde, wenn ihr Volk sie suchen und sie aus Nuthora wegbringen sollte. Wir alle würden mitkommen. Es wäre eine Erleichterung, diesen trostlosen, grausamen Planeten zu verlassen.

Wenn meine Gefährtin versuchen wollte, ihr Königreich durch Bündnisse zu erweitern, würde ich sie auf Vox verweisen. Dann könnten wir vielleicht die Korruption aufzulösen, die ich vor so langer Zeit versucht habe, zu zerstören.

Oder vielleicht holt sie auch niemand ab. Ich weiß immer noch nicht, wie oder warum eine Prinzessin wie sie überhaupt auf diesen Planeten gesandt wurde.

Ist ihre Geschichte wie meine? Hat sie sich gegen einen ungerechten Herrscher aufgelehnt und für das Wohl ihres Volkes gekämpft?

Der Gedanke zieht mich nur noch stärker zu ihr hin. Was auch immer der Grund für ihre Verbannung sein mag, ich weiß, dass meine Gefährtin eine ehrenwerte Frau ist. Ich kann es fühlen.

Und wenn niemand kommt, um sie abzuholen, kann sie hier bei mir bleiben. Auch wenn es auf diesem Planeten rau zugeht, können wir uns hier ein Zuhause schaffen und ein gemeinsames Leben aufbauen.

Das einzige Problem dabei könnten die Männer sein – aus verschiedenen Gründen, nicht zuletzt wegen der Art und Weise, wie einige von ihnen Charlotte misstrauisch beäugen.

Ich habe ihnen gesagt, dass sie meine Gefährtin ist, aber einige von ihnen glauben mir nicht, und ich mache ihnen keinen Vorwurf deswegen. Wenn einer von ihnen behaupten würde, dass er sich zu einer fremden Frau hingezogen fühlt, die *zufällig vom* Himmel gefallen ist, würde ich auch denken, dass er wahnhaft ist und sich nur an irgendeiner Hoffnung festklammert.

Immerhin sind seit unserer Ankunft auf Nuthora fünf lange Jahre vergangen, und nur eine Handvoll der Männer hat diese Verbundenheit jemals zuvor gespürt. Sie wurden ihren Gefährtinnen entrissen, als wir hierher verbannt wurden, und mein Herz blutet aufgrund des Schmerzes, den sie damals empfunden haben und wahrscheinlich immer noch empfinden.

Aber der Rest von uns? Wir haben nie damit gerechnet, dass wir einmal diese Verbindung finden würden. Der Jüngste von uns hat noch nie eine Frau angefasst – das weiß ich, da ich es mir zur Aufgabe gemacht habe, sie jedes Mal einzufangen, wenn sie versuchen, sich in die gefährliche Stadt zu schleichen, um die Bordelle zu besuchen.

Ich weiß nicht, wie ich meine Leute davon überzeugen

soll, dass das, was zwischen mir und Charlotte ist, eine echte Verbindung ist.

Mein Volk ist ehrenhaft. Ich muss sie nicht überzeugen, um sicherzustellen, dass sie nicht angefasst wird, aber wenn sie sie als meine wahre Gefährtin akzeptieren, wird sie es hier bei uns wesentlich leichter haben. Sie werden auf meine Gefährtin hören und ihre Befehle befolgen, sie werden bei Entscheidungen auf sie hören, wenn ich gerade nicht da bin, und sie werden ihre Kinder als unsere zukünftigen Anführer ehren.

Wenn ich sie allerdings dazu zwinge, sie gegen ihr eigenes Urteil zu akzeptieren, dann wäre ich nicht besser als der Gewaltherrscher, den ich auf Vox zu stürzen versucht habe.

Da ich mich einfach nicht lange von ihr fernhalten kann, kehrt mein Blick wieder zu Charlotte zurück.

Sie schreitet nun vorsichtig um den massigen Kadaver des Vogels herum und mustert ihn und meine Männer interessiert. Für so ein kleines Ding hat sie wirklich den Geist einer Kriegerin. Sie ist misstrauisch, aber sie schreckt nicht davor zurück, sich ihnen zu nähern. Vielleicht sind die Frauen auf ihrem Planeten Kriegerinnen. Aufgrund ihrer Größe ist das zwar schwer vorstellbar, aber mein Vater war fest davon überzeugt, dass man nie einen Gegner unterschätzen sollte, und nach meinen eigenen Fehlern glaube ich das mittlerweile auch.

Die jüngeren Männer sind damit beschäftigt, den Vogel zu zersägen. Sobald sie fertig sind, werden meine Männer jedes einzelne Teil zurück zur Siedlung bringen, wofür wahrscheinlich mehrere Gänge erforderlich sein werden.

»Hallo.« Rash steht auf, als Charlotte in seine Nähe kommt, und streckt seine Hand aus.

Sie erstarrt. Ich auch.

Ich weiß, dass er ihr nicht wehtun wird, aber Logik und Erfahrung werden von dem instinktiven Drang überlagert, meine Gefährtin zu beschützen. Ich nähere mich Charlotte und Rash und tue mein Bestes, sie nicht von ihm wegzureißen und den jungen Krieger nicht anzuknurren.

Sie streckt langsam die Hand nach Rash aus, und ich freue mich, dass zwischen den beiden eine natürliche Neugierde zu bestehen scheint. Anstatt jedoch nur ihre Handfläche an seine zu legen, ergreift sie seltsamerweise Rashs Hand und schüttelt sie. Die Geste sieht unbeholfen aus, und es fällt mir schwer, ein Glucksen zu unterdrücken. Was für ein seltsamer Brauch.

Ich frage mich, was diese Bewegung wohl zu bedeuten hat. Die Hand zu ergreifen und sie auf und ab zu bewegen? Soll das vielleicht den Kampf zwischen zwei Fremden darstellen?

Aber das spielt keine Rolle. Ich werde sie später in unsere Bräuche einweihen. Vorerst beobachte ich, wie sie mit meinen Männern interagiert.

Rash grinst und legt eine Hand auf seine Brust. »Rash«.

Dann tritt Zayre von hinten hervor und streckt seine Hand aus. »Zayre.«

Sie schüttelt ihm auf die gleiche seltsame Weise die Hand. »Rash. Zayre«, wiederholt sie und schenkt ihnen ein zögerliches Lächeln.

»Wir sind Brüder«, sagt Zayre und streckt seinen Arm neben dem von Rash aus, um ihr ihre identischen Markierungen zu zeigen. »Zwillinge.«

Fasziniert betrachtet die wirbelnden weißen Flecken. »As eest fendastig. See si wunnershon.«

Ich freue mich, dass sie gut mit meinen Männern auskommt, aber der egoistische Teil in mir will, dass ihre Aufmerksamkeit nur auf mich gerichtet ist. Plötzlich verstehe ich die Besitzgier, die andere Voxeraner gegenüber ihren Gefährten zeigen.

»In Ordnung.« Ich trete vor und scheuche die Jungblüter weg. »Zurück an die Arbeit. Wir werden später noch genug Zeit für ein Gespräch haben.«

Rath und Zayre befolgen rasch meinen Befehl und grinsen stolz, während sie auf den Vogelkadaver zugehen.

Ich gebe Xevar ein paar letzte Anweisungen und führe Charlotte von der kleinen Lichtung weg. Meine Männer werden ohne mich zurechtkommen. Wir alle sind in den fünf Jahren seit unserer Ankunft hier zu geschickten Jägern geworden, und sie brauchen meine Aufsicht nicht mehr, um Beute zu säubern und auszunehmen.

Während ich Charlotte zu meinem Dorf führe, nimmt sie die Welt um sich herum auf. Sie hält sogar ein- oder zweimal an, um sich eine Pflanze anzuschauen, wenn auch zum Glück keine gefährlichen.

Wir halten an einem kleinen Bach, an dem ich meinen Trinkschlauch auffülle, und sie trinkt, als ich es in ihr anbiete. Im Vorbeigehen rupfe ich ein paar Yeggins von einem Baum, und als sie zögert, beiße ich zuerst hinein. Der Saft der Frucht läuft mir über die Zunge und Charlotte beißt sich auf die Lippe, bevor sie ihre Hand ausstreckt. Auf unserem Weg durch den Wald isst sie zwei Yeggins, und ich freue mich, dass sich ihre Energie durch das Essen verbessert.

Ich möchte ihr so viele Fragen stellen – wo sie herkommt, warum sie abgestürzt ist, welches Essen sie mag, was ihre Gewohnheiten sind – aber diese verdammte Sprachbarriere steht uns im Weg. Ich möchte so bald wie möglich mit ihr sprechen können, also beginne ich, ihr im Laufen Worte beizubringen.

Ich sage ihr die Worte für Baum, für Voxeraner, für Stein, für Vogel, für Lager.

Sie nickt und wiederholt jedes Wort, dann benutzt sie sie ein paar Minuten später und zeigt auf die einzelnen Objekte.

»Droth kommt Lager«, sagt sie plötzlich und ich blinzle sie an.

Sie hat bereits ganz allein einen Satz formuliert. Sie hat ein außergewöhnliches Gedächtnis, und ich bin sowohl von ihr beeindruckt als auch ein wenig verlegen, dass es mir noch nicht gelungen ist, einen Satz in ihrer Sprache zu bilden.

»Ja. Sehr gut.« Ich nicke.

»Ja, Droth kommt Lager … ins …?« Sie rümpft die Nase, als sie ihren Satz mit einem unzufriedenen Gesichtsausdruck beendet.

Meine Augenbrauen schießen nach oben und sie stößt einen kleinen triumphierenden Laut aus, bevor sie es noch einmal versucht.

»Ja, Droth kommt ins Lager«, sagt sie langsam.

Ich kann nicht anders, als erneut zu lächeln und zu nicken, überglücklich darüber, dass sie so schnell etwas gelernt hat. Vielleicht wird es nicht allzu lange dauern, bis wenigstens einer von uns die Sprache des anderen lernt.

Sie sieht zufrieden mit sich aus, und beginnt dann sehr

schnell in ihrer eigenen Sprache zu sprechen, wobei sie auf ihren Mund zeigt, während sie mich ansieht.

Ich habe keine Ahnung, was sie sagt, aber die Begeisterung in ihrer Stimme ist ansteckend. Ich versuche, sie zu ermutigen, und wir tauschen neue Worte aus, während wir durch den Wald gehen.

Als wir das Lager erreichen, in dem mein Volk und ich wohnen, verstummt sie. Die Männer, die draußen arbeiten, unterbrechen ihre Tätigkeit sofort und sehen zu, wie Charlotte das Lager betritt.

Sie rückt näher an mich heran und ich lege einen Arm um ihre Schultern, ein klares Zeichen, dass sie unter meinem Schutz steht. Axen und Jaro sind zusammen, wie immer, und als sie mich und Charlotte erblicken, gehen sie direkt auf uns zu. Bevor einer von ihnen den Mund aufmachen kann, spreche ich.

»Diese Frau ist Charlotte Navarro. Ich habe sie gefunden, als der Gicnuk sie vom Himmel fallen gelassen hat. Die Götter haben uns als Gefährten miteinander verbunden. Sie wird weder angefasst noch belästigt. Sagt es weiter.«

Axen nickt und dreht sich um, um meinem Befehl nachzukommen. Während andere möglicherweise die Chance nutzen würden, sie ein paar Sekunden lang zu mustern, tut Axen dies nicht. Er war noch nie jemand, der sich für die Details interessiert und dafür bin ich dankbar. Auch Jaro stellt meine Anweisung nicht in Frage, wirft Charlotte jedoch einen verwirrten Blick zu, bevor er geht.

Soll er sich ruhig wundern. Es ist mir egal, dass sie keine Voxeranerin ist, sie gehört trotzdem mir.

»Dies ist mein Zuhause. Ich führe dich herum«, sage ich und schaue sie an. Sie kennt das Wort für Zuhause, also nickt sie und wiederholt den Satz. Ich setze mich in Bewegung, meinen Arm immer noch um ihre Schultern gelegt. »Ich hoffe, es gefällt dir hier. Ich weiß, dass es wahrscheinlich nicht das ist, was du gewöhnt bist. Es ist auch nicht das, was ich früher einmal gewohnt war, aber es ist bequem, und wir haben alles, was wir brauchen.«

Um ehrlich zu sein, bin ich ziemlich stolz auf das, was wir hier aufgebaut haben. Es ist rustikaler als die Dörfer und Städte auf Vox, aber es ist trotzdem ein ganz passables Dorf. Die Mauern um das Lager sind hoch und dick, die Hütten sind solide und gut gebaut und die Feuerstelle brennt, als wir vorbeikommen. Wir haben in Pascia nach Rohstoffen gesucht und sie gegen Baumaterialien eingetauscht. Keiner von uns ist Architekt, und trotzdem haben wir uns hier ein Zuhause gebaut.

»Hier halten wir unsere Sitzungen ab.« Ich deute auf das größte Gebäude des Dorfes. »Und bei Neumond veranstalten wir hier ein Fest, um unsere Erfolge zu feiern. Ich kenne deine Götter nicht, aber wir würdigen unsere mit Freude. Wir danken ihnen, indem wir gut leben.«

Sie hört mir zu und ihr Blick folgt meinem Finger. Manchmal fügt sie dem Gespräch Wörter in ihrer Sprache hinzu, obwohl es für mich nur Kauderwelsch ist.

»Droth … zu Hause?«, fragt sie schließlich und blickt zu mir auf.

Ihre Augen sind voller Fragen. Da wir bereits festgestellt haben, dass dieses kleine Dorf mein Zuhause ist, nehme ich an, dass sie nach meiner Hütte fragen will. *Unserer* Hütte, wenn sie damit einverstanden ist. Ich führe sie in die Mitte des Lagers und bleibe stehen, als wir mein Zuhause erreichen.

»Mein«, sage ich und öffne die Tür.

Sie tritt nicht ein, also gehe ich zuerst hinein und stelle meinen Speer neben der Tür ab, bevor ich mich umdrehe und sie ansehe.

Sie hat die Arme verschränkt und beißt sich auf die Unterlippe. Das Tageslicht dringt in die schwach beleuchtete Hütte ein und ihr Blick huscht umher, während sie das Innere in Augenschein nimmt. Als sie wieder mich ansieht, kann ich die Zweifel in ihrem Gesicht erkennen.

»Ich werde dir nicht wehtun.« Ich strecke meine Hand aus. »Versprochen. Du bist hier sicher.«

Sie geht einen kleinen Schritt zurück, aber diesmal empfinde ich keine Enttäuschung. Charlotte ist eine tapfere Frau. Sie ist jetzt so weit gekommen, dass ich bezweifle, dass sie sich umdrehen und weglaufen wird. Ich muss nur geduldig sein und ihr erlauben, sich in ihrem eigenen Tempo zurechtzufinden.

Ein paar Sekunden lang bewegt sie sich nicht, aber schließlich streckt sie ihre Hand aus und legt sie in meine Handfläche.

Ich versuche, nicht zu breit zu grinsen, als ich sie in die Hütte führe.

Ihr Kopf dreht sich hin und her, während sie sich meine kleine Behausung ansieht. Tatsächlich ist sie so versessen darauf, sich umzusehen, dass sie fast stolpert. Ich fange sie schnell unter den Armen auf, damit sie nicht fällt und bin schockiert, als sie vor Schmerz nach Luft schnappt. Sie zuckt zusammen, als sie sich aufrichtet und über die Stelle reibt, an der ich sie berührt habe.

Einen Moment lang bin ich verwirrt, aber dann sehe ich

violette Flecken auf der Haut zwischen ihrem Arm und ihrem Rücken.

Prellungen.

Obwohl sie auf ihrer Haut etwas anders aussehen als auf meiner, bezweifle ich nicht, dass es genau das ist, wonach es aussieht. Der Gicnuk muss sie gequetscht haben, als er sie in seinen Klauen festgehalten hat.

Ich beiße die Zähne zusammen und verfluche mich selbst, dass ich sie nicht gründlicher auf Verletzungen untersucht habe, als ich sie das erste Mal gesehen habe.

Akhi. Wie konnte ich nur so dumm sein?

Kapitel 13

Charlotte

»Aua«, murmle ich. »Das tut weh.«

Ich merke erst, dass ich verletzt bin, als Droth die blauen Flecken berührt, die die Klauen des großen Vogels an meinem Körper hinterlassen haben. Es war so viel los und ich musste zu viele neue Informationen verarbeiten, als dass mein Körper den Schmerz früher hätte registrieren können. Aber jetzt spüre ich ihn eindeutig. Meine Schulterblätter und die Unterseite meiner Arme schmerzen leicht.

Droth schnaubt und murmelt etwas vor sich hin, bevor er den Kopf schüttelt und seinen Blick über meinen Körper gleiten lässt. Als er mir in die Augen sieht, wird sein Blick weicher.

»Tuke«, sagt er und deutet auf meine Schultern. Seine Hände machen eine reibende Bewegung und ich glaube, dass er mir sagen will, dass er meine Prellungen behandeln will, wie ich es vorhin bei seiner Schnittverletzung getan habe.

»Ähm, okay.«

Ich nicke und er grunzt, bevor er auf mich zukommt und mich mit Gesten weiter in sein Zuhause hineinführt. Als wir ein angrenzendes Zimmer betreten, richtet sich meine volle Aufmerksamkeit sofort auf das Bett. Wir sind in seinem Schlafzimmer.

Ich setze mich auf die Matratze und stelle die Füße auf den Boden. Ich habe keine Ahnung, womit sie gefüllt ist, aber sie ist genauso fest wie die, die ich zu Hause mochte. Als ich den Blick hebe, deutet Droth auf meinen Oberkörper und bewegt seine Hände nach unten.

Oh.

Oh.

Er will, dass ich mein Nachthemd ausziehe.

Ich lecke mir über die Lippen, die plötzlich trocken sind. Ich werde mich vor einem fremden Außerirdischen ganz bestimmt *nicht* bis auf die Unterwäsche ausziehen, aber ich sehe den Nutzen darin, ihm zumindest Zugang zu meinem Rücken zu gewähren.

Ich erröte leicht, schiebe mir die dünnen Träger meines Nachthemdes von den Schultern und lasse es fallen, während ich meine Brüste mit meinen Armen bedecke. Die Sonne fällt durch das kleine Fenster an einer Wand und wirft ihren Schein auf mich. Er greift sanft nach meinem Nacken und beugt meinen Körper nach vorn, bis sein Unterleib direkt in meinem Sichtfeld ist.

Mein Herzschlag wird etwas schneller, aber es liegt nicht an der Angst, die ich spüre. Ich bin mir nicht ganz sicher, *was* es ist.

Ich fühle mich in der Nähe dieses Mannes seltsam.

Schon seit ich aufgewacht bin und sein Gesicht über mir gesehen habe.

Die Art und Weise, wie er meinen Hals festhält, ist kontrolliert und selbstsicher, als ob er mich gut genug kennen würde, um meinen Körper physisch zu führen. Die Art und Weise, wie er mit seinen Fingern an den Rändern meiner Blutergüsse entlangstreicht, ist tröstend, beruhigend.

Es ist, als hätte er etwas gefunden, das ihm gehört, als hätte er Anspruch darauf erhoben – auf *mich*.

Vielleicht denkt er *wirklich*, ich würde ihm gehören. Vielleicht habe ich ihm irgendwie, ohne es zu merken, eine Art Signal gegeben, das ich nicht kenne. Er hat sich vorhin gegenüber den anderen wirklich territorial verhalten und er hat mich vor dem Vogel beschützt.

Bestimmt hat es auch nicht gerade geholfen, dass ich wie eine Klette an ihm geklebt habe. Verdammt, vielleicht habe ich sein besitzergreifendes Verhalten sogar *gefördert*.

Aber was ist, wenn er plötzlich mehr will? Was ist, wenn er versucht, mich zu küssen, wie ich vorhin gedacht habe? Oder … sogar mehr als das?

Wenn er glaubt, dass ich ihm gehöre, dann wird ihn nichts davon abhalten, es zu versuchen.

Generell wäre es wahrscheinlich am besten, wenn ich mich erst gar nicht in eine solche Lage gebracht hätte. Abgesehen davon, dass dieser Mann ein Fremder ist und einer anderen Spezies angehört, bin ich immer noch eine verheiratete Frau. Es stimmt, meine Ehe mit Joseph war kaum mehr als eine Lüge, die wir nur aufrechterhalten haben, um seine Karriere vor dem Aus zu bewahren, aber dennoch.

Die Haut an meinem Rücken beginnt zu kribbeln, als

Droth eine Art Balsam auf meine Prellungen aufträgt, und ich erzittere unter seinen starken Händen.

Konzentrier dich, Charlotte. Konzentrier dich.

Gott, warum machen seine Berührungen das mit mir? Es ist, als würden sie jegliche Vernunft und Selbstbeherrschung zerstören. In der einen Minute sage ich mir, dass ich Abstand halten muss, und in der nächsten stelle ich mir vor, wo er mich mit diesen großen Händen sonst noch berühren könnte. Wie sie sich an anderen Stellen meines Körpers anfühlen würden.

Droth grunzt und beugt sich über mich, aber der größte Bluterguss ist zu tief auf meinem Rücken, als dass er ihn erreichen könnte. Stattdessen geht er um meine Beine herum und klettert auf das niedrige Bett hinter mir, während seine Finger geschickt über meine Haut gleiten.

Er hat das schon einmal gemacht. Das ist an seinen gezielten und sicheren Bewegungen eindeutig erkennbar.

Ich frage mich, wie viele seiner Leute er bereits mit solchen oder schlimmeren Wunden behandeln musste. Es ist irgendwie unglaublich, dass er daran gewöhnt ist, dies zu tun. Dem Verhalten der Männer nach zu urteilen, die sich ihm sofort gefügt haben, ist es eindeutig, dass er ihr Anführer ist.

Er kümmert sich um sie.

Ich kann nicht genau sagen, wie ich mich dabei fühle. Während er weiterhin meinen Rücken mit dem beruhigenden Balsam einreibt, malt meine Fantasie lebhafte Bilder in meinem Kopf. Ich stelle mir vor, wie Droth seine Leute beim Bau dieses Dorfs anführt, wie sich seine Armmuskeln unter der Sonne anspannen, während er neben ihnen arbeitet.

Er ist ein echter Anführer. Einer, der von vorne, nicht von hinten führt.

Ich merke erst, dass er mit meinen Wunden fertig ist, als er sich auf dem Bett bewegt. Der pochende Schmerz der Blutergüsse lässt bereits etwas nach und wird von einem angenehmen Kribbeln abgelöst.

»Wow. Das Zeug ist wirklich erstaunlich«, murmle ich.

Da ich sehen will, wie es aussieht, drehe ich mich um, um über meine Schulter zu blicken – und befinde mich plötzlich gefährlich nah an Droths Gesicht.

Seine Hand gleitet zu meiner Schulter und er flüstert etwas. Ich glaube, er versichert mir, dass es gut verheilen wird.

Wieder breitet sich diese seltsame Hitze in meiner Brust aus und pocht genauso stark wie mein Herz. Er ist so nah, dass ich seine Wimpern zählen könnte, wenn ich wollte.

Spannung füllt die Luft zwischen uns und die Energie scheint den gesamten Sauerstoff aus der Luft zu saugen. Die feinen Markierungen entlang seines Halses werden plötzlich heller, sie glühen leicht, und ich habe das seltsame Gefühl, dass ich der Grund dafür bin.

Aufgrund seiner Reaktion auf mich.

Oh Gott. Ich glaube, er will mich küssen.

Ist es verrückt, dass ich will, dass er das tut?

Ich schließe meine Augen, während er sich vorbeugt. Die sanfte Wärme seines Atems streichelt meine Lippen und mein ganzer Körper beginnt zu beben. Er riecht wie der Wald, frisch und würzig. Es ist ein Duft, in den ich eintauchen könnte, wenn ich es mir erlauben würde.

Mein Körper dreht sich auf dem Bett ein wenig und ich

recke den Hals, als ich zu denken aufhöre und mich von meinem Instinkt leiten lasse.

Doch bevor er seinen Mund auf meinen pressen kann, ertönt draußen ein lauter Schrei.

Kapitel 14

Droth

Ich bin so kurz davor, Charlotte zu küssen, dass ich ihre Lippen praktisch schon auf meinen spüren kann. Mein Schwanz pulsiert und wird wieder steif, streckt sich meiner Gefährtin entgegen.

Dann ertönt ein lauter Schrei und meine Gefährtin weicht vor mir zurück, was mir beinahe ein Knurren entlockt.

Zumindest bis mein Gehirn registriert, dass es kein normaler Schrei war. Es war nicht der Laut von Männern, die draußen trainieren oder sich gegenseitig zurufen. Ich bin schon lange genug der Anführer dieser Krieger, um einen Laut der Angst zu erkennen, wenn ich ihn höre.

Was auch immer es ist, ich muss mich darum kümmern.

Es schmerzt mich, Charlotte zu verlassen, vor allem, da die Verbindung zwischen uns wie ein gespannter Draht bebt, aber ich würde es mir nie verzeihen, wenn jemand wegen meines Verlangens verletzt wird. Ich stehe vom Bett auf und schreite in den Hauptraum, aber bevor ich die Hüttentür erreiche, drückt Strome sie auf und tritt ein.

Sein Blick landet sofort auf mir und wandert dann über meine Schulter zu der bogenförmigen Öffnung, die einen freien Blick auf mein Schlafzimmer bietet.

Und meine oberkörperfreie Gefährtin.

Charlotte schreit auf und zerrt an den dünnen Trägern ihres Kleides, als sie vom Bett aufspringt.

Ich knurre warnend, und der größere Voxeraner hält inne. Sein Blick kehrt wieder zu mir zurück. »Es tut mir leid, mein Prinz. Ich hätte nicht so hereinplatzen dürfen. Aber Xevar ist in den Nesselranken gefangen. Er –«

Slanch.

Bevor er seinen Satz beenden kann, greife ich nach meinem Speer, der neben der Tür lehnt. Während sich meine Finger um das glatte Holz legen, blicke ich zurück zum Schlafzimmer. Ich weiß nicht, was ich tun soll. Charlotte ist nicht mehr von meiner Seite gewichen, seit ich nach dem Kampf mit dem Gicnuk aufgewacht bin, und es widerstrebt mir, sie jetzt aus den Augen zu lassen.

Trotzdem bin ich mir nicht sicher, ob es klug ist, sie mitzunehmen. Die Nesselranken können tödlich sein, und ich will nicht, dass sie von dem, was sie sieht, erschreckt wird und wieder wegläuft.

Doch bevor ich eine Entscheidung treffen kann, kommt meine Gefährtin aus dem Schlafzimmer. Sie trägt wieder ihr Kleid, und ihr Gesichtsausdruck ist eine ernste Maske.

»Waas ih los?«

»Einer meiner Männer ist verletzt worden«, sage ich und gestikuliere mit meinen Händen, in der Hoffnung, dass sie die Bedeutung versteht. »Ich muss gehen und helfen. Willst du mitkommen?«

Bei dem Wort »mitkommen« blitzt Verständnis in ihren Augen auf. Sie blickt kurz zu Strome und nickt dann. »Okeye«.

Ein Lächeln umspielt meine Lippen. Vielleicht war es albern zu denken, sie würde sich vor irgendetwas fürchten – meine furchtlose, wunderschöne Gefährtin.

Strome dreht sich um und geht aus der Hütte, ich folge ihm, ebenso wie Charlotte. Sie hat zwar kürzere Beine als wir beide, hält aber mit uns Schritt, ihr Blick ist konzentriert und ihr Kinn hoch erhoben. Sie erinnert mich an meine Mutter, vor langer Zeit. Die Frau, die mich aufgezogen hat, ist vor nichts zurückgeschreckt. Sie hat an der Seite meines Vaters regiert, bis zu seinem Tod. Und sie hat sich um ihr Volk gekümmert, wie es eine wahre Königin tun sollte.

Hätte mein Onkel nicht den Thron gestohlen und jegliche Opposition gewaltsam niedergeschlagen, hätte ich eines Tages genauso regiert.

»Was ist passiert?«, frage ich, reiße meine Gedanken aus der Vergangenheit und richte meine Aufmerksamkeit wieder auf Strome.

Er zieht eine Grimasse. »Wir sind zurückgegangen, um den Rest des Gicnuk zu holen. Aber auf dem Rückweg hat sich eine Ranke um Xevars Bein gewickelt. Nicht weit vor dem Dorftor.«

Slanch. Nesselranken wirken schnell. Wir müssen uns beeilen, wenn wir dem Mann helfen wollen, bevor er schwer verletzt wird.

Ich nehme Charlotte bei der Hand und sie gibt keinen einzigen Laut des Protests von sich, als ich losrenne.

Als wir die Stelle erreichen, an der Xevar angegriffen worden ist, atmet Charlotte schwer neben mir. Man merkt, dass sie nicht an eine derartige Anstrengung gewöhnt ist, aber sie hat mit Strome und mir erstaunlich gut Schritt gehalten.

Die Männer sind in einem engen Kreis um Xevar versammelt, als wir uns nähern. Ich trete mit Charlotte und Strome an meiner Seite vor und überblicke die Szene.

Wenn Nesselranken etwas erbeuten, ziehen sie sich um die Kreatur zusammen, bis sie aufhört zu atmen. Dann saugen die Ranken nach und nach die Nährstoffe aus dem Körper. Sie bewegen sich wie lebendige Tiere und können noch lange weiterleben, nachdem man ihnen die Wurzeln abgehackt hat, was sie besonders gefährlich macht. Zudem sind die feinen Härchen, die die grüne Haut der Ranken bedecken, sehr giftig. Das Gift ist, den Göttern sei Dank, nicht tödlich, verursacht aber starke Schmerzen. Es dauert nur eine Sekunde, bis das Gift durch die Poren eines Menschen eindringt, und das schmerzhafte Brennen macht es den Ranken leichter, ihre Beute außer Gefecht zu setzen.

Dies ist das erste Mal, dass sich einer meiner Männer in diesen Ranken verfangen hat. Kurz nachdem wir auf Nuthora verbannt wurden, haben mehrere von uns aus erster Hand mitangesehen, was die Ranken anrichten können. Wir waren dabei, als sie einen Stadtschläger in die Falle gelockt haben, der auf der Suche nach Schrott war. Seitdem sind wir ihnen gegenüber sehr vorsichtig.

Aber diese Fläche muss gerade erst entstanden sein. Wir haben den größten Teil des Waldes in der Nähe unseres Dorfes davon gerodet und die Ranken niedergebrannt, um genau so etwas zu vermeiden.

Xevar liegt auf dem Boden, von Kopf bis Fuß mit hellgrünen Ranken umwickelt.

Er ist einer meiner besten Männer, ein Krieger, der sich immer zuerst um andere kümmert. Er ist wie ein Bruder für mich geworden, nachdem mein eigener Bruder mich verraten hat und meinem Onkel von unserer geplanten Aufstand erzählt hat. Xevars beruhige Worte und seine verständnisvolle Art haben mir geholfen, meine rasende Wut in den Monaten nach unserer Ankunft auf Nuthora zu überwinden.

Ich kann nicht zulassen, dass sein Leben auf diese Weise endet.

Ich fahre mir mit der Hand übers Gesicht und gehe neben dem am Boden liegenden Krieger in die Hocke. Er atmet noch, den Göttern sei Dank. Die Voxeraner sind ein Kriegervolk, und er ist stark. Es wird etwas länger dauern, bis sich die Ranken so stark zusammenziehen, dass es tödlich ist, aber wir haben trotzdem nicht viel Zeit.

»Droth«, krächzt er. Seine Augen bewegen sich und seine Nasenflügel blähen sich auf, als er mich erblickt. Eine Ranke ist um einen Teil seines Gesichts gewickelt, eine weitere um seinen Hals, weswegen ich erleichtert bin, dass er überhaupt noch sprechen kann. »Lass nicht zu, dass sie mich … berühren.«

Mein Kiefer verkrampft sich. Ich weiß, dass er nicht von den Ranken spricht. Er meint seine Kriegerkameraden. Die Ranken werden sich von seinem Körper lösen und sich um jeden winden, der versucht, sie abzureißen oder abzuhacken – und Xevar würde eher sein *eigenes* Leben opfern, als zuzulassen, dass einer der anderen Männer stirbt.

Slanch.

Ich werde von keinem meiner Männer verlangen, sein Leben aufs Spiel zu setzen, aber ich kann nicht einfach zusehen, wie Xevar stirbt. Wenn ich schnell genug bin, schaffe ich es vielleicht genug von den Pflanzen abzuhacken, um ihn zu befreien, bevor sie sich auch um mich winden.

Ich ziehe mein Messer und trete vor, um den gefangenen Mann zu befreien, als Charlotte sich plötzlich bewegt. Ich erstarre. Einen Moment habe ich Angst, dass sie vor uns wegläuft, aber dann merke ich, dass sie sich direkt auf den Rest des Gicnuk-Kadavers zubewegt.

»Charlotte, nicht!«, rufe ich. Es könnten noch mehr Ranken auf dem Boden, die sie schnappen könnten.

Aber sie hört nicht auf mich. Ich bin sicher, dass sie mich nicht einmal versteht. Stattdessen beugt sie sich vor und schnappt sich ein Stück blutiges Gicnuk-Fleisch – ein Stück vom Flügel, wie ich glaube und stürmt dann damit zurück zu uns.

Bevor jemand sie aufhalten kann, ist sie auf der anderen Seite von Xevar und streicht mit dem Flügel an den Ranken entlang, die sich um seinen Körper verknoten und verdrehen.

Die Ranken zittern. Xevar zuckt zusammen.

Charlotte wiederholt die Bewegung, und die Ranken zucken und wackeln. Sie wiederholt den Vorgang noch einige Male, und schließlich lösen sich die eng gewundenen Ranken von Xevar. Ich kann nicht anders, als schockiert zuzusehen, während Charlotte die Ranken dazu bringt, den gefesselten Krieger loszulassen. Mit jeder Berührung des rohen, blutigen Fleisches lockern sie sich ein wenig mehr, bis sie ganz abfallen, sodass ich Xevars Hand ergreifen und ihn wegziehen kann.

Xevar ist in Sicherheit, ganz im Gegensatz zu Charlotte.

Ich stehe auf, um sie zu holen, während sich die nun beutefreien Ranken drehen und winden. Die langen Pflanzen erheben sich wie Monster und schnappen nach Charlotte, aber sie schleudert den Fleischbrocken weg und die Ranken folgen. Die dicken Ranken schnappen nach dem Gicnuk-Flügelstück und stürzen zu Boden, wo sie erzittern und sich wie in Ekstase zusammenziehen.

Strome bedeutet ein paar Männern, hinzulaufen und die Ranken zu verbrennen, um sicherzustellen, dass sie nicht wieder angreifen können.

Ein paar der anderen Männer helfen Xevar auf die Füße und stützen seinen Körper zwischen sich ab. Er wird wieder gesund werden, auch wenn es wahrscheinlich ein oder zwei Tage dauern wird, bis sich sein Körper von den Nachwirkungen des Nesselrankengifts erholt hat.

Einige der Männer sehen Charlotte an. Auch ich kann meinen Blick nicht von ihr losreißen. Sie hat die Situation so schnell erfasst und eine Lösung gefunden, die keiner von uns gesehen hat. Sie hat Xevar gerettet.

Als sie unsere Aufmerksamkeit bemerkt, blinzelt sie und errötet leicht.

Ich gehe zu meiner Gefährtin und grinse sie an, ihre Augen sind glasig, als sie wieder zu mir hochblickt. Sie sagt etwas über einen »Huhnd«, was auch immer das sein soll, und ich halte sie an den Schultern fest.

»Danke«, sage ich und grinse, weil ich nicht aufhören kann. »Danke, dass du meinen Freund gerettet hast. Du bist ebenso schlagfertig wie kämpferisch. Mutig und schön.«

Sie beißt sich auf die Unterlippe, während sich ein Lächeln auf ihren Lippen ausbreitet. Sie versteht mich vielleicht nicht, aber sie kann sicher *fühlen*, was ich meine, und sie freut sich über das Lob.

Mein Schwanz erwacht wieder zum Leben.

Akhi. Auch ohne unsere Verbindung würde ich mich zu Charlotte hingezogen fühlen und wäre verzaubert von ihr. Ich habe in meinem ganzen Leben noch nie jemanden wie sie getroffen.

Ich kenne diese Frau erst seit ein paar Stunden, und schon hat sie mein Herz erobert.

Kapitel 15

Charlotte

Obwohl wir fast wieder in der Siedlung sind und uns in einem gemächlichen Tempo fortbewegen, weil niemand mehr in Gefahr ist, rast mein Herz immer noch ein wenig.

Das Adrenalin rauscht immer noch durch meinen Körper und ich denke immer wieder darüber nach, was gerade passiert ist. Alles ging so schnell.

Ich habe so etwas noch nie zuvor gesehen. Ich habe erkannt, dass die Ranke versucht hat, Xevar anzugreifen, offensichtlich war es eine Art fleischfressende Pflanze.

Dabei ist mir sofort der Hund eingefallen, den ich als Kind hatte. Selbst wenn er einen Futternapf vor sich hatte, hat er sich immer mit einem *anderen* Futternapf davon weglocken lassen, selbst wenn darin dasselbe war, das er bereits gefressen hatte. Also habe ich gehandelt.

Das ist jetzt mein Leben, nehme ich an. Außerirdische mit dem blutigen Stück eines Vogels, der mich fressen wollte, von fleischfressenden Pflanzen befreien.

Auf der Erde war immer etwas los, wenn Joseph auf Wahlkampf-Tour war. Dramen unter den Mitarbeitern oder Brände, die in letzter Minute gelöscht werden mussten.

Aber niemals so etwas.

Hier, in der Wildnis irgendeines fernen Planeten, *hat* »etwas los sein« eine vollkommen andere Bedeutung. Ich fühle mich auf eine Art und Weise lebendig wie nie zuvor, und ich bin mir sicher, dass das zum Teil daran liegt, dass ich heute schon mehrmals fast gestorben wäre. Die Dinge sind klar und einfach, auf ihre reinste Essenz reduziert. Ich kann nicht über die Zukunft nachdenken, da ich keine Ahnung habe, ob ich überhaupt eine haben werde, sodass mein Fokus automatisch voll und ganz auf den gegenwärtigen Moment gerichtet ist.

Ich glaube, das ist mir in meinem Leben noch nie gelungen. Ich habe viele Yoga- und Meditationskurse besucht und Achtsamkeit und all das praktiziert – aber bis heute wusste ich nicht, was es wirklich bedeutet, *im Hier und Jetzt zu sein.*

Als wir das Lager erreichen, führt mich Droth zurück in die Kühle seines Hauses – seiner Hütte. Die Tür schwingt hinter mir zu und ich lache aufgeregt.

Ich bin in der Hütte eines Außerirdischen. Wie kann irgendetwas davon real sein?

Droth dreht sich um und schaut mich an. Er hat die Augenbrauen zusammengezogen und mustert aufmerksam mein Gesicht.

Ich glaube, er macht sich vielleicht Sorgen um mich. Ich weiß, wie seltsam und aufgewühlt ich mich innerlich fühle, und ich kann mir nur vorstellen, dass sich das auch in meinem Gesicht und meiner Körpersprache niederschlägt.

Ich fühle mich fast *high*, als ob Elektrizität durch meine Adern fließen würde.

»Es geht mir gut«, sage ich und versuche, ihn zu beruhigen. »Es ist nur … Ich habe mich noch nie so *lebendig* gefühlt.« Ich gestikuliere um mich herum und meine nicht nur die Hütte, sondern den ganzen Planeten. »Du kannst dir nicht vorstellen, wie anders sich das alles anfühlt. Der Dschungel, die Luft, dein Volk. Und du. Es ist, als hätte ich die ganze Zeit in einer winzigen Schachtel gelebt, und jetzt … jetzt bin ich aus dieser Schachtel raus. Ich sehe mehr vom Universum, als ich mir jemals hätte vorstellen können. Es ist wild. Es ist *wunderbar*.«

Ich weiß, dass ich zittere, aber es fühlt sich gut an. Ich bin voller Energie, voller Leben, und ich möchte nie aufhören, mich so zu fühlen.

Droth sieht noch verwirrter aus, und ich lache wieder. Gott, er ist so verdammt schön. Sein Gesicht ist so ausdrucksstark, ich habe das Gefühl, dass ich ihn unglaublich gut lesen kann, auch ohne seine Worte zu verstehen.

Ein Lächeln umspielt seine Lippen, während er mich beobachtet und sich erst sein einer, dann sein anderer Mundwinkel hebt.

Eine Weile lang grinsen wir uns nur an und stehen ein paar Meter voneinander entfernt in seiner schwach beleuchteten Hütte. Dann verändert sich plötzlich etwas.

Jetzt schauen wir uns nicht nur an, sondern starren uns an. Wärme steigt in mir auf und ich habe ein flaues Gefühl im Magen, als er einen Schritt auf mich zugeht. In seinem Gesicht kann ich sehen, dass sich seine Neugier in Hunger verwandelt, so ähnlich wie bei einem bei einem Raubtier.

Mein Magen zieht sich erneut zusammen, aber dieses

Mal weitet sich das flaue Gefühl auf den Rest meines Körpers aus. Droth ist viel größer als ich, sodass ich den Kopf in den Nacken legen muss, um zu ihm aufzuschauen, als er direkt vor mir steht. Der Geruch von Wald und Regen haftet an ihm.

Er ist so viel größer als ich. Das sollte mir Angst machen, tut es aber nicht. Ich hatte in den letzten vierundzwanzig Stunden mehr Begegnungen mit dem Tod, als eine moderne Frau auf der Erde haben sollte und es wird vielleicht noch mehr davon geben.

Verdammt, vielleicht wird eine dieser Begegnungen mich am Ende noch umbringen.

Vielleicht werde ich nie wieder nach Hause kommen, nie wieder die Erde sehen – aber jetzt bin ich hier, und ich *lebe.* Das ist im Moment alles, was zählt.

Es spielt keine Rolle, dass der Mann vor mir kein Mensch ist, es spielt keine Rolle, dass ich *es schon bin*. Es spielt keine Rolle, dass wir uns nicht verstehen können. Es ist mir egal, wo er herkommt oder wer er einmal war, denn im Moment ist er hier und ebenfalls am Leben.

Er weiß es vielleicht nicht, aber er hat mir mehr Rücksicht und Verständnis entgegengebracht, als ich es je gekannt habe, und selbst jetzt sieht er mich auf eine Weise an, dass sich meine Zehen krümmen.

Als ob er mich mehr braucht als die Luft zum Atmen.

Als ob er mich mehr will, als er je etwas gewollt hat.

Als ob ich ihm gehöre, wenn er sich nur traut, mich zu nehmen.

Scheiß drauf, denke ich in einem Anflug von Verrücktheit.

Ich habe versucht, klug zu sein. Ich habe versucht, praktisch zu sein. Logisch, vernünftig, bodenständig, ruhig, gelassen, souverän, elegant, tolerant, vorsichtig. Ich habe versucht, all diese Dinge zu sein.

Ich habe Jahre damit verbracht, das zu sein, was die Leute von mir wollten, was sie von mir erwarteten. Und ich habe immer gedacht, das sei genug. Ich dachte, es würde mich glücklich machen.

Aber ich habe mich nie so gefühlt.

Was auch immer *dieses Gefühl* ist, ich will mehr davon. Ich will es nie mehr loslassen.

Als Droth ein tiefes, kehliges Knurren ausstößt und seine Lippen auf meine herabsenkt, stelle ich mich, ohne zu zögern, auf die Zehenspitzen, um ihm entgegenzukommen.

Kapitel 16

Droth

IHRE LIPPEN SIND SO WEICH.

Das ist der erste und letzte Gedanke, den ich habe, bevor sich meine Fähigkeit zum logischen Denken völlig auflöst. Sehnsucht erfüllt mich vom Scheitel bis zu den Zehenspitzen, durchströmt mich wie eine Welle und bringt mein Blut zum Kochen.

Ich sollte mich fragen, ob ihre Art so küsst wie meine Art es tut, aber ich denke keine Sekunde darüber nach. Stattdessen schlinge ich meine Arme um ihre Taille und ich ziehe sie so fest an mich, dass ich ihren Herzschlag an meiner Brust spüren kann.

Wenn ich sie noch fester an mich drücken könnte, würde ich es tun.

Meine Lippen bewegen sich auf ihren, kosten und verschlingen sie. Ich neige meinen Kopf, sie tut das Gleiche. Ihre süßen Lippen öffnen sich ein wenig und meine Zunge gleitet zwischen ihnen hindurch, berührt ihre Zungenspitze.

Sie schlingt ihre Arme um meinen Nacken und versucht, sich größer zu machen, um mit mir auf einer Höhe zu sein. Es gelingt ihr beinahe, und ich liebe das Gefühl, wie sich ihr Körper an meinen presst. *Meine schöne, wilde Gefährtin.*

Meine Hände sind überall und wandern über jedes Stück Haut, das ich finden kann. Sie gleiten über ihr weiches Kleid, durch ihr Haar und über die Rundung ihrer Taille.

Sie keucht leise, als meine Hand an ihren Seiten entlangstreicht, und der Laut schießt direkt in meinen Schwanz. Ich mag diesen Laut. Ich will mehr davon hören.

Sie hebt ein Bein und schlingt es um meine Hüften. Der schwache Geruch ihrer Erregung steigt um mich herum auf, wirbelt wie würziger Rauch durch die Luft und lädt mich zum Probieren ein.

Ich beuge meine Knie leicht und lasse meine Hände noch weiter nach unten gleiten, streiche über die Wölbung ihres Hinterns, bevor ich ihr anderes Bein hebe und beide um meine Taille schlinge.

Sie presst ihre Oberschenkel gegen meinen Körper und stößt ein Wimmern an meinem Mund aus. Slanch. Sie ist genau da, wo ich sie haben will, genau da, wo meine Fantasien sie immer hingebracht haben. Ich kenne sie zwar noch nicht lange, aber ich habe es mir schon fast zu oft vorgestellt, um noch mitzählen zu können.

Charlottes lange Beine umschließen meine Hüfte, ihre warme Mitte ist quälend nah an meinem Schwanz. Er zuckt und drückt gegen meinen locker sitzenden Lendenschurz. Ich weiß nicht, wie lange ich mich noch zurückhalten kann, bevor ich mich erlösen und in meine Gefährtin eindringen muss.

Meine Füße setzen sich in Bewegung und schreiten über

den Boden, während ich meine Gefährtin zur Wand trage und sie mit dem Rücken dagegen drücke, wobei ich ihren Körper mit meinem gegen die feste Oberfläche presse.

Akhi. Sie riecht so gut.

Als sich mein Mund schließlich von ihren Lippen löst, die vom Küssen ganz geschwollen sind, verliere ich mich in ihren Augen. Sie sind dunkel und rauchig grün wie ein geheimer Wald. Wir unterbrechen den Blickkontakt, aber nur, damit ich sie weiter erkunden kann. Meine Nase wandert an ihrer Kehle entlang und ich knabbere leicht an ihrem Hals, um herauszufinden, wie sie reagiert.

Sie sackt an der Wand zusammen und ein langer Atemzug verlässt ihre Brust. Ich tue es erneut und drücke gleichzeitig meine Hüften an ihre, wobei ich mich an der verborgenen Wärme unter ihrem Kleid reibe.

Ihr Atem flattert durch ihre Brust und ich lasse eines ihrer glatten Beine los, um eine Hand zwischen uns zu schieben, darauf bedacht, jeden Zentimeter von ihr zu berühren. Als meine Finger unter den Stoff gleiten, der ihre Mitte bedeckt, und durch die Feuchtigkeit ihrer Erregung gleiten, stöhnen wir beide.

Meine Finger erforschen sie, Neugier und Lust steigen gleichermaßen in mir auf. Ich tauche meine Finger in ihren Kanal und beobachte, wie sich ihre Augenlider senken. Als ich sie wieder herausziehe, bemerke ich den kleinen hervorstehenden Knoten zwischen ihren unteren Lippen.

Mit einer Fingerspitze zeichne ich die Form nach. Sie zittert, beißt sich auf die Lippe und stöhnt leise. Angespornt durch ihre Reaktion benutze ich stattdessen zwei Finger. Langsam und vorsichtig rolle ich die kleine Knospe zwischen ihnen hin und her. Sie schnappt nach Luft und wölbt sich meiner Hand entgegen. Mein Schwanz pulsiert und ich presse meine Lippen auf ihren Hals, während ich an ihrer Haut knurre.

»Scheis«, keucht sie. »Mak wetee so.«

Slanch. Ich weiß nicht, was ihre Worte bedeuten, aber der Tonfall ihrer Stimme macht mich wild.

Ich muss sie jetzt haben. Ich muss sie beanspruchen. Mein Blut rauscht, meine Atmung ist schwer und mein Schwanz schmerzt vor Verlangen.

Allerdings muss ich sie erst einmal kosten. Ich muss wissen, wie sie schmeckt.

Der Geruch ihrer Erregung ist stärker denn je und verleitet mich dazu, die Geheimnisse ihres weichen Körpers zu erforschen. Ich löse ihre Beine von meiner Taille, stelle sie wieder auf dem Boden ab und gehe auf die Knie.

Sie stößt ein überraschtes Quieken aus, was sich jedoch kurz darauf in ein Stöhnen verwandelt.

Ich schaue zu ihr auf, während sie zu mir hinunterblickt, und die Begierde, die ich in ihren Augen sehe – die Begierde nach *mir* – reicht aus, um mich fast kommen zu lassen. Sie riecht so gut, und ich verspüre einen Hunger, als hätte ich seit Tagen nichts gegessen.

Ich schiebe ihr Kleid hoch und stelle fest, dass sie nur ein hauchdünnes Stück Stoff darunter trägt. Es hat dieselbe Farbe wie ihr Kleid, ist aber aus einem anderen Material. Ich bin neugierig.

Eine meiner Hände hält ihre Hüfte fest. Die andere gleitet wieder zwischen ihre Beine. Sie wandert über die Mitte der kleinen Stoffbedeckung hinunter und Charlottes Atem stockt.

Ich erinnere mich daran, wie sie reagiert hat, als ich auf

den kleinen Knoten oberhalb ihrer Öffnung gedrückt habe, und berühre ihn leicht mit meinem Finger. Dann streiche ich mit meiner Fingerspitze über das winzige Ding, drücke gegen den violetten Stoff und zeichne dann in einem langsamen Kreis darum herum.

»Ah! Fuk!«

Ich schaue gerade noch rechtzeitig auf, um zu sehen, wie Charlotte ihren Schrei mit dem Handrücken erstickt.

Das gefällt ihr.

Und das gefällt *mir*. Ich will, dass sie sich gut fühlt, dass sie kommt.

Ich schiebe den violetten Stoff beiseite, lege den Kopf schief und nehme in Augenschein, was unter dem Stoff zum Vorschein kommt. Ich versuche, den Stoff noch weiter zur Seite zu schieben, aber er dehnt sich, deswegen zerreiße ich ihn einfach. Er fällt zu Boden, sodass sie nackt vor mir steht.

Ihr Körper spannt sich an und sie stützt sich an der Wand ab.

Meine ganze Welt konzentriert sich auf diese Frau. In diesem Augenblick gibt es für mich nichts außer ihr. Ich packe ihre Hüften und ziehe sie zu mir, bis sie nur noch Zentimeter von meinem Mund entfernt ist. Ihr Duft reicht fast aus, um dafür zu sorgen, dass sich mein Samen ergießt, aber ich greife mit einer Hand nach meinem Schwanz und drücke ihn fest zusammen, um die Kontrolle über mich wiederzuerlangen.

Sie ähnelt den Voxeraner-Frauen, nur dass die Form ein wenig anders ist. Alles an ihr ist kleiner, und ihre Mitte ist da keine Ausnahme. Das, und das winzige Ding am oberen Ende. Die Voxeranerinnen haben das nicht. Es ist aber offensichtlich empfindlich, genau wie die Knoten, die entlang meiner Wirbelsäule verlaufen.

Ich streiche mit meinem Finger über ihre Mitte und drücke meinen Schwanz noch einmal zusammen. Alles an ihr ist so elegant und klein. Ich streichle mich einmal, zweimal, dreimal, und stelle mir vor, wie fest sie mich umschließen wird. Dann fahre ich mit meinem Finger immer wieder vor und zurück, während ich beobachte, wie ihr Körper reagiert. Feuchtigkeit benetzt meine Fingerspitzen und ich verspüre sofort den Drang, aufzustehen und in sie hineinzustoßen.

Aber nein. Ich muss sie erst kosten.

Langsam bücke ich mich und lecke an dem kleinen Knoten, der vorhin eine so intensive Reaktion bei ihr ausgelöst hat.

Es ist wie Magie. Sie keucht und stellt sich auf die Zehenspitzen, während sich ihre Hüften mir entgegendrängen, und der Duft ihrer Erregung wird immer berauschender.

Was auch immer dieser kleine Knoten ist, er bereitet ihr eindeutig Freude.

Entschlossen, ihr ein gutes Gefühl zu geben, lecke ich sie erneut mit einer wellenförmigen Bewegung meiner Zunge und schaue durch meine Wimpern nach oben, um sie zu beobachten. Ihre Augen sind zusammengekniffen, ihre Hand bedeckt vollständig ihren Mund und ihr Kopf ist nach hinten geworfen. Die Haut an ihrer Brust ist leicht gerötet.

Hitze und Stolz erfüllen mich beim Anblick meiner Gefährtin, die so in ihrer Ekstase versunken ist.

Ich lecke sie wieder. Dann noch einmal. Ich achte auf ihre Reaktionen und experimentiere, indem ich sie mit der

Zungenspitze so leicht berühre, dass sie sich an einem Schluchzen verschluckt. Als ich meine Zunge um den kleinen Knoten herumwirbeln lasse, keucht sie. Ich lecke darüber und sie schreit.

Dann nehme ich die winzige Knospe zwischen meine Lippen und sauge daran.

Ich dachte, ich wäre sanft, aber die Töne, die sie von sich gibt, sind laut und eindeutig. Ich verstärke meine Bemühungen, während meine Zunge kreist und stößt, und ihr Körper beginnt zu beben.

Da ich unbedingt wissen will, wie sie aussieht, wenn sie kommt, konzentriere ich mich voll und ganz auf diesen kleinen Punkt und sauge und lecke daran, bis ihre Beine zittern. Sie beißt sich auf die Lippe und als ich zu ihr aufblicke, sehe ich eine Frau, die in dem ertrinkt, was ich mit ihr mache.

Plötzlich beginnen sich ihre schlanken Hüften wieder zu bewegen, ihr Rücken wölbt sich gegen die Wand. Mein Gesicht ist gegen sie gepresst, mein Mund ist voll von der süßesten Essenz, die ich je gekostet habe. Sie schreit und schiebt ihre Hüften so weit nach vorn, wie sie kann, wobei sie schamlos ihren Schritt an meiner Zunge reibt.

Sie ist kurz davor. So kurz davor.

Wieder nehme ich den kleinen Knoten zwischen meine Lippen, packe sie an den Hüften und drücke mich so fest wie möglich zwischen ihre Schenkel. Meine Zunge bewegt sich hin und her und rund herum, und sie spannt sich an meinem Mund an, bevor sie ihre Hüften erneut nach vorne schiebt und aufschreit. Sie greift mit ihren kleinen Händen in mein Haar, während sie auf meiner Zunge reitet.

Aus ihrem Schritt sickert eine Flüssigkeit und nach

einem Moment sackt sie an der Wand zusammen, während sich ihr Duft verändert.

Er wird würziger.

So slanch gut.

Immer noch hungrig nach meiner Gefährtin, lecke ich schneller. Sie schnappt nach Luft und windet sich, aber ich will mehr von ihr kosten, möchte noch einmal spüren, wie sie kommt. Meine Zunge wirbelt und stößt und schnellt von ihrem Knoten bis zu ihrer feuchten kleinen Öffnung, bis sie schlaff an der Wand steht und hilflos in ihre eigene Hand keucht.

Ich hoffe, das war nicht zu viel, denn ich bin noch lange nicht mit ihr fertig.

Kapitel 17

Charlotte

ALS DIE STERNE, die ich während meines Orgasmus gesehen habe, langsam anfangen, sich aufzulösen, senke ich meinen Blick und sehe, wie Droths Zunge hervorschnellt, um mich erneut zu kosten.

Fast möchte ich mich einen Moment lang ausruhen, nachdem ich den intensivsten Orgasmus seit, nun ja … *jemals* erlebt habe. Aber die Gedanken an eine Pause verschwinden sofort, als ich spüre, wie einer seiner großen Finger in mich hineingleitet. Ich schnappe nach Luft, als er seinen Finger tiefer in mich hineinschiebt, und ich kann fühlen, wie ich um ihn herum zucke.

Droth stöhnt, leise und tief. Das Geräusch hallt in meinen Knochen wider, erschüttert mich und lässt meine Atmung schneller werden, während ich mich frage, wie es sich wohl anfühlen würde, wenn stattdessen sein Schwanz in mich hineingleiten würde.

Er stößt seinen Finger in mich und meine Mitte zieht

sich um ihn herum zusammen. Ich blicke wie betäubt nach unten und stelle fest, dass er zu mir aufschaut. Seine katzenartigen blauen Augen sind dunkel und voller Verlangen. So exotisch und wild.

Heilige Scheiße, denke ich benommen. *Das passiert wirklich.*

Ich habe gerade Sex mit einem fremden Mann von einem anderen Planeten. Einer, mit dem ich nicht einmal sprechen kann, abgesehen von ein paar gebrochenen Sätzen, die ich in seiner Sprache zusammensetzen konnte.

Es ist verrückt.

Aber andererseits ist das alles Wahnsinn.

Ein kleiner Teil meines Gehirns sagt mir, dass ich jetzt aufhören soll, dass das falsch ist, dass ich einen Ehemann auf der Erde habe, auch wenn unsere Ehe eigentlich nur noch auf dem Papier existiert. Aber all diese Proteste werden vom Klang meines lauten Herzschlags übertönt, der in meinen Ohren dröhnt.

Ich will nicht aufhören. Es fühlt sich so gut an. Es fühlt sich *richtig* an.

Die wirbelnden weißen Muster auf Droths Haut haben begonnen, schwach zu leuchten. Er sieht mir in die Augen, während er aufsteht. Ich lehne immer noch an der Wand, gefangen zwischen Droths muskulösen Armen, während seine Hände auf beiden Seiten meines Kopfes an der Wand liegen.

Ich blicke neugierig nach unten, und es überrascht mich nicht, dass der Beweis für seine Erregung an seinem Lendenschurz zu sehen ist. Er sieht riesig aus, und plötzlich kommt mir der Gedanke, dass seine Erektion vielleicht anders sein könnte als die eines Menschenmannes, genau wie der Rest von ihm. Anstatt lange nachzudenken, greife ich nach unten, um es selbst herauszufinden.

Gott, ich kann mich nicht erinnern, jemals so mutig gewesen zu sein. Erden-Charlotte würde so etwas nie tun.

Ehrlich gesagt gefällt es mir irgendwie, Weltraum-Charlotte zu sein.

Droth beobachtet mich immer noch. Sein Blick ist so intensiv, dass er sich anfühlt wie die Hitze des Sonnenlichts auf meiner Haut und mir läuft ein Schauer der Erregung über den Rücken. Meine Fingerspitzen gleiten über seinen Bauch und nach unten, bis sie seinen Lendenschurz erreichen. Dann tauche ich mit den Fingern unter den Saum des Stoffes, so wie er es vorhin bei mir gemacht hat, und streiche über die weiche Spitze seiner Erektion.

Sein Atem wird schneller.

Scheiße, das gefällt mir.

Seine Hüften schieben sich nach vorn und spannen sich an, und als ich ihn wieder ansehe, sind seine Lippen leicht nach hinten gezogen, wodurch seine weißen Zähne und leicht spitzen Eckzähne sichtbar werden.

Ich verspüre eine gewisse Macht, als ich sehe, wie dieser wilde Krieger auf meine Berührung reagiert. *Ich* lasse ihn das fühlen. Ich bin diejenige, die ihn vor Begierde in den Wahnsinn treibt und seine Kontrolle bis zum Äußersten strapaziert.

Ich blicke nach unten, während meine Hand unter seinen Lendenschurz wandert. Meine Finger gleiten Zentimeter für Zentimeter an seinem Schwanz entlang. Droths Körper zuckt und ein Grunzen verlässt seine Lippen. Er schließt die Augen und seine Brust hebt und senkt sich kraftvoll. Schließlich erreiche ich den Ansatz seiner Erektion und lege meine Hand um ihn, so gut es geht. Seine Hüften zucken wieder und ihm entweicht ein weiteres Stöhnen.

Ich mag dieses Geräusch viel zu sehr. Ich mag es, diese Gefühle in ihm auszulösen. Es macht so süchtig wie eine Droge – zumindest denke ich das. Ich war ein ziemlich puritanisches Kind und habe weder auf der Highschool noch auf dem College wirklich mit diesem Zeug herumexperimentiert. Es fühlt sich ein bisschen so an, als hätte ich mir meine ganze Gewagtheit und meinen Leichtsinn bis jetzt aufgespart.

Denn das – was ich in diesem Augenblick tue – ist definitiv beides.

Gewagt und rücksichtslos.

Dieses Wissen sorgt allerdings nicht dafür, dass ich aufhören will. Wenn überhaupt, dann motiviert es mich nur, weiterzumachen.

Wieder bewege ich meine Hand auf und ab und meine Augen weiten sich. Es entgeht mir nicht, dass seine Anatomie vollkommen anders ist.

An der Basis seine Erektion, genau dort, wo sie auf sein Becken trifft, befindet sich eine kleine, feste Beule. Ich kann ihn mit meiner Hand nicht ganz umfassen, aber ich kann sie mit meinen Fingerspitzen fühlen. Ich glaube, sie ist so ähnlich wie die auf seiner Wirbelsäule, rund und leicht erhöht. Während ich ihn sanft streichle, spüre ich eine kleine Erhöhung entlang der Oberseite seiner Männlichkeit, die bis zur Spitze reicht. Als ich meine Hand wieder zu seinem Ansatz gleiten lasse, um den Bereich darum herum etwas weiter zu erkunden, erkenne ich mit einem Schock der Erregung, auf was der Knoten treffen würde, wenn er in mich stoßen würde.

Meine Mitte verkrampft sich reflexartig und ich blicke wieder zu seinem Gesicht auf. Er sieht mich mit weit geöffneten Augen an und das Verlangen darin ist beinahe zu groß ist, um es zu begreifen. Er senkt seinen Kopf und seine Lippen finden meine, hungrig und fordernd.

Er küsst verdammt gut.

Obwohl seine Eckzähne etwas länger sind als meine, gleiten unsere Zungen problemlos daran vorbei und verschlingen sich miteinander. Als ich mit meiner Zunge über einen seiner länglichen Zähne fahre, hebt er mich an meinen Oberschenkeln hoch und schlingt meine Beine wieder um seine Hüften. Ich reibe meinen Intimbereich an der Wölbung seines Lendenschurzes und lege meine Arme um seine Schultern, um den Kuss zu vertiefen, während ich mich immer wieder über seine Erektion gleiten lasse, da ich es kaum noch erwarten kann, sie in mir zu spüren.

»Rhael«, stöhnt er und löst sich weit genug von mir, um an meinen Lippen sprechen zu können. »Hebrek aluad tuartha. Rhael.«

Was auch immer *rhael* bedeutet, die Art und Weise, wie er es sagt, sorgt dafür, dass sich mein gesamter Unterleib zusammenzieht.

Als ich ihn erneut küsse, schlingt Droth seine Arme um mich, zieht mich von der Wand weg und trägt mich durch den Raum, als würde ich nichts wiegen.

Ich spüre, wie er sein Gewicht verlagert, als er seine einfachen Ledersandalen auszieht. Ehe ich mich versehe, falle ich und die Matratze kühlt die erhitzte Haut meines Rückens. Droth unterbricht unseren Kuss und kniet sich hin, bevor er seinen Lendenschurz öffnet und ohne Umschweife zur Seite wirft.

Er landet irgendwo in der Nähe des Bettes auf dem Boden und mein Mund öffnet sich ein wenig. Er war die ganze Zeit fast nackt. Ich habe schon seine nackte Brust gesehen, seine Arme und Schultern und seine Beine. Aber ihn so zu sehen, völlig nackt, während er vor mir kniet, ist irgendwie trotzdem etwas vollkommen anderes.

Unfähig, meinen Blick von ihm abzuwenden, stütze ich mich auf meine Ellbogen und begutachte seinen nackten Körper.

Seine weißen Muster glühen wieder. Sie sind hell und wirbeln über all die Stellen, die mein Blick erkunden will. Sein muskulöser Bauch geht in wohlgeformte Hüften über, und die Muster dort laufen auf seine Erektion zu, die zwischen seinen Beinen aufrecht steht.

Heilige Scheiße. Sein Schwanz.

Ich wusste, dass er groß ist, als ich ihn vorhin gespürt habe, aber ich dachte nicht, dass er *so* groß ist. Einen Moment lang taucht in meinen nebligen Gedanken der Zweifel auf, wie er in mich hineinpassen soll.

Aber seltsamerweise vertraue ich ihm, dass er dafür sorgen wird, dass es sich gut für mich anfühlen wird.

Er würde mir nicht wehtun. Das weiß ich.

Droth zieht mir meine Schuhe aus und kriecht über mich, während ich mich wieder auf die Matratze lege. Wir schauen einander an, und ich glaube, wir sind beide ein wenig außer Atem. Ich bin so von seinen hypnotisierenden Augen abgelenkt, dass ich kaum merke, wie er die Träger meines Kleides zerreißt. Die zarte Naht löst sich ohne große Anstrengung, dann reißt er eine der Nähte an der Seite auf, sodass ich nackt vor ihm liege.

Seine Erektion liegt warm zwischen meinen Beinen, die

breite Spitze reibt an meiner Klitoris und ich schwöre, dass ich fast spüren kann, wie er pulsiert.

Schwer atmend blickt Droth nach unten und dann wieder zu mir hoch. Auf seinem Gesicht zeichnet sich eine Frage ab.

Ich weiß auch ohne Worte, was er fragt.

Und ich kenne meine Antwort.

So wahnsinnig es auch sein mag, Worte können nicht beschreiben, wie sehr ich diesen Mann im Moment will, wie sehr ich ihn brauche. So etwas habe ich noch nie zuvor gefühlt, und nach allem, was heute passiert ist, kann ich der Anziehung zwischen uns nicht widerstehen.

Anstatt ihm mit Worten zu sagen, was ich will, greife ich nach unten, umfasse seinen Hintern und ziehe ihn nach vorn.

Er gleitet in einer langen, perfekten Bewegung in mich hinein, dehnt mich und füllt mich auf eine köstlich schmerzvolle Art und Weise aus. Er ist so groß. Als er vollständig in mich eingedrungen ist, klammere ich mich an ihn, als wäre er mein Rettungsanker.

Es ist fast mehr, als ich ertragen kann und ich glaube, das merkt er auch, denn er bewegt sich einen Moment lang nicht. Stattdessen verharrt er regungslos in mir, beißt mir in den Hals und murmelt Worte, die ich unmöglich verstehen kann.

Schließlich entspannen sich meine Muskeln und es fühlt sich plötzlich angenehm an, ihn in mir zu haben. Jetzt ist es ein schöner Schmerz und ich presse ihn schraubstockartig zusammen, als er vorsichtig seine Hüften bewegt. Zuerst sind es nur sanfte Stöße. Er bewegt sich kaum, aber ich spüre *alles*. Ich spüre sogar, wie die runde Spitze seines

Schwanzes eine geheime Stelle berührt, von deren Existenz ich nicht einmal wusste.

Gott, es fühlt sich so richtig an.

Ich spreize meine Beine so weit wie möglich und er nutzt jeden Zugang, den ich ihm gewähre, während er seine Arme unter meine schiebt und mich an den Schultern festhält. Er zieht sich heraus, bis nur noch die Spitze in mir pulsiert, und gleitet dann mit einem Grunzen wieder hinein. Der Knoten an seinem Ansatz drückt gegen meine Klitoris und ich beiße mir auf die Lippe, um nicht zu laut zu schreien. Draußen sind Dutzende seiner Männer und ich will nicht, dass sie mich hören.

Er knabbert an meinem Hals und macht es noch einmal, dann drückt er sich tief in mich hinein, wobei sein Knoten an meiner Klitoris reibt. Langsam bewegt er sich in mir, die geschwollene Spitze ist tief in mir vergraben. Meine Wände flattern um ihn herum und in meinem Bauch sammelt sich eine Hitze, wie ich schon sehr lange nicht mehr gespürt habe.

Meine Glieder spannen sich um ihn herum an, während der Raum, die Hütte und der ganze Planet um mich herum aufhören, zu existieren.

Alles, was bleibt, sind Droth und ich.

Ich schreie auf, als er eines meiner Beine anhebt und beginnt, kräftiger zu stoßen, wodurch alle meine Nervenenden zum Leben erwachen. Er senkt seinen Kopf, um mich innig zu küssen und ich erwidere den Kuss, während sich in mir eine Blase der Lust aufbaut und mich mit so vielen Empfindungen erfüllt, dass es fast unerträglich für mich ist.

Droth drückt seine Hüften fest gegen mich und reitet auf dem anschwellenden Druck. Dann, ohne Vorwarnung, platzt die Blase der Anspannung in mir. Lust durchflutet meinen Körper und strahlt in seismischen Wellen aus meinem Inneren nach außen. Ich reite auf der Ekstase, klammere mich an Droth fest und wimmere, während sich mein Inneres verkrampft und Stromstöße meinen ganzen Körper erzittern lassen.

Während mein Orgasmus über mich hereinbricht, vergräbt Droth sein Gesicht mit einem Stöhnen an meinem Hals. Er stößt noch ein paar Mal in mich hinein, sein ganzer Körper bebt und er kommt ebenfalls.

Seine langen Eckzähne kratzen an meinem Hals, während er sein Becken an meinem reibt und die Lust für uns beide verlängert.

Schließlich erschlaffen wir beide, unsere verschwitzten Körper aneinandergepresst.

Heilige Scheiße. Ich glaube, ich habe keine Knochen mehr. Ich bin Matsch.

Droth murmelt eine Reihe von Wörtern in seiner kehligen Sprache, als er aus mir herausgleitet. Sogar als er mich in die Arme nimmt und an sich zieht, murmelt er immer noch.

Ich wünschte, ich könnte verstehen, was er sagt. In diesem Moment wünsche ich es mehr als alles andere.

Er hält mich fest, seine Arme fühlen sich warm und beschützend an, während er mich an seinen Körper presst. Wir passen perfekt aneinander, warm, kräftig und beschützend liegt er neben mir.

Meine Augenlider werden schwer. Es war ein verdammt langer Tag – so lang, dass ich mich kaum noch erinnern kann, wo er angefangen hat. Die Erschöpfung zehrt an mir, aber ich will nicht schlafen.

Ich möchte alles, was wir gerade getan haben, noch einmal wiederholen. Ich möchte mich in die Wildnis dieses fremden Planeten wagen und sie erforschen. Ich möchte die anderen Frauen finden und sicherstellen, dass es ihnen gut geht.

Aber trotz all dieser Wünsche beginnt mein Körper herunterzufahren. Meine Beinmuskulatur ist schlaff, meine Arme sind schwer. Droth flüstert jetzt und seine Worte werden leiser, je müder er wird.

Ich habe heute mehr erlebt als an jedem anderen Tag in meinem Leben, und die beiden intensiven Orgasmen haben mir die letzte Energie geraubt, die ich noch hatte. Mir fallen die Augen zu und ich gleite in einen tiefen Schlaf.

ALS ICH ERWACHE HÖRE ich ein fernes Zwitschern.

Es klingt wie ein Vogel, aber der Rhythmus ist völlig falsch. Vielleicht ist es ein Käfer, möglicherweise irgendeine außerirdische Grillenart. Alles im Raum ist dunkel, was bedeutet, dass es Nacht sein muss. Ich habe keine Ahnung, *wie viel* Uhr es ist. Ich weiß nicht einmal, wie lange die Nacht auf diesem Planeten dauert. Sind es acht Stunden? Zehn? Oder wird es in einem Augenblick Tag werden?

Dieser Gedanke führt mir die erschreckende Realität vor Augen, nämlich, dass es so einiges gibt, was ich über diesen Planeten nicht weiß. Die Tiere, die Gefahren, die Sprache, die Bräuche, die Zeit. Ich weiß nicht einmal, wie ich mit dem Mann sprechen soll, mit dem ich gerade Sex hatte, verdammt noch mal.

Gott, das sieht mir gar nicht ähnlich. Ich habe keinen Sex mit fremden Männern, die ich gerade erst kennen gelernt habe.

Joseph und ich hatten erst Sex, als wir schon mehrere Monate zusammen waren – obwohl ich nicht sicher bin, ob dieses Beispiel zählt, da er mir später gestanden hat, dass er schon damals wusste, dass er auf Männer steht. In meiner Beziehung mit Joseph ging es nie wirklich um die körperlichen Aspekte. Und es ging ganz bestimmt nie um Leidenschaft.

Ich war immer klug und verantwortungsbewusst, mehr von Logik als von Gefühlen geleitet.

Was zum Teufel tue ich hier also?

Der Sex selbst war … nun, er war unglaublich.

So etwas habe ich in meinem ganzen Leben noch nie gefühlt. Die Verbindung zwischen uns, die Art und Weise, wie mein Körper auf die kleinste Berührung reagiert hat, Droths vollständige und totale Konzentration auf mich – all das hat mich so erregt, wie ich es noch nie zuvor erlebt habe.

Ich spüre noch immer die Intensität seines Blicks, die zielgerichtete Art, wie er mich berührt und mir die Kleider vom Leib gerissen hat, als ob er mich sofort haben müsste.

Als ob er mich mehr als alles andere im Universum wollte.

Ich schaue über meine Schulter. Droth schläft tief und fest, ein Arm ist wie ein besitzergreifendes Gewicht über meine Taille gelegt. Seine Augenbrauen sind leicht zusammengezogen und er rückt näher zu mir, während er ruhig und gleichmäßig weiteratmet.

Meine Augen haben sich mittlerweile an die Dunkelheit gewöhnt, sodass ich die Umrisse seines Gesichts erkennen kann, und mein Blick bleibt einen Moment lang auf seinen Zügen hängen. Er ist wirklich unglaublich gutaussehend.

Außerdem ist er ein guter Mann. Das weiß ich. Er ist scharfsinnig, beobachtet und analysiert ständig die Welt um ihn herum. Er hört zu, auch wenn er kein Wort von dem versteht, was ich sage und er kümmert sich um seine Leute, die ihn sehr zu respektieren scheinen.

Mir wird bewusst, dass diese Sprachbarriere zwischen uns in gewisser Weise doch ein Segen ist. So kann ich mich allein auf seine Taten konzentrieren, ohne dass mein Eindruck durch seine Worte getrübt wird. In der Vergangenheit habe ich mich häufig von Schwätzern blenden lassen, aber das kann mir mit ihm nicht passieren.

Ich kann diesen Mann nur danach beurteilen, was er *tut*, nicht danach, was er sagt. Und alle seine bisherigen Handlungen waren ausschließlich rücksichtsvoll und freundlich.

Ich wünschte, ich wäre ihm begegnet, als ich jünger war. Bevor ich Joseph kennengelernt habe. Er ist die Art von Mann, mit dem ich wirklich glücklich verheiratet sein könnte.

Meine Gedanken stoppen abrupt und ich wende den Blick von ihm ab, um mit großen Augen die Wand anzustarren.

Ähm, was?

Ich habe gerade ernsthaft über eine Ehe mit einem Außerirdischen nachgedacht. Das muss eine Art Zeichen von geistiger Instabilität sein. Sicherlich würde sich keine zurechnungsfähige Frau in einen Außerirdischen verlieben oder ihn sogar heiraten.

Es muss der Schock sein. Das muss es sein. Ich bin auf einem fremden Planeten abgestürzt, wurde von einem fleischfressenden Vogel weggetragen, bin vom Himmel gefallen, wurde ein zweites Mal vom selben Vogel angegriffen und bin dann von aggressiven Außerirdischen mit Waffen umzingelt worden.

Dieser ganze Tag fühlt sich an wie eine Folge von Twilight Zone. Natürlich habe ich mich da instinktiv zu der erstbesten Person hingezogen gefühlt, die mich nicht töten wollte.

Das ist es. Das ist alles. Eine Art Überlebensinstinkt. Das Bedürfnis, während eines emotional erhöhten und stressigen Ereignisses eine Verbindung zu jemandem herzustellen.

Ich muss es abschütteln. Ich muss zurück zum Schiff und herausfinden, wie ich zurück nach Hause komme. Ich bin dabei, etwas völlig Verrücktes zu tun – ich entwickle *Gefühle* für einen *Außerirdischen*, während ich *verheiratet bin*. Das muss aufhören.

Mit langsamen und vorsichtigen Bewegungen schlüpfe ich unter Droths Arm hervor. Ich beiße mir auf die Unterlippe und suche nach meiner Kleidung, aber sobald ich sie sehe, merke ich, dass ich ein kleines Problem habe. Mein zerfetztes Nachthemd liegt am Fußende des Bettes, wo Droth es hingeworfen hat, nachdem er es zerrissen hat.

Aber egal. Das bekomme ich schon hin. Ich muss nur von hier verschwinden.

Ich schnappe mir das Nachthemd und knote es wie einen Rock um meine Taille, was ganz gut klappt. Es ist etwas kurz und mein rechtes Bein ist vollständig entblößt, aber die wichtigsten Stellen sind bedeckt – was gut ist, denn mein Slip ist im Grunde nicht zu retten.

Ich fange an, mich nach etwas umzusehen, das ich als provisorisches Oberteil verwenden kann, aber als mein Blick durch den schwach beleuchteten Raum wandert, schreie ich auf.

Droth sitzt auf dem Bett und beobachtet mich.

Scheiße. Wann ist er aufgewacht?

Seinen erstaunlichen Fähigkeiten als Kämpfer und Krieger nach zu urteilen, ist er vermutlich gleich in der Sekunde aufgewacht, in der ich unter seinem Arm durchgeschlüpft bin. Rückblickend hätte ich erkennen müssen, dass er nicht der Typ Mann ist, der bei so etwas einfach weiterschläft.

Als sich unsere Blicke treffen, steigt Droth, der immer noch nackt ist, aus dem Bett und kommt auf mich zu, als wäre ich ein aufgescheuchtes Tier. Er scheint definitiv zu erkennen, dass ich mich gerade angezogen habe, um zu gehen, aber er sieht nicht wütend aus. Wenn überhaupt, dann sieht er … besorgt aus.

Er kommt nah genug heran, um die Hand auszustrecken und mich packen zu können, aber er hält nur seine Handflächen hoch und spricht mit leiser Stimme. Es ist erstaunlich, wie beruhigend seine kehlige Sprache aus seinem Mund klingt.

Ich habe das Gefühl, dass er versucht, mich zu trösten, und ich fühle mich richtig mies. Er hat alles richtig gemacht und selbst jetzt, obwohl ich ihn behandle, als würde er etwas Schreckliches tun, ist er geduldig und sanft.

»Hör mal …« Ich lecke mir über die Lippen und ringe nach Worten – nicht, dass es wichtig wäre, nehme ich an. Aber trotzdem habe ich das Gefühl, dass ich etwas sagen muss, ob er mich versteht oder nicht. »Was zwischen uns passiert ist, war fantastisch, aber … aber es ist nicht *real*, weißt du? Ich meine, im wirklichen Leben laufen Frauen nicht einfach mit außerirdischen Kriegern weg, die sie vor riesigen Vögeln retten. Und ich habe Verpflichtungen. Ich muss sicherstellen, dass die anderen am Leben sind und einen Weg finden, nach Hause zu kommen. Mein Volk braucht mich. Ich bin dir für alles dankbar, was du getan hast und, weißt du …«

… der Sex war großartig, und ich finde dich toll.

Ich verziehe das Gesicht. Verdammt. Ich mache das nicht richtig. Keines der Worte, die ich sage, kann auch nur annähernd beschreiben, wie monumental sich das alles angefühlt hat. Was für eine große Sache das war, auch wenn ich versuche, so zu tun, als wäre es nicht so gewesen.

In der kurzen, sehr kurzen Zeit, die ich ihn kenne, hat dieser Mann mich verändert. Das bedeutet etwas.

Fast wünsche ich mir, dass ich nicht gehen müsste.

Droth neigt den Kopf, als er meine Worte aufnimmt, die für ihn wahrscheinlich nichts als Kauderwelsch sind. Dieses verdammt attraktive halbe Lächeln, das ich langsam wiedererkenne, erscheint auf seinem Gesicht, während er mich ansieht. Mit seiner perlmuttfarbenen, bläulichen Haut und allem Drum und Dran ist er der Inbegriff roher Stärke und Männlichkeit, aber wenn er mich so anlächelt, sieht sein Gesicht im dämmrigen Licht so knabenhaft und süß aus, dass mein Herz dahinschmilzt.

Ich presse meine Lippen zusammen und konzentriere mich wieder. Ich darf mich nicht wieder von ihm ablenken lassen. Er muss es verstehen.

»Charlotte muss gehen.« Ich mache eine Gehbewegung mit meinen Fingern. »Ähm … hokut.«

Er schaut auf meine Hände, dann auf mein Gesicht und schließlich blitzen seine Augen verständnisvoll auf. Sein Kiefer verkrampft sich und sein sanfter Ausdruck verwandelt sich in etwas, das mir fast das Herz bricht.

Kapitel 18

Droth

Sie will nach Hause.

Meine Gefährtin will mich verlassen.

Ich habe nur eine kleine Handvoll Wörter in Charlottes Sprache aufgeschnappt, aber langsam lerne ich, ihre Gesten zu interpretieren. Als sie die Geste für den Schiffsabsturz gemacht hat und dann ein startendes Schiff gemimt hat, habe ich genau verstanden, was sie meinte.

Sie will zu den Trümmern ihres abgestürzten Raumschiffs gelangen und dann versuchen, irgendwie von diesem Planeten wegzukommen – in ihre Heimatwelt zurückzukehren.

Sie sah zögerlich aus, fast nervös, als sie es mir gesagt hat. So als hätte sie Angst, dass ich wütend werde.

Ich *bin* wütend. Nicht auf sie, niemals auf sie.

Ehrlich gesagt verstehe ich ihren Wunsch. Wenn ich könnte, würde ich auch nach Hause gehen. Ich verstehe nur nicht, warum sie *ohne mich* gehen will.

Wir sind Gefährten. Wir sind füreinander bestimmt.

Ich möchte ihren Planeten sehen und sie besser verstehen, ihr Volk und ihre Bräuche kennenlernen. Ich hatte gehofft, sie würde dasselbe wollen und ich dachte, dass das, was vorhin zwischen uns passiert ist, gezeigt hätte, dass sie diese Bindung auch will.

Aber wenn das der Fall ist, warum will sie dann nicht, dass wir zusammenbleiben?

Vielleicht würde ihr Volk uns nicht erlauben, Gefährten zu sein. Schließlich *bin* ich trotz meines königlichen Blutes ein Vertriebener. Oder vielleicht hat sie bereits einen Gefährten in ihrer Heimatwelt. Ich weiß, dass er nicht ihr richtiger Gefährte, ihr vom Schicksal bestimmter Gefährte, ihr *wahrer* Gefährte sein kann, aber es ist gut möglich, dass bereits ein Mann versucht hat, Anspruch auf sie zu erheben.

Diese Gedanken helfen mir nicht, meine Niedergeschlagenheit zu überwinden, also schiebe ich sie weg.

Charlottes Schiff ist auseinandergebrochen, bevor es abgestürzt ist. Es war ein großes Schiff, sodass wahrscheinlich mehr als nur ein paar Rettungskapseln an Bord waren. Es könnte also eine Möglichkeit für Charlotte geben, Nuthora zu verlassen und in ihre Heimatwelt zurückzukehren.

Aber ich will nicht, dass sie geht.

Ich habe mein ganzes Leben auf sie gewartet und wenn ich in ihrer Nähe bin, habe ich das Gefühl, wieder irgendwo hinzuzugehören. Sie fühlt sich so vollkommen richtig an. Sie ist mein *Zuhause*.

Wir sollten für immer zusammen sein, in diesem Leben und im Jenseits und obwohl ich sie erst seit kurzem kenne, kann ich mir ein Leben ohne diese intelligente, mutige, hinreißende Frau nicht mehr vorstellen.

Ich habe sie beansprucht.

Sie hat mich beansprucht.

Ich *brauche* sie, und es tut weh, zu wissen, dass sie mich nicht braucht.

Ich könnte sie einsperren, wenn ich wollte. Dann kann sie nicht gehen.

Doch ich verdränge den Gedanken genauso schnell, wie er gekommen ist. Das würde ich nie tun. Ich möchte, dass sie bleibt, weil sie es *will*, nicht weil ich sie dazu zwinge. Ich möchte, dass meine Gefährtin glücklich ist, dass sie sich sicher fühlt, dass sie freiwillig mit mir zusammen ist, und das wird nie geschehen, wenn ich sie gegen ihren Willen zwinge, hierzubleiben.

Charlottes Augen sind groß und hoffnungsvoll, als sie mich ansieht und ich strecke die Hand aus, um mit einem Fingerknöchel über ihre Wange zu streichen.

»In Ordnung.« Ich nicke. »Charlotte, nach Hause.«

Ihr Gesicht strahlt und ein Lächeln verjagt den melancholischen Ausdruck in ihrem Gesicht. Ihr ganzer Körper erschlafft vor Erleichterung und sie überrascht mich, als sie nach vorn tritt, ihre Arme um mich schlingt und ihren Kopf auf meine Brust legt. Sie spricht mit tiefer, schneller Stimme. Es sind zu viele Worte, zu schnell, als dass ich auch nur mit der Anzahl ihrer Silben mithalten könnte.

Aber auch ohne den Sinn zu verstehen, weiß ich eins ganz genau.

Sie ist glücklich.

Und ich werde alles tun, was in meiner Macht steht, um dafür zu sorgen, dass das auch so bleibt.

Ich umfasse ihren Hinterkopf, meine Finger streichen über die seidenen Strähnen ihres dunklen Haares. Mein anderer Arm legt sich um ihre Taille und ich ziehe sie an mich. Ein Schmerz breitet sich in meiner Brust aus, während ich mich frage, wie oft ich noch Gelegenheit haben werde, dies zu tun – meine Partnerin festzuhalten, die Wärme ihres Körpers an meinem zu spüren.

Charlottes Atem stockt leicht und sie legt ihre Hände auf meine Brust, drückt mich ein wenig zurück, um mir in die Augen zu sehen. Ihre grünen Augen funkeln und ein einzelner Tropfen sickert aus einem ihrer Augenwinkel, aber sie lächelt immer noch. Ihre Finger gleiten über die Muster auf meiner Haut, während sie meinem Blick standhält.

»Dahke«, sagt sie leise. »Doo behst deer wuhnerwolse Mahn, den ihh je begeeknt biin.«

Ihre Stimme klingt sanft, zärtlich, wie ich es noch nie zuvor gehört habe und das lässt mich glauben, dass sie die Dinge, die ich fühle, *tatsächlich* auch fühlt. Dass, selbst wenn wir nicht zusammen sein können, selbst wenn sie gehen muss, das Band zwischen uns echt ist.

Für uns beide.

Ich nehme ihr Gesicht in beide Hände, sehe ihr in die Augen und versuche, mir ihre Gesichtszüge einzuprägen. Ich könnte meine schöne Gefährtin stundenlang betrachten, ohne mich je an ihr sattzusehen, aber während ich ihren Anblick in mich aufsauge, bewegt sie sich unruhig. Sie hebt ihre Hände, um meine eigenen von ihrem Gesicht wegzuziehen, aber anstatt sich von mir wegzubewegen, kommt sie näher und überwindet die letzte Distanz zwischen unseren Körpern.

Sie stellt sich auf die Zehenspitzen und schmiegt sich an mich, während sie mich innig auf die Lippen küsst.

Mein Körper reagiert sofort, mein Schwanz versteift sich an ihrem Unterleib und mein Puls beschleunigt sich. Obwohl ich sie bereits beansprucht habe, ist mein Bedürfnis nach ihr nicht weniger intensiv. Tatsächlich ist es jetzt, da mein Schwanz weiß, wie es sich anfühlt, in ihrer feuchten Hitze vergraben zu sein, sogar *noch* stärker.

Aber da ist mehr zwischen uns als die reine Verzweiflung, die uns beim ersten Mal angetrieben hat.

Etwas Tieferes.

Etwas Stärkeres.

Vielleicht ist es die Vertiefung der Bindung. Vielleicht liegt es einfach daran, dass wir durch unsere begrenzte Kommunikation festgestellt haben, dass ich meiner Gefährtin helfen werde, einen Weg zu finden, diesen Planeten zu verlassen.

Vielleicht liegt es daran, dass wir beide wissen, dass dies der Beginn des Abschieds ist.

Ich erlaube meinem Verstand nicht, bei diesem Gedanken zu verweilen. Der morgige Tag wird bringen, was immer er bringen mag, aber jetzt, heute Nacht – ist meine Charlotte noch da. Ihr weicher Körper ist an meinen gepresst, ihre Finger gleiten durch mein Haar und ihre Lippen bewegen sich mit demselben Hunger an meinen, den auch ich verspüre.

In diesem Moment gehört sie mir.

Und ich habe vor, ihr zu zeigen, wie viel sie mir bedeutet.

Kapitel 19

Charlotte

ICH WOLLTE Droth nicht noch einmal küssen.

Ich habe mir selbst gerade einen Vortrag darüber gehalten, dass es wahrscheinlich am besten wäre, eine gewisse Barriere zwischen uns zu bewahren und wie verrückt es ist, Gefühle für einen außerirdischen Mann zu entwickeln. Und das habe ich auch so gemeint. Ich *weiß, dass* es verrückt ist.

Aber als es mir endlich gelungen ist, ihm zu vermitteln, was ich will, habe ich den schmerzerfüllten Blick in seinen Augen gesehen. Er will nicht, dass ich gehe. Aus welchen Gründen auch immer hängt dieser seltsame Krieger an mir – und so sehr ich auch versuche, dagegen anzukämpfen, ich kann nicht leugnen, dass zwischen uns eine Art Verbindung zu bestehen scheint.

Doch als er nach meiner Rede den Mund aufgemacht hat, hat er weder mit mir gestritten noch wütende Worte gesagt. Er hat keine Anstalten gemacht, mich festzuhalten oder mich zum Bleiben zu zwingen. Er hat nur fünf Worte gesagt. Drei davon habe ich erkannt.

Charlotte, nach Hause.

Er wird mich gehen lassen. Ich habe das Gefühl, dass er mir sogar helfen wird. Ich weiß ehrlich gesagt nicht, ob irgendein Teil der Foreigner II gerettet werden kann, um mich und die anderen Frauen von diesem Planeten weg und wieder nach Hause zu bringen, aber ich muss es versuchen. Ich muss zumindest sicherstellen, dass es ihnen allen gut geht.

Ich könnte es mir nie verzeihen, wenn ich es nicht täte.

Und mit Droth an meiner Seite habe ich das Gefühl, dass ich tatsächlich eine Chance habe, den anderen Überlebenden zu helfen.

Ich weiß nicht, warum er mich so sehr will, oder warum er seine eigenen Bedürfnisse beiseiteschiebt, um mir das zu geben, was ich brauche, aber sein Verhalten bewirkt, dass sich etwas Warmes und Weiches in meiner Brust ausbreitet.

Dieser Mann – dieser Außerirdische – ist *gut*. Er ist ein besserer Mensch als die meisten, die ich auf der Erde kannte und er kümmert sich mit einer solchen Hingabe um sein Volk und um mich, dass es mich umhaut.

Ich wollte ihn wirklich nicht noch einmal küssen, aber als er mich mit seinen starken, sanften Händen an sich gedrückt hat, traf es mich wie ein Blitz, dass ich ihn *vermissen werde*. Ich kenne ihn kaum, und wir haben noch nie ein Gespräch in der gleichen Sprache geführt, aber es fühlt sich an, als hätte er sich irgendwie in meine Seele eingeprägt.

Bevor ich mich selbst in Frage stellen, mich belehren oder Zweifel aufkommen lassen konnte, bin ich dem Impuls gefolgt, der meinen ganzen Körper zu erfüllen schien, habe mich auf die Zehenspitzen gestellt und meine Lippen auf seine gepresst.

Ich glaube, ich habe ihn überrascht, aber innerhalb eines Augenblicks hat er angefangen, meinen Kuss zu erwidern, seine Arme um mich gelegt und mich an seinen Körper gezogen.

Und während wir uns diesmal küssen, scheint sich etwas zwischen uns zu verändern. Es fühlt sich anders an als beim ersten Mal – vielleicht, weil ich es dieses Mal nicht auf Adrenalin, Schock oder etwas anderes schieben kann. Ich weiß genau, was ich tue, und ich tue es mit klarem Verstand und Herz.

Mit einem leisen Stöhnen nimmt Droth meinen Hinterkopf in beide Hände und geht vorwärts, bis mein Rücken an die kalte Wand stößt. In der Intensität seiner Lippen liegt etwas Hungriges und Überwältigendes. Ich habe das Gefühl, dass er mit mir verschmelzen würde, um eins zu werden, wenn er könnte.

Seine Hände landen auf meinen Hüften und er hebt mich hoch, während er sich an mich drückt und seine harte Länge an meinem kaum bedeckten Schritt reibt. Meine Beine sind eng um seine Hüften geschlungen, seine Erektion schmiegt sich zwischen uns.

Bei dem Gedanken, ein zweites Mal von ihm beansprucht zu werden, erschaudere ich, und ich lasse meinen Unterleib an ihm entlanggleiten.

Droth lässt meine Lippen los, um etwas zu murmeln, seine Worte sind rau und verheißungsvoll. Ich presse mich fest an ihn und er drückt seine Stirn gegen meine, während er mir in die Augen schaut und mich durch den Raum bugsiert. Er drück mich gegen die Wand, eine Hand unter meinem Po, während seine andere Hand meinen behelfsmäßigen Rock aufbindet und herunterzieht. Die Spitze seiner breiten Männlichkeit stößt in mich hinein, dann lässt er mich ohne zu zögern auf seine Erektion hinabgleiten, bis er ganz in mir ist.

Alles, was ich tun kann, ist, mich festzuhalten. Als ich auf ihn hinabsinke, stockt mir der Atem, weil ich mich so unglaublich ausgefüllt fühle. Meine Beine verkrampfen sich ein wenig um ihn herum und mein Inneres drückt ihn fest zusammen, während mein Körper sich wieder an seinen köstlichen Umfang anpasst.

Als seine Länge bis zum Anschlag in mir vergraben ist, legen sich seine Hände um meine Hüften, als wollte er mich für den Rest meines Lebens genau dort festhalten, wo ich bin.

Dann bewegt er langsam seine Hüften nach hinten, hält mich an der Wand fest und knurrt, als er erneut in mich eindringt.

»Scheiße«, keuche ich. »Oh Gott, Droth.«

Weitere wortlose Geräusche entweichen meinen Lippen. Ich kann keine ganzen Sätze bilden, aber das Gefühl, wie er sich langsam in mich hinein und aus mir heraus bewegt, ist so gut, so intensiv, dass es mich zum Wimmern und Stöhnen bringt.

Ich versuche, meinen Mund zu bedecken, damit wir niemanden im Dorf wecken, aber Droth drückt meine Hand so fest, dass es wehtut, und raunt mir etwas zu. Ich lasse meine Hand sinken und vergrabe stattdessen mein Gesicht seitlich an seinem Nacken.

Ich knabbere an dem Muskel zwischen seinem Hals und seiner Schulter, er grunzt und belohnt mich mit harten

Stößen, die meine schmerzende Mitte füllen und an meiner Klitoris reiben. Ich beiße ihn wieder und sein Tempo wird noch schneller.

Immer und immer wieder stößt er tief in meinen Körper hinein. Meine Arme und Beine sind eng um ihn geschlungen und ich klammere mich an ihn, während er mich hart an der Wand nimmt.

Lust baut sich in mir auf, breitet sich in meinen Gliedern aus und mein Blut fühlt sich an, als würde es kochen. Ich bin froh, dass meine Eckzähne nicht so scharf sind wie seine, denn ich beiße so fest in die warme Haut seiner Schulter, dass er vermutlich bluten würde.

Schließlich knurrt Droth erneut, dringt tief in mich ein und presst meine Hüften an seinen Körper. Sein Schwanz pulsiert in mir, schwillt an und wird dicker, und ich stoße einen schwachen Schrei aus, während ich mich in seinen Armen winde und meine geschwollene Klitoris an dem dicken Knoten an der Basis seiner Erektion reibe. Meine Stimme wird mit jedem Atemzug höher, und als ich den Höhepunkt meiner Lust erreiche, zittere ich um ihn herum, während ich ihn reite.

Als der intensive Ausbruch des Gefühls nachlässt, keuche ich an seinem Nacken und reibe meine Hüften in wellenförmigen Bewegungen an ihm, um die Nachbeben so lang wie möglich auszudehnen.

Droth atmet schwer, seine Haut ist warm an meiner, und ich küsse seinen Hals und streiche mit meiner Zunge ab und zu über seine Haut. Ich spanne meine inneren Muskeln um ihn herum an und er versteift sich, um mich dann wieder an den Hüften zu packen.

Dieses Mal übernimmt er die totale Kontrolle über

unsere Bewegungen, hebt mich an, als würde ich nichts wiegen, und treibt mich auf seinem breiten Schwanz nach unten. Ich keuche angesichts des Gefühls völliger Fülle, der Intensität des *Verlangens*, das zwischen uns lodert.

Das ist mit keinem Sex vergleichbar, den ich je zuvor hatte und es geht nicht nur darum, wie perfekt unsere Körper zusammenpassen. Es ist die Art und Weise, wie wir aufeinander reagieren, als wären selbst unsere kleinsten Bewegungen aufeinander abgestimmt. Es ist, als hätte er einen geheimen Schlüssel gefunden, der in meinem Körper Nervenenden freigibt, von deren Existenz ich nicht einmal gewusst habe.

Nach einigen weiteren Stößen verlangsamt Droth sein Tempo. Seine Finger verkrampfen sich an meinen Hüften, als er mich vollständig von seiner Erektion hebt und auf die Beine stellt. Meine Beine fühlen sich wie Wachs an, und in meinem Unterleib staut sich noch immer Wärme.

Ich will mehr. So viel mehr.

Und er gibt es mir.

In einer schnellen Bewegung packt mich Droth an der Taille und dreht mich mit dem Gesicht zur Wand. Ich stütze meine Handflächen dagegen, beuge mich vor und spreize die Beine ein wenig. Eine Sekunde später gleitet Droth wieder in mich hinein, wobei seine Hüften gegen meinen Po prallen. In diesem Winkel gleitet er immer tiefer und meine Augen fallen zu, überwältigt von dem Gefühl, immer wieder bis zum Anschlag gefüllt zu werden.

Ich spüre die Hitze seiner Brust über meinem Rücken, dann gleitet seine Hand über meinen Bauch. Er spielt mit meiner Klitoris und ich quieke. Meine Knie knicken fast ein, als ein Blitz der Lust durch mich hindurchschießt.

Vorhin schien er von meiner Klitoris verdammt fasziniert gewesen zu sein, vor allem, als er gemerkt hat, was die Berührungen mit mir anstellen. Ich bin mir nicht sicher, ob er anfangs wusste, was es war, aber er hat definitiv begriffen, dass er mich damit zum Höhepunkt bringen kann.

Lustig. Manche Männer finden die Klitoris einer Frau ihr ganzes Leben lang nicht und Droth hat sie nicht nur gefunden, er hat sogar innerhalb eines Tages herausgefunden, wie er damit umgehen muss.

Der ironische Gedanke verschwindet mit einem Keuchen aus meinem Kopf, als Droth mir beweist, wie schnell er lernt.

Seine Fingerspitzen drücken fester auf meine empfindliche Knospe, sie kreisen schneller und ich lasse meinen Kopf stöhnend nach hinten sinken, während sich meine Hände an der Wand verkrampfen. Seine Stöße sind kraftvoll und gleichmäßig, während er mit meiner Klitoris spielt, bis mein ganzer Körper zittert.

Ich halte nicht lange durch.

Mein Kanal verkrampft sich um ihn herum und ich vergesse alle meine Bemühungen, ruhig zu bleiben und stoße einen lauten Schrei purer Lust aus.

Hinter mir gibt Droth eine Reihe von Worten von sich, bei denen ich mir ziemlich sicher bin, dass es sich um Flüche handelt.

Sein Schwanz scheint sich zu einer unmöglichen Größe aufzublähen und sich in mir zu versteifen. Er stößt noch einmal zu, vergräbt sich bis zum Anschlag und grunzt, während er sich an mir reibt. Sein Atem streift über meinen Nacken und seine Hände drücken verzweifelt meine Hüften.

Ein Schwall von Wärme erfüllt meine tiefsten Stellen und markiert mich von innen heraus mit seiner Essenz.

Ich fühle, wie sein Schwanz noch einige Male pulsiert, während er sich vollständig entleert und mein Körper erschlafft, als die letzte Spannung meines Orgasmus nachlässt. Meine Hände sind immer noch gegen die Wand gedrückt, mein Kopf hängt dazwischen und meine Beine zittern leicht. Droths Hand bewegt sich von meiner Klitoris weg, einer seiner Arme stützt meinen Oberkörper ein wenig, während seine andere Hand über meine Haut gleitet und die Linien meines Körpers nachfährt.

Schließlich murmelt er etwas in mein Haar und küsst meinen Nacken, bevor er sich langsam und mit vorsichtigen Bewegungen zurückzieht. Sofort spüre ich den Verlust, eine Leere, die über ein körperliches Gefühl hinausgeht.

Irgendwie *vermisse* ich ihn. Als ob ich ihn für immer in mir behalten wollen würde, wenn ich könnte.

Vielleicht bemerkt der außerirdische Krieger das Zittern in meinen Beinen, denn er nimmt mich in die Arme und trägt mich zurück zum Bett. Er legt mich sanft hin, bevor er neben mir auf die feste Matratze kriecht. Seine Arme legen sich um meine Taille und er schmiegt sein Gesicht an meinen Hals.

»Oh, wow«, murmle ich und blicke atemlos an die dunkle Decke. »Das war …«

Ich verstumme, da ich nicht weiß, wie ich diesen Satz beenden soll. Droth lacht, sein Atem erwärmt meine Haut. Ich weiß, dass er die benebelte Zufriedenheit in meiner Stimme hören kann, und ich bin ein wenig stolz darauf, dass er fast genauso benommen wirkt wie ich.

»Ernsthaft.« Ich schüttle den Kopf leicht. »Ich weiß, das ist verrückt. Dass es keinen Sinn macht. Aber ich bereue es nicht.«

Er kann meine Worte nicht verstehen, aber wie auch immer er den Ton meiner Stimme interpretiert, es scheint ihm zu gefallen. Ich spüre sein Lächeln an meiner Haut, und lächle ebenfalls.

Als ich in den Schlaf gleite, bin ich vollkommen entspannt in seinen Armen. Ich habe mich seit … na ja, noch nie so zufrieden gefühlt.

Und ein kleiner Teil von mir wünscht sich heimlich, dass es andauern könnte.

Kapitel 20

Droth

Normalerweise stehe ich mit der Sonne auf, aber nicht heute. Charlotte hat mich gestern Abend völlig erschöpft, sodass ich erst aufwache, als die Sonne schon am Himmel steht.

Aber gut. Die Männer werden schon zurechtkommen, auch ohne dass ich um sie herumschleiche.

Meine Leute sind mehr als fähig, und Axen verdreht bei meiner Überfürsorglichkeit manchmal sogar die Augen. Diese Männer sind Krieger. Sie haben bei unserem Aufstand an meiner Seite gekämpft, und hätte mein Bruders uns nicht verraten, wären wir damit auch erfolgreich gewesen. Ich schulde ihnen allen etwas und selbst auf diesem trostlosen Gefängnisplaneten bin ich entschlossen, mich um sie zu kümmern.

Genauso wie ich mich um meine Gefährtin kümmern werde.

Charlotte schläft immer noch neben mir. Bei allem, was

sie gestern durchgemacht hat, überrascht mich das nicht. Sie braucht Ruhe.

Ihr dunkles Haar ist um ihren Kopf herum ausgebreitet und ich kann dem Drang nicht widerstehen, meine Nase darin zu vergraben und tief einzuatmen. Ihr Duft ist überall. In der Luft, auf meinen Fellen, auf mir. Ich will, dass dieser Duft niemals verfliegt.

Seit wir uns kennengelernt haben, habe ich sie nicht aus den Augen gelassen und doch weiß ich, dass ich ohne sie verloren wäre. Sie ist wie eine außergewöhnliche Sucht und alles, was ich will, ist mehr von ihr. Mehr von ihrem Lächeln, ihrer Tapferkeit, ihren unsinnigen Worten, ihrer melodischen Stimme, dem Geruch ihrer Haut, dem Gefühl ihrer Arme um meine Schultern, dem Gefühl Erektion tief in ihr.

Ich möchte wissen, was sie sagt.

Ich möchte wissen, was sie denkt.

Jeden Gedanken in ihrem Kopf.

Wenn wir nur mehr Zeit hätten. Dann könnten wir einen Weg finden, um miteinander zu kommunizieren, und ich könnte herausfinden, was sie will.

Meine Zähne schmerzen und erst da fällt mir auf, dass ich meine Zähne aufeinandergepresst habe. Ich habe ihr versprochen, dass sie nach Hause gehen kann – dass ich sie zu ihrem Schiff zurückbringen und ihr helfen würde, einen Weg zu finden. Vielleicht habe ich nicht genau diese Worte gesagt, und sie hätte mich sowieso nicht verstehen können, aber das habe ich gemeint. Trotz meiner eigenen egoistischen Wünsche werde ich mein Versprechen nicht zurücknehmen, auch nicht ein unausgesprochenes.

Bei dem Gedanken an zu Hause hat sie so glücklich ausgesehen. Wie kann ich ihr diesen Wunsch da abschlagen?

Dennoch kann es sein, dass die Rettungskapseln, die an dem Schiff befestigt waren, verschwunden sind. Ich habe gesehen, wie das Schiff in zwei Teile gebrochen ist und es ist unklar, wie viel Schaden die einzelnen Teile beim Absturz genommen haben. Um ehrlich zu sein, ist es ein Wunder, dass Charlotte überhaupt überlebt hat.

Wenn es keine Rettungskapseln gibt, dann wird es für sie unmöglich sein, von hier wegzukommen. Außerdem könnte der Sonnenrat, der jedes abfliegende Schiff auf Nuthora überwacht, ein nicht autorisiertes Schiff, das die Oberfläche verlässt, bemerken und versuchen, es aufzuhalten. Dieser Planet ist schließlich ein Gefängnis. Mörder, Diebe, Gesetzlose, Banditen stehen hier unter Aufsicht.

Diese Art von Leuten, und Ausgestoßene wie wir.

Wir, die es gewagt haben, uns gegen einen Führer aufzulehnen, der nach Blutvergießen und Kontrolle strebte, einen Führer, der meine Mutter entthront hat, einen Führer, der meinen eigenen Bruder gegen mich aufgehetzt hat.

Ich schüttle die Erinnerungen ab. Jetzt ist nicht der richtige Moment, um in Erinnerungen an die Vergangenheit zu versinken. Der Verrat meines Bruders Kardax wird immer schmerzen, aber es gibt jetzt wichtigere Dinge, auf die ich mich konzentrieren muss. Er ist weit weg auf Vox und ich werde ihn wahrscheinlich nie wiedersehen. Charlotte ist jetzt hier bei mir.

Es ist falsch von mir, mir zu wünschen, dass die Rettungskapseln zerstört wurden, das weiß ich. Wenn wir eine funktionsfähige Rettungskapsel *finden würden*, dann könnten wir in einer der Städte vielleicht die Materialien für die Herstellung einer Tarnvorrichtung besorgen. Ich würde alles tun, was ich kann, um sicherzustellen, dass der Sonnenrat niemals von Charlottes Flucht erfährt.

Denn ich möchte mehr als alles andere, dass diese Frau sicher und glücklich ist. Koste es, was es wolle. Selbst auf Kosten meines eigenen Herzens.

Als wäre sie durch meine Gedanken an sie geweckt worden, gibt Charlotte einen leisen Laut von sich und rollt sich zu mir herüber. Sie schmiegt sich an meine Brust und legt ihr Bein über meine Hüfte. Ich beuge meinen Kopf und küsse ihre Wange, woraufhin sie mit einem zufriedenen Seufzer erwacht. Als sich ihre grünen Augen vollständig öffnen, küsse ich sie.

Ich kann nur mit dem arbeiten, was die Götter mir geben. Sie werden entweder dafür sorgen, dass Charlotte bleibt, oder sie werden dafür sorgen, dass sie geht, aber ich muss darauf vertrauen, dass alles, was geschieht, so sein wird, wie es sein soll. Mehr kann ich nicht tun.

Charlotte streckt ihre Arme hoch über ihren Kopf aus, und ihre prallen kleinen Brüste drücken sich gegen mich. Mein Schwanz wird steif, bereit, wieder in ihrem engen Kanal zu versinken, und ohne zu zögern drehe ich meine Gefährtin auf den Rücken und lege mich zwischen ihre Beine. Sie schenkt mir ein müdes, glückliches Lächeln, und ich blicke auf sie herab und versuche, mir dieses Bild einzuprägen.

So werde ich sie für immer in Erinnerung behalten. Ich werde nie vergessen, wie sie in diesem Augenblick aussieht.

Meine schöne Gefährtin.

EIN PAAR STUNDEN später verlassen wir das Bett schließlich.

Charlotte freut sich, dass es losgeht. Das erkenne ich daran, dass ihre grünen Augen hell leuchten, und an dem energischen Unterton ihrer Stimme, als sie spricht.

Obwohl ich mir Zeit lasse, bin ich viel früher angezogen und zur Tür raus als sie. Ich nutze die Zeit, um Axen zu sagen, dass er ein paar Männer für eine Expedition zu Charlottes Schiff zusammenrufen soll. Als ich zu meiner Hütte zurückkehre, versucht meine Gefährtin gerade, eines der Tierfelle von meinem Bett um ihre Brust zu binden.

Ich lache über den Anblick und sie schaut mich mürrisch an.

»Du dahfst niht laheen.«

Sie verschränkt ihre Arme vor der Brust und ich trete vor, um das weiche Fell von ihren Brüsten zu nehmen. Sie hat aus ihrem zerrissenen Kleid einen hübschen Rock gemacht, aber anscheinend will sie auch ihre Brust bedecken. Von mir aus. Meine Männer würden meine Gefährtin ohnehin respektieren und es nicht wagen, ihr hinterherzuschauen, aber es würde ihnen auf jeden Fall schwerfallen, sie nicht anzusehen und später nicht an sie zu denken. Der Gedanke macht mich nervös. Dann muss ich ihr eben etwas basteln.

Neben dem Bett liegt eine kleine Sammlung sauberer Lendenschurze, also schnappe ich mir einen davon und wickle ihn so gut es geht um ihre Brust. Das sollte funktionieren. Als ich mit ihr fertig bin, sieht sie wie eine richtige Königin aus.

Meine Königin.

Charlotte hebt ihren Rock an und sieht mich verlegen

an. Ich neige den Kopf, während ein seltenes Grinsen meine Lippen umspielt. Einen Moment lang denke ich, dass sie versucht, mich zwischen ihre Beine zurück zu locken und mein Schwanz zuckt begierig.

Doch dann bemerke ich das dünne Stück Stoff, das noch immer auf dem Boden meiner Hütte liegt. Wenn ich mich recht erinnere, hat dieses Ding ihren Schritt bedeckt. Mit einem kleineren Stück Stoff fertige ich ein weiteres Kleidungsstück und wickle es um ihre Hüften und zwischen ihren Beinen hindurch.

Sie scheint mit meiner Arbeit zufrieden zu sein, und als sie in ihre weichen Schuhe schlüpft und sich in dem polierten Stück Metall, das an einer Wand meines Schlafzimmers lehnt, betrachten will, lacht sie über ihr Spiegelbild. Der Klang ist wundervoll, wie kleine Glöckchen. Ich liebe diesen Klang mehr als alles andere im Universum.

Ehe ich mich versehe, stehe ich hinter ihr, lehne mich über ihre Schulter und presse meine Lippen auf ihre. Sie lässt sich gegen meinen Körper sinken und öffnet begierig ihre Lippen. Unsere Zungen berühren sich, während ihr Rücken an meiner Brust ruht und meine Arme um ihre Taille geschlungen sind.

Mein Schwanz zuckt, ewig begierig darauf, sich in ihr zu vergraben.

Aber dieses Mal unterdrücke ich den Drang, meine Gefährtin zu beanspruchen. Stattdessen richte ich mich auf und räuspere mich. Wir müssen uns bald auf den Weg machen. Ich will mich nicht von ihr trennen, aber ich weiß, dass die Männer auf uns warten, und ich will ihnen gegenüber nicht respektlos sein und sie warten lassen, während ich meinen Hunger stille.

Charlotte lächelt mich an, ergreift meine Hand und verschränkt ihre Finger mit meinen. Ich kann nicht anders, als ihrem schönen Lächeln zur Tür hinaus zu folgen, obwohl ich nichts lieber täte, als mich hier drinnen mit ihr zu verbarrikadieren.

Als wir ins Sonnenlicht treten, warten tatsächlich acht meiner Männer direkt vor meiner Tür. Die meisten stehen aufrecht, aber ein paar von ihnen stützen sich gedankenverloren auf Speeren ab. Doch sobald sie mich und Charlotte erblicken, nehmen sie alle Haltung an. Ich balle eine Hand zur Faust und klopfe damit auf meine Brust, und sie tun dasselbe.

Wir essen eine schnelle Mahlzeit aus geröstetem Gicnuk und Saljawurzel. Charlotte stochert misstrauisch im Essen herum, bevor sie den ersten Bissen nimmt, und sieht beim Kauen erfreut und überrascht aus. Während ich ihr beim Essen zusehe, frage ich mich, ob sie weiß, dass das Fleisch, das sie isst, von dem Vogel stammt, der sie gestern angegriffen hat. Ich beschließe, dass ich es ihr nicht sagen würde, selbst wenn ich ihre Sprache sprechen würde. Ich möchte ihr nicht den Appetit verderben.

Sobald wir uns alle sattgegessen haben, machen wir uns als Einheit auf den Weg durch die Siedlung. Charlotte und ich übernehmen die Führung, Jaro und Axen folgen hinter uns und Kaide und Bohrir bilden die Nachhut.

Je näher wir den Toren kommen, desto deutlicher wird es, dass eine ziemlich große Gruppe gekommen ist, um uns zu verabschieden.

Ich erblicke Ochar, Xevar und die Zwillinge, die beide nicht allzu glücklich aussehen, außen vor gelassen zu werden – da Xevars Verletzungen nach dem Rankenangriff immer noch nicht ganz verheilt sind, versteht er sicher, warum es für ihn am besten ist, zurückzubleiben. Strome und Orin sind auf unserer anderen Seite und mustern Charlotte voller Neugier. Talik, Vael und Rhesk versuchen ebenfalls, einen besseren Blick auf uns alle zu erhaschen.

Schweigend gehen wir durch die Tore des Dorfes, wobei wir einen großen Bogen um die Stelle machen, wo Xevar gestern auf die Nesselranken gestoßen ist. Ich kann noch den Rauch riechen, wo meine Männer die Ranken verbrannt haben, und beschließe, bald ein Team auszusenden, um den Wald erneut abzusuchen. Wenn in dem Gebiet noch weitere Stellen mit Ranken aufgetaucht sind, können wir uns um sie kümmern.

Mit dieser erneuten Erinnerung daran, wie gefährlich Nuthora sein kann, weiche ich Charlotte während des gesamten Wegs nicht von der Seite.

Jedes Mal, wenn sie versucht, wegzugehen, umklammere ich ihre Hand und schüttle meinen Kopf. Es würde mir große Freude bereiten, ihr zuzusehen, wie sie diese Welt erforscht, aber so schön die Wildnis auch erscheinen mag, es lauern Dinge im Gebüsch und in den Schatten, die nichts lieber täten, als sie sofort zu verschlingen.

Meine Männer und ich sind an diese Bedrohungen gewöhnt und unsere Sinne sind immer geschärft, um die geringste Veränderung des Windes oder das leiseste Geräusch wahrzunehmen. Selbst etwas so Unschuldiges wie ein Schwarm von Nusskäfern könnte auf eine tote Beute in der Nähe hinweisen, was immer ein Zeichen für ein lebendes Raubtier ist.

Also erkundet Charlotte ihre Umgebung nur mit ihren Augen und ich muss lächeln, als ich sehe, wie sie die ganzen

Eindrücke in sich aufnimmt. Manchmal werden ihre Augen groß, manchmal öffnet sich ihr Mund verwundert, und manchmal rümpft sie die Nase.

Ihre Reaktionen lassen mit der Bewegung der Sonne nach, und als die Dämmerung eintritt, werden ihre Schritte schleppender.

»Droth, sollen wir anhalten?«, fragt Axen von hinten.

Ich bleibe abrupt stehen. Der Zeitpunkt ist so gut wie jeder andere. Schon bald werden wir in der Dunkelheit nichts mehr sehen können und ich habe es nicht eilig, unser Ziel zu erreichen. Mit jeder Stunde, die vergeht, bin ich mir weniger sicher, dass ich meine Gefährtin gehen lassen kann.

»Gute Idee.«

Mit einem Nicken gebe ich dem Rest unserer Gruppen ein Zeichen und vier Männer packen ihre Beutel aus, bevor sie alles einrichten. Während wir warten, setze ich mich auf den Boden und überkreuze meine Beine unter mir. Ich ziehe Charlotte zu mir herunter, und sie macht es sich auf meinem Schoß bequem. Sie passt so perfekt, dass es so aussieht, als sei sie wie für mich gemacht.

Dieser Gedanke trifft mich wie ein Felsbrocken auf die Brust, und meine Arme schlingen sich unbewusst um sie und ziehen sie näher heran.

Sie *ist* für mich gemacht.

Und wenn die Götter es zulassen, dass sie geht, dann wird sie mein Herz mit sich nehmen.

Kapitel 21

Charlotte

Die zweite Nacht in Folge schlafe ich in Droths Armen, und als das graue Morgenlicht langsam über den Himmel kriecht, will ich nicht aufstehen.

Also tue ich es nicht.

Stattdessen schaue ich Droth an, während er schläft und fahre die scharfen Konturen seines Gesichts und die weiche Linie seines Mundes nach.

Obwohl ich mich freue, wieder zum Schiff zurückzukehren, fühle ich mich hin- und hergerissen.

Ich möchte die anderen finden, natürlich möchte ich das, aber wenn ich daran denke, diesen Ort und diesen Mann zu verlassen … dann habe ich so starke Schmerzen in der Brust, dass ich kaum atmen kann.

Nichts davon ergibt einen Sinn. Ich weiß nicht, warum er sich so *richtig* anfühlt. Selbst wenn ich versuche, logisch und pragmatisch zu denken, unter Berücksichtigung der Fakten und sonst nichts, fühlt es sich trotzdem richtig an.

Er ist freundlich, ehrenhaft und geduldig. Er ist ein guter Anführer, und er ist leidenschaftlicher und mutiger als jeder andere Mann, dem ich je begegnet bin. Droth ist alles, wovon ich bei einem Mann geträumt habe.

Als ich von Josephs Untreue und den Lügen, die er mir während unserer gesamten Ehe aufgetischt hat, erfahren habe, habe ich mir geschworen, von nun an mehr darauf zu achten, was Leute *tun* und nicht darauf, was sie sagen. Hätte ich das von Anfang an getan, wäre mir vielleicht aufgefallen, wie Joseph bei unserem ersten Date den Kellner angesehen hat, oder wie selten er Sex wollte und dass es für ihn fast wie eine Verpflichtung zu sein schien.

Es ist mir egal, dass er schwul ist. Er ist mir wichtig und ich will, dass er glücklich ist. Deswegen finde ich es schrecklich, dass er das Gefühl hatte, er müsse verbergen, wer er ist. Ich wünschte nur, er hätte *es* mir *gesagt*. Ich hätte eine Wahl haben sollen, ob ich ohne Berührungen, ohne Verlangen oder Vertrauen in die Liebe meines Mannes zu mir leben wollte.

Aber ich habe nicht darauf geachtet. Ich habe die Zeichen als Paranoia oder übertriebene Fantasie abgetan. Ich habe Josephs Worten mehr Bedeutung beigemessen als seinen Taten. Mein Mann ist Politiker und ein guter noch dazu. Er hätte es nie so weit gebracht, wenn er nicht gut darin gewesen wäre, die Menschen davon zu überzeugen, dass er der ist, den sie sich wünschen.

Aber Droth? Er hat alles richtig gemacht. Seine Taten sind überzeugend, und seine Worte sind … nun, ich weiß nicht, was sie sind, aber wahrscheinlich auch richtig.

Er tut nicht nur so.

Meine Finger streichen über seine Kieferpartie, über die

blaue Haut an seinem Hals und über seine Brust. Knapp über seinem linken Brustmuskel halten sie inne und ich lege meine Handfläche auf seine warme Haut, wo ich den langsamen und gleichmäßigen Schlag seines Herzens unter meiner Hand spüre.

Unsere Herzen sind an der gleichen Stelle.

Ganz gleich, welche Unterschiede zwischen uns oder zwischen unseren Arten bestehen mögen, in einigen Dingen sind wir doch gleich.

Droth rührt sich unter meiner Berührung, ich hebe den Blick und sehe, wie sich seine tiefblauen Augen öffnen. Sein Blick ist verschlafen, aber warm und glücklich. Er legt seine Hand auf meine, und anstatt Worte zu wechseln, die keiner von uns verstehen wird, schauen wir einander nur mehrere Sekunden lang schweigend an, so viele unausgesprochene Dinge passieren zwischen uns.

Es dauert nicht lang, bis der Rest des Lagers aufwacht. Während Geräusche und leise Stimmen die Luft um uns herum erfüllen, wende ich widerwillig meinen Blick von Droth ab. Er beugt sich zu mir herunter und drückt mir einen Kuss auf die Haare, und als ich mich von ihm wegrolle, um aufzustehen, erhebt er sich neben mir und streckt sich.

Ich unterdrücke ein Grinsen und mir wird beinahe schwindelig, als wir einander anlächeln. Er ist so voller Energie. Ich weiß nicht, wie alt er ist, aber er kann nicht älter als dreißig sein.

Die Männer packen schnell zusammen, dann brechen wir in den frühen Morgenstunden auf. Genau wie gestern weicht Droth mir nicht von der Seite. Ab und zu zeigt er auf die verschiedenen Pflanzen, auf die wir stoßen, und spricht in seiner Sprache, als ob er sie mir alle beschreiben würde.

Ich wünschte, ich würde verstehen, was er sagt. Aber auch so höre ich ihn gerne sprechen. Irgendetwas in seiner Stimme scheint etwas in meiner Brust zum Schwingen zu bringen und dafür zu sorgen, dass ich mich glücklich und wohl fühle. Und obwohl ich die Worte nicht genau erkennen kann, gelingt es mir oft, die ungefähre Bedeutung zu verstehen – ob etwas gut oder schlecht, lustig oder ernst ist.

Ein- oder zweimal sehe ich eine hübsche Blume, die ich mir ansehen möchte, oder die Bewegung eines kleinen Tieres zieht meine Aufmerksamkeit auf sich, aber Droth führt mich jedes Mal mit einem ernsten Gesichtsausdruck weg. Anscheinend gibt es viele Dinge, die mich hier draußen gerne umbringen würden, sogar etwas so Kleines und Unauffälliges wie ein außerirdisches Streifenhörnchen.

Gegen Mittag beschließt die Gruppe, dass es Zeit für eine Pause ist. Ich habe noch nicht ganz herausgefunden, wie lang die Tage auf diesem Planeten sind. Es war schwer, den gestrigen Tag zu beurteilen, da so viel passiert ist, dass es sich angefühlt hat, als hätte er eine Woche gedauert. Aber jetzt, da ich nicht mehr ganz so abgelenkt und überwältigt bin, habe ich besser aufgepasst. Wenn meine innere Uhr auch nur annähernd stimmt, denke ich, dass die Tage hier nur ein kleines bisschen länger sind als auf der Erde.

»Charlotte. Lengeta tung ek binani fortho swat.« Droth sieht mir in die Augen und bedeutet mir mit strahlenden Augen, ihm zu folgen.

Keines dieser Worte ist mir bekannt, aber ich zögere nicht, ihm zu folgen. Es ist erstaunlich, wie viel Vertrauen in dieser kurzen Zeit zwischen uns entstanden ist, und mittlerweile habe ich wirklich keinerlei Zweifel mehr daran, dass dieser Mann mir nichts Böses will.

Dass er mich beschützen wird, egal was passiert.

Ich nehme seine Hand, die er mir hinhält, und gehe hinter ihm her, als wir den Pfad verlassen, dem wir bisher gefolgt sind. Der Rest unserer Gruppe folgt hinter uns, während Droth mich etwa ein Dutzend Meter lang durch das Laubwerk führt.

Als sich der dichte Wald an einem Bach lichtet, schnappe ich glücklich nach Luft. Ich habe nicht mehr gebadet, seit … nun, es ist schon eine Weile her.

Die Männer werfen ihre Beutel ab und knien am Ufer nieder, spritzen sich Wasser ins Gesicht und trinken aus ihren Handflächen. Ich schaue zu ihnen hinüber und beiße mir auf die Lippe. Ich werde mich natürlich nicht vor all diesen Männern ausziehen, aber weiter flussabwärts bemerke ich eine kleine Bucht. Sie ist nicht besonders groß, sieht aber tief genug aus, also gehe ich darauf zu, ziehe meine Schuhe aus und gehe ins Wasser, bis ich bis zu den Rippen unter Wasser bin. Droth watet direkt hinter mir hinein und stellt sich mit verschränkten Armen vor mich, um mich mit ernster Miene von den anderen abzuschirmen.

Es ist irgendwie verdammt süß.

Ich tauche meinen Kopf unter die klare Wasseroberfläche und wasche mein Haar, mein Gesicht und meinen Körper, bis mir die Luft ausgeht. Als ich wieder auftauche und mein dunkles Haar nach hinten streiche, mustert Droth mich.

»So ernst.«

Grinsend bewege ich meine Hand durchs Wasser und spritzte es ihm direkt ins Gesicht. Er sieht einen Moment lang schockiert aus, aber dann leuchten seine Augen und ein kleines, herausforderndes Grinsen breitet sich auf seinem Gesicht aus.

Ich wate schnell aus dem tiefen Wasser heraus und warte darauf, dass er zurückspritzt. Als mir das Wasser nur noch bis zu den Knöcheln reicht, kicke ich mit einem Fuß und mache seine Beine nass. Dann renne ich weg, bevor er sich revanchieren kann und laufe den Bach hinauf, ohne darauf zu achten, wer nass wird.

Einer der Männer, der immer finster dreinblickt – ich glaube, er heißt Jaro – steht an der Seite und starrt mich mit verschränkten Armen an. Ich kicke einen kleinen Wasserschwall in seine Richtung und er sieht völlig schockiert aus, als mehrere Tröpfchen auf seine nackte Haut treffen.

Es ist fast komisch und zumindest ist es mal ein anderer Gesichtsausdruck als seine düstere Miene.

Bevor ich noch jemanden nass spritzen kann, schlingt Droth seine Arme um mich und ich schreie, als er mich von den Füßen hebt. Als er mich umdreht, sind seine Haare triefend nass und er grinst sein süßes, schiefes Grinsen.

Ohne nachzudenken oder mir zu erlauben, zu zweifeln, küsse ich ihn instinktiv. Er erwidert den Kuss, lacht an meinen Lippen und wir bleiben eine Weile so stehen, den nassen Körper des jeweils anderen umklammert, während unsere Zungen miteinander tanzen und sich das kalte Wasser zwischen unserer Haut erwärmt.

Dann räuspert sich jemand und wir lösen uns voneinander.

Oh. Richtig. Wir sind nicht allein – ganz im Gegenteil.

Ich bin teils beschämt und teils ist mir schwindlig, als mir klar wird, was ich gerade getan habe, nämlich mit einem außerirdischen Krieger zu knutschen, als wäre es die natürlichste Sache der Welt. Die Männer hinter Droth schauen uns an. Einige sehen amüsiert aus, andere neugierig, nur Jaro sieht immer noch verärgert aus.

Sogar argwöhnisch.

Kapitel 22

Charlotte

Nachdem wir den Bach hinter uns gelassen haben, gehen wir weiter und verbringen eine weitere Nacht unter den Sternen. Einige der Männer verschwinden für eine Weile und kehren mit einem kleinen wildschweinähnlichen Geschöpf zurück, das sie über dem Feuer grillen. Ich habe keine Ahnung, was es ist, aber das Fleisch schmeckt gut, und ich bin so hungrig, dass ich mehrere Portionen esse.

Meine Beine sind steif und wund vom vielen Laufen, aber erstaunlicherweise geht es meinen Füßen gut. Der Waldboden ist ziemlich weich, und meine Schuhe sind schmutzig und fleckig, halten aber ganz gut. Wenn ich länger hierbliebe, würde es wohl nicht lange dauern, bis sich mein Körper daran gewöhnt hat.

Nicht, dass das wichtig wäre, denn ich werde nicht hierbleiben.

Aus irgendeinem Grund muss ich mir das mehrmals vor Augen führen, als wir morgens weiterziehen. Ich habe die Nacht wieder an Droth gekuschelt verbracht, meine Beine mit seinen verschlungen und er hat seine starken Arme um mich gelegt. Trotz unserer rauen Umgebung habe ich in den letzten Nächten so gut geschlafen wie schon lange nicht mehr.

Und seltsamerweise bin ich umso weniger aufgeregt, je näher wir unserem Ziel, das Schiff zu finden, kommen. Ich möchte immer noch die Frauen finden, die ich zurückgelassen habe und mich vergewissern, dass es allen gut geht, aber der Drang, den ich einst verspürt habe, von diesem Planeten zu wegzukommen, verdunstet wie Wasser an einem heißen Tag.

Der Morgen vergeht langsam, und während unsere kleine Gruppe durch das Unterholz trampelt, verfalle ich in Schweigen, da mir Dutzende von Gedanken durch den Kopf gehen. Der Weg, den wir zurücklegen, ist schwieriger geworden, da der Wald um uns herum dichter und üppiger geworden ist, und nach einem weiteren langen Tag auf den Beinen werde ich allmählich etwas schläfrig.

Doch als ich zwischen den Bäumen vor mir graues Metall aufblitzen sehe, verpufft jegliche Erschöpfung.

Es ist da, gleich hinter den Bäumen.

Das Schiff.

Wir haben es geschafft.

Aber als ich losstürmen will, hält Droth mich am Handgelenk fest. Er zieht mich zurück und legt einen Finger auf seine Lippen, während er mich mit seinen strahlend blauen Augen warnend ansieht. Als ich mich umdrehe, sehe ich, dass sich die anderen Männer geduckt haben. Sie bewegen sich wie Dschungelkatzen durch das Unterholz. Droth und ich tun dasselbe, auch wenn ich nicht annähernd so anmutig bin wie die Männer.

Wir kriechen zu der Lücke in den Bäumen und spähen hinter den Blättern hervor. Die Öffnung des Schiffswracks ist uns zugewandt, sodass wir in das Innere des zerstörten Schiffes blicken können. Mein Herz hüpft in meiner Brust. Ich lasse meinen Blick umherschweifen und halte nach Elizabeth oder einer der anderen Frauen Ausschau.

Ich sollte vorausgehen, denke ich. *Nur um sicherzustellen, dass keine der Frauen in Panik gerät, wenn sie Droth und seine Männer sehen.*

Aber mein Bauch zieht sich zu einem harten Knoten zusammen, als ich merke, dass sich nichts um das Schiff herum oder im Inneren bewegt.

Keine Spur einer einzigen Person.

Kein Geräusch.

Kein Essensgeruch.

Alles im Wrack ist ruhig und still, als wäre es verlassen.

Sie sind weg. Aber warum? Auch wenn das Schiff in zwei Teile zerbrochen ist, bietet es immer noch einen gewissen Schutz im Wald.

Ich sehe Droth an und er dreht sich zu mir um, sein Blick ist sanft und entschuldigend.

Mein Kiefer verkrampft sich und ich schüttle automatisch den Kopf. Nein. Sie können nicht tot sein. Jemand muss sie mitgenommen haben, oder sie schlafen, aber sie sind nicht tot. Die Frauen, die von ihrer eigenen Regierung entführt wurden, haben es alle auf diesen fremden Planeten geschafft.

Sie haben überlebt, als andere nicht überlebt haben. Sie *haben* es *geschafft*. Sie müssen am Leben sein.

Die Männer stehen auf, schleichen durchs Unterholz

und erreichen mit gesenkten Waffen die Absturzstelle. Droth und ich folgen ihnen.

Doch bevor wir mehr als ein paar Schritte machen können, leuchtet auf der obersten Ebene des Schiffes ein Blitz auf, gefolgt von einem ohrenbetäubenden Knall, und der Speer eines Mannes explodiert in seiner Faust.

»Scheiße!«, schreie ich.

Wir haben kaum Zeit, wieder in den Wald zu flüchten, bevor weitere Knallgeräusche folgen, einer nach dem anderen wie ein Maschinengewehr. Droth sucht hinter einem großen Felsbrocken Schutz und zieht mich an sich.

Dann durchschneidet ein neues Geräusch das Chaos. Ich hebe den Kopf und lausche, während mein Herz hoffnungsvoll in meiner Brust hämmert.

Es ist eine Stimme.

Die Stimme einer Frau.

Eine andere Stimme ruft zurück und antwortet der ersten. Ich kann auf diese Entfernung nicht genau erkennen, wer es ist, und ich kann die Worte, die die beiden sagen, nicht verstehen.

Aber sie müssen es sein. Das sind meine Leute auf dem Schiff, ich weiß es einfach. Sie schießen auf uns, weil sie Außerirdische aus den Bäumen hervorkommen sehen haben, aber vielleicht hören sie auf, wenn sie merken, dass ich auch hier bin. Ich kann nicht zulassen, dass jemand verletzt wird – auf keiner der beiden Seiten.

In der Nähe meines Kopfes splittert die Rinde von einem Baum explosionsartig, als ein Schuss den Stamm trifft und ich ducke mich mit einem Schrei. *Scheiße.* Wenn ich der Sache jetzt nicht ein Ende setze, gerät sie außer Kontrolle und irgendjemand wird ernsthaft verletzt werden.

Ich löse mich aus Droths Griff und stürme hinter dem Felsbrocken hervor. Mein Instinkt befiehlt mir, meinen Kopf zu bedecken, um mich zu schützen, aber ich kämpfe gegen diesen Impuls an, stelle mich aufrecht hin und wedle stattdessen mit den Armen.

»Stopp!«, schreie ich. »Stopp! Ich bin's!«

Einen schrecklichen Moment lang kommt mir in den Sinn, dass ich mich vielleicht geirrt habe. Dass die Leute, die auf uns schießen, nicht meine Freundinnen sind.

Scheiße. Wenn ich die Situation falsch eingeschätzt habe, bin ich erledigt.

»Feuer einstellen!«

Der Schrei kommt aus dem Inneren des Schiffes, Erleichterung überflutet mich und kühlt meine Adern. Es ist definitiv eine Frauenstimme, und die Tatsache, dass ich ihre Worte verstehen kann, bedeutet, dass sie ein Mensch ist.

Ich hatte recht. Sie sind es.

Die Schüsse hören auf, und die plötzliche Stille ist ein Schock für meine Ohren. Dann ruft eine andere Stimme aus dem Inneren des Schiffes.

»Ist das Charlotte?«

»Ja! Ich bin's!«, rufe ich und wedle verzweifelt mit meinen Armen. Ich weiß nicht, woher sie die Waffen haben – vielleicht haben sie sie in irgendeinem Raum auf dem Schiff gefunden – aber es besteht kein Zweifel, dass meine Leute da drin sind.

»Charlotte, bleib stehen!«, schreit die erste Stimme.

Ich bleibe auf der Stelle stehen und schaue auf den Boden. Meine Augen werden groß, als mein Blick auf einer runden Metallplatte landet. Ich habe noch nie in meinem

Leben eine Landmine gesehen, aber ich bin mir ziemlich sicher, dass das eine ist.

Heilige Scheiße. Hier ist viel passiert, seit ich von dem Vogel weggetragen worden bin.

Ich bleibe wie angewurzelt stehen und blicke mit hämmerndem Herzen auf.

Die Frauen, die ich gerade erst kennengelernt hatte, bevor ich von dem Riesenvogel geschnappt worden bin, beginnen sich an der Öffnung des Schiffes zu versammeln und blicken auf mich herab. Ich war nicht lang weg und habe sie auch vorher nicht wirklich gut gekannt, aber ich bin immer noch schockiert, wie anders sie jetzt aussehen. Die verwirrten Frauen, die wir aus den Kapseln befreit haben, sind nicht dieselben, die jetzt auf mich herabblicken. Sie sind *Überlebenskünstlerinnen* und sie stehen aufrecht da oben, nicht verängstigt, sondern entschlossen, sich zu verteidigen.

»Wer sind deine Freunde?«, ruft eine von ihnen mir zu und zeigt mit einer gefährlich aussehenden, eckigen Pistole auf die Bäume.

»Sie … sie haben mich gerettet!«

Die Frauen stecken ihre Köpfe zusammen und beraten sich einen Moment lang untereinander. Dann zeigt eine von ihnen auf die Bäume und spricht schnell. Eine der anderen Frauen nickt, und eine Handvoll von ihnen richtet in einer scharfen Bewegung ihre Gewehre auf die Bäume, während der Rest von ihnen, angeführt von Elizabeth, an dem Metallseil hinunterklettert.

Elizabeth. Gott sei Dank.

Ich bin so froh, sie zu sehen, so erleichtert. Sie sind wohlauf, und selbst wenn wir nicht zur Erde zurückkehren können, weiß ich wenigstens, dass es ihnen allen gut geht.

Natürlich geht es ihnen gut. Sie sind Überlebenskünstlerinnen. Wir alle sind Überlebenskünstlerinnen.

Im Gegensatz zu mir hatte Elizabeth kein Nachthemd und keinen Bademantel an, als das Schiff abgestürzt ist. Aber genauso wie meine Kleidung haben auch ihre Klamotten schon bessere Tage gesehen. Ihre Hose ist bis knapp unter die Knie hochgekrempelt und ihre weiße Bluse ist verschwunden, sodass sie nur noch das Top trägt, das sie darunter angehabt hat. Außerdem ist sie barfuß und bahnt sich vorsichtig ihren Weg zu mir, den Blick konzentriert auf den Boden gerichtet.

Wie viele Minen haben sie und woher kommen sie? Und wo haben sie die Waffen her?

»Charlotte!«

Elizabeth ruft mir zu, als sie näherkommt. Ich verspüre den plötzlichen Drang, auf sie zuzulaufen, aber ich traue mich nicht, mich zu bewegen. Stattdessen lächle ich einfach, während ich darauf warte, dass sie mich erreicht. Sie weint, und ich merke sofort, dass auch meine Wangen feucht sind. Ich war noch nie in meinem Leben so glücklich, jemanden zu sehen.

Sie springt über eine Mine und sprintet dann auf mich zu. Unsere Körper prallen aufeinander und wir schließen einander in eine enge Umarmung.

»Gott, Charlotte. Ich kann nicht glauben, dass du am Leben bist! Wir dachten, du wärst ganz sicher tot.« Ihre Schultern zittern und sie schluchzt in mein Haar. »Es tut mir so leid.«

Sie sagt die Worte immer und immer wieder, während sie mich fest umklammert.

»Ist schon in Ordnung«, murmle ich. »Es geht mir gut.

Es ist nicht deine Schuld, Elizabeth.«

Sie war die Einzige, die sich bis zum Schluss an mir festgeklammert hat, als der Vogel immer höher in die Luft gestiegen ist. Vielleicht wäre Elizabeth sogar auch mitgerissen worden, wenn sie nicht abgerutscht wäre. Ich hoffe, sie denkt nicht, dass es ihre Schuld ist, dass der Vogel mich mitgenommen hat.

Aber natürlich *denkt* sie das. Sie ist Ärztin. Es ist ihr Job, alles zu tun, was sie kann, um Menschen zu retten.

Wir umarmen uns noch einen Moment lang, bis wir beide unsere Emotionen wieder unter Kontrolle haben. Weitere Frauen haben sich um uns versammelt. Sie lächeln und reden wild durcheinander. Dann lässt Elizabeth mich los und ich öffne den Mund, um etwas zu sagen, aber bevor ich es kann, tritt das blonde Mädchen, der ich hinterhergelaufen bin, vor.

»Ich bin froh, dass es dir gut geht«, sagt sie leise. »Es tut mir so leid, dass ich weggelaufen bin.«

Sadie. Gott sei Dank geht es ihr gut.

»Ich nehme es dir nicht übel«, sage ich ihr, und das meine ich ernst. »Ich kann mir nicht vorstellen, wie es ist, so aufzuwachen und herauszufinden, dass man im Grunde genommen entführt worden ist.«

»Ja.« Sie verzieht das Gesicht und schaut nach unten. Sie ist wunderschön, genau wie all die anderen Frauen, die wir gerettet haben, aber in ihren blauen Augen liegen Schatten. »Es … es hat schlechte Erinnerungen wachgerufen. Aber jetzt geht es mir besser. Ich werde nicht mehr weglaufen.«

Ohne darüber nachzudenken, strecke ich die Hand aus und ziehe sie in eine Umarmung. Erst erstarrt sie überrascht, aber dann schlingt sie ihre Arme um mich und ich spüre, wie sie ausatmet.

»Es tut mir wirklich leid«, flüstert sie.

»Vielen Dank. Aber das ist nicht nötig. Mir geht es gut, also mach dir keine Vorwürfe, in Ordnung?«

Sie nickt, und ich drücke sie ein weiteres Mal, bevor ich sie loslasse. Ehrlich gesagt bin ich einfach froh, dass sie noch bei uns ist. Ich hatte solche Angst, dass sie in den Wald laufen und von etwas gefressen werden könnte. Dies ist das längste Gespräch, das wir beide je geführt haben, aber ich umarme sie so fest, als wäre sie ein Teil meiner Familie.

In gewisser Weise ist sie das.

Das sind wir jetzt alle.

Sadie schenkt mir ein kleines Lächeln und tritt zurück, während sich die anderen Frauen um mich herum versammeln.

»Charlotte, das ist Raina.« Elizabeth deutet auf die Frau, die neben ihr steht und die ich noch nicht kennengelernt habe.

Die dunkelhaarige Frau tritt vor, ihre haselnussbraunen Augen sind strahlend und prüfend. Sie ist etwas kleiner als ich.

»Hey.« Sie streckt eine Hand aus und ich greife danach. »Ich bin Raina Dawes. Ich habe Elizabeth und den anderen geholfen, das Schiff zu sichern. Gut, dass du am Leben bist. Wir haben schon mit dem Schlimmsten gerechnet.«

Ich lächle. »Ich auch. Was ihr hier auf die Beine gestellt habt, ist wirklich beeindruckend. Ist das dein Werk?«

Raina grinst, aber das Grinsen verschwindet genauso schnell, wie es gekommen ist und weicht einem Ausdruck von Stolz. »Nur teilweise. Alle haben mitgeholfen, und

Gemma hat die Minen gefunden. Vor zwei Nächten haben sie sich als extrem nützlich erwiesen, als einige große grüne Kerle versucht haben, das Schiff zu entern.«

Meine Augen weiten sich, und Elizabeth schüttelt den Kopf, während ihr Blick teils ängstlich, teils ehrfürchtig wird. »Du kannst dir nicht vorstellen, wie sie ausgesehen haben. Sie hatten nicht nur grüne Haut, sondern auch Nasen, die eher wie Rüssel aussahen, und diese unglaublich langen Stoßzähne. Sie haben versucht, anzugreifen, aber zum Glück hatten wir zu diesem Zeitpunkt bereits ein paar gute Sicherheitsmaßnahmen umgesetzt.«

Ich blinzle. Es ist schwer zu glauben, dass wir dieses Gespräch wirklich führen – zum Teil, da meine Freundin einen echten grünen Außerirdischen beschreibt, und zum Teil, weil sie eher wie ein Militärgeneral klingt als die Ärztin, die ich beim Start kennengelernt habe.

»Wir haben auch weitere Dokumente im Quartier des Kapitäns gefunden«, fügt Elizabeth hinzu. »Demzufolge handelt die Regierung schon seit Jahren mit Frauen. Weißt du noch, dass ich gehört habe, wie eines der Besatzungsmitglieder ‚die Orkuns' erwähnt hat? Nun, sie sind diejenigen, die die Menschenfrauen als Tribut genommen haben. Im Gegenzug dafür haben sie versprochen, die Erde in Ruhe zu lassen. Die Mission der Foreigner II war in Wirklichkeit keine Erstkontaktmission, sondern eine Zweitmission. Die Kryoschläferinnen sollten in einem experimentellen Handelsabkommen an die Außerirdischen ausgeliefert werden«.

Einen Moment lang kann ich nichts sagen, während ich ihre Worte verarbeite.

Nach unserem Absturz habe ich die Mappe, die wir in

der Kapitänskabine gefunden hatten, mehrmals durchgesehen. Deswegen wusste ich, dass der Plan darin bestand, Frauen gegen außerirdische Technologie einzutauschen. Aber die Tatsache, dass dies schon seit Jahren so geht, haut mich um.

Wie viele andere Menschenfrauen gibt es da draußen in den unerforschten Weiten des Universums wohl? Wie viele wurden aus ihrer Heimatwelt entführt, damit unsere Regierung außerirdische Waffen horten kann?

»Das ist …« Ich schüttle den Kopf, auf der Suche nach Worten, um diese Ungeheuerlichkeit zu beschreiben. »Das ist so *falsch*.«

Elizabeth nickt mit düsterer Miene. »Ich weiß. Es ist schon schlimm genug, dass die Regierung die Frauen eintauscht, um einen feindlichen Angriff zu verhindern, nach dem Motto »Bitte fallt nicht bei uns ein«. Aber zu versuchen, Handelsgespräche zu initiieren, wenn es gar keine Bedrohung gibt, ist etwas ganz anderes. Das eine ist Überleben, das andere ist reine Gier«.

»Was ist mit anderen Ländern?«, frage ich. »Sind die USA die einzigen, die das tun?«

Sie zuckt mit den Achseln und zieht eine Grimasse. »Ich weiß es ehrlich gesagt nicht. Die Computer waren ziemlich durchgebraten, und keiner von uns weiß genug über Technik, um die Daten von den Servern herunterzuladen. Alles, was wir wissen, ist das, was wir im Logbuch des Kapitäns gefunden haben.«

Mir dreht sich der Magen um.

Gott, ich kann das nicht glauben.

Ich war so besessen davon, wieder nach Hause zu kommen, dass ich gar nicht darüber nachgedacht habe, wohin ich zurückkehren würde. Möchte ich wirklich in einer Welt leben, in der die Mächtigen ihr eigenes Volk als *Ware* benutzen, um Druck auszuüben?

Und wenn es den Frauen und mir irgendwie gelingen würde, zur Erde zurückzukehren, würde ich es den Machthabern zutrauen, dass sie uns alle umbringen würden, anstatt zu riskieren, dass ihr schreckliches Geheimnis ans Tageslicht kommt.

»Hey!« Rainas scharfe Stimme reißt mich aus meinen dunklen Gedanken und ich schaue zu ihr auf. Sie sieht an mir vorbei, ihre Augen sind zusammengekniffen. »Komm bloß nicht näher!«

Ich blicke über meine Schulter und sehe, dass Droth mit erhobenen Händen auf uns zukommt. Scheinbar bedeutet diese Geste im ganzen Universum, dass man in Frieden kommt.

Mir rutscht das Herz in die Hose. Ich habe keine Angst mehr vor Droth oder vor seinen Männern. Ich hatte Zeit, mich an ihr Äußeres zu gewöhnen und ich habe den Beweis gesehen, dass sie mir nichts Böses wollen.

Aber das gilt natürlich nicht für die anderen Frauen, die um mich herum versammelt sind. Keine von ihnen hat die Dinge gesehen, die ich gesehen habe, oder kennt diese Männer so gut wie ich. Die Frauen sind im Überlebensmodus, und einige von ihnen sind bewaffnet.

Ich möchte nicht, dass eine von ihnen in Panik gerät und anfängt zu schießen, also gebe ich Droth ein Zeichen, stehenzubleiben, und Gott sei Dank tut er das auch.

Als ich mich wieder der Gruppe zuwende, räuspere ich mich. »Das ist Droth. Er ist der Anführer einer Gruppe von Männern, die ein paar Tagesmärsche von hier entfernt eine kleine Siedlung gebaut haben. Er hat mich vor dem Vogel gerettet und er und seine Leute haben sich um mich gekümmert. Ich verspreche, dass sie euch nichts tun werden.

»Ja, das habe ich schon mal gehört.« Rainas Hände wandern zu der Waffe an ihrer Hüfte und ihr Gesicht ist hart.

Glücklicherweise legt Elizabeth ihre Hand auf die Schulter der anderen Frau und macht einen Schritt auf sie zu.

»Bist du dir sicher, Charlotte?«, fragt sie und ihr Blick wandert zwischen mir und Droth hin und her.

»Ja«. Ich nicke bestimmt. »Nur dank ihrer Hilfe habe ich es überhaupt geschafft, euch zu finden. Droth und seine Männer haben mich begleitet, um für meine Sicherheit zu sorgen und mir bei der Suche nach der Absturzstelle zu helfen. Sie sind Freunde.«

»Gut. Ihr Anführer kann sich nähern.« Raina verengt ihre Augen. »Der Rest bleibt, wo er ist.«

Es ist beunruhigend zu wissen, wie viele dieser Frauen bereit wären, Droth im Handumdrehen zu erschießen, aber ich verstehe sie. Wenn ich auf der anderen Seite stünde, wäre ich genauso nervös wie sie, wenn sich plötzlich eine Gruppe fremder Männer nähern würde. Sie sind zwar nur mit Speeren bewaffnet, aber sie sind alle muskelbepackt, groß und breitschultrig.

Und definitiv nicht menschlich.

Es hat eine Weile gedauert, bis mich das nicht mehr schockiert hat, und manchmal fasziniert mich ihre überirdische Schönheit immer noch. Droth sieht vielleicht nicht wie die Männer von der Erde aus, aber das ändert nichts an der Tatsache, dass er umwerfend ist.

»In Ordnung.« Ich nicke wieder. »Das ist fair.«

Ich drehe mich halb um und winke Droth heran. Ohne zu zögern, kommt er näher, auch wenn der Ausdruck in seinen blauen Augen immer noch vorsichtig ist.

Als er uns erreicht, stellt er sich neben mich. Ich stelle ihn unbeholfen vor, indem ich eine Kombination aus Gesten und Worten verwende. Ich spreche leise, versuche, die anderen Frauen zu beruhigen und tue so, als sei das alles völlig normal.

Ich bin mir nicht sicher, wie gut es funktioniert. Die meisten Frauen entfernen sich ein paar Schritte von ihm, und sogar Raina lehnt sich weg. Nur Elizabeth macht einen Schritt direkt auf den großen Krieger zu.

»Hallo. Ich bin Elizabeth Banfield.«

Sie streckt ihre Hand aus, und er nimmt sie langsam. Er wirft mir einen Blick zu und bewegt ihre Hand dann steif auf und ab. Ich habe den Eindruck, dass er nicht an diese Art der Begrüßung gewohnt ist, und dabei wird mir klar, dass er es aufgeschnappt haben muss, als ich seine Männer begrüßt habe.

Ich werde ein wenig rot. *Großartig. Für wie seltsam haben mich alle gehalten, weil ich ihnen die Hand geschüttelt habe?*

Meine Freundin scheint von dem Mann, der vor ihr steht, fasziniert zu sein, und es erinnert mich ein wenig daran, wie Droths Männer mich vor ein paar Tagen angesehen haben. Nicht ängstlich, sondern mit offensichtlicher Neugier.

Sie murmelt leise etwas, als sie seine Hand loslässt, und ihr Blick gleitet über seinen Körper. Ich glaube nicht, dass ihre Worte für irgendjemanden außer für sie selbst bestimmt sind, und ich bin mir nicht einmal sicher, ob ihr bewusst ist, dass sie laut spricht.

»Pigmentierung stimmt mit dem lichtschwachen Habitat überein … Die Augenform weist außerdem auf nächtliches Jagen hin. Nein, der Unterton ist warm. Sonnenlicht-Spezies. Möglicherweise aus höhlenbewohnenden zweibeinigen Arten entstanden.« Sie nickt sich selbst zu und wendet sich dann mit einem breiten Lächeln an die Gruppe. »Nachtaktiver Spitzenprädator. Genau wie ich dachte.«

»Aber sie sind freundlich, das schwöre ich.« Ich hebe meine Hände, und die Blicke der Frauen huschen von mir zu Droth und wieder zu den Männern im Wald.

Der Krieger neben mir beobachtet unsere Interaktion genau. Während er das tut, tritt er näher und legt seinen Arm um meine Taille, eine vertraute und schützende Geste.

»Oh!« Elizabeths Augenbrauen schießen so weit nach oben, dass sie fast ihren Haaransatz berühren. Dann fällt ihr Blick auf mich und ihr Mund öffnet sich leicht. »In der Tat ein nachtaktiver Spitzenprädator.« Ein langsames Grinsen umspielt ihre Lippen. »Was genau hast du so getrieben, Charlotte?«

Ich bin keine sehr gute Lügnerin. Ich hatte schon immer ein Problem damit, keine Miene zu verziehen oder von einer Frage abzulenken.

In diesem Moment wird diese Charakterschwäche eindeutig sichtbar, denn ich kann das schuldbewusste Lächeln nicht aus meinem Gesicht verbannen.

Kapitel 23

Droth

CHARLOTTES WANGEN WERDEN ROT und sie blickt zu mir auf. Es ist ein schüchterner Blick, aber ich kann die leise Andeutung ihrer Erregung riechen.

Das hier sind ihre Leute. Es ist wichtig, dass sie verstehen, dass ich keine Bedrohung darstelle. Da ich ihre Sprache nicht spreche, muss ich ihnen *zeigen*, dass Charlotte von uns geschätzt und beschützt wird. Wenn sie sehen, dass ich ein geeigneter Gefährte bin, hören sie vielleicht auf, mit ihren Waffen auf meinen Kopf zu zielen.

Das, und sie riecht so gut. So verlockend.

Ich senke meinen Kopf und schmiege meine Nase an ihren Hals, und der süße Duft ihrer Erregung verstärkt sich. Die Frauen schnappen kollektiv nach Luft, bevor sie anfangen, miteinander zu flüstern.

Hmm. Vielleicht habe ich das Falsche getan?

Aber kein Problem. Ich lerne schnell und werde ihre Gepflogenheiten früh genug verstehen. Ich löse mich von

Charlotte, richte mich wieder auf und betrachte die Frauen um mich herum.

Die anderen Weibchen von Charlottes Art sind vom Aussehen her ebenso vielfältig wie die Voxeranerinnen. Sie reichen von sehr klein bis groß, von hell wie weißer Sand bis dunkel wie Obsidian, von dünn bis kurvig. Diejenige, die meine Hand genommen hat, scheint ihre Anführerin zu sein. Sie verhält sich so und in ihrer Stimme schwing ein autoritärer Tonfall mit. Also ist es wichtig, dass ich mich mit ihr gutstelle. Ich schaue ihr in die Augen, ohne zu blinzeln, um ihr meine Stärke und meinen unbeugsamen Charakter zu demonstrieren.

Sie runzelt die Stirn und erwidert meinen Blick. Nach ein paar Sekunden sollte sie nicken, tut es aber nicht. Stattdessen schaut sie weg und sagt etwas zu Charlotte. Vielleicht war auch das nicht richtig.

Charlotte hebt ihre Hände und beginnt zu sprechen. Ich wünsche mir jetzt mehr denn je, ich könnte verstehen, was sie sagt. Das ist jetzt auch mein Volk. Und wenn es diesen Frauen hier gefällt, dann wird Charlotte vielleicht bleiben wollen.

Das Schiff ist in schlechterem Zustand als ich dachte. Und ich sehe auch keine Rettungskapseln. Was ich aber sehe, ist übereinander geschichtetes Metall auf der Unterseite des Schiffes, zerquetschte Computer auf der mittleren Ebene und eine Schiffsarchitektur, wie ich sie nur wenige Male in meinem Leben gesehen habe. Wie es scheint, ist Charlottes Volk sehr fortschrittlich. Aber wenn sie so fortschrittlich sind, warum hat Charlotte dann kein Übersetzerimplantat?

Vielleicht liegt es daran, dass die Übersetzungschips am

Zielort implantiert werden sollten.

Ich ziehe die Augenbrauen zusammen, als mir eine Idee kommt.

Vielleicht *war* Nuthora gar nicht das beabsichtigte Ziel des Schiffes. Nachdem ich die Stücke vom Himmel fliegen sah, habe ich einfach angenommen, der Pilot hätte einen Fehler gemacht und das Schiff habe sich während des Sinkfluges in den Ringen verfangen. Aber vielleicht ist der Unfall schon lange vorher geschehen. Vielleicht war das Schiff auf dem Weg zu einem anderen Planeten und ist nur zufällig in dieser Gefängniswelt gelandet.

Wenn das wahr ist, dann ist meine Gefährtin keine Verbrecherin. Sie gehört wirklich nicht in diese Welt.

Dieser Gedanke bricht mir das Herz und erfüllt mich gleichzeitig mit Freude. Es überrascht mich nicht im Geringsten, dass Charlotte unschuldig ist, aber ich verstehe plötzlich klarer denn je, warum sie von hier weg will.

Slanch. Es gibt so viele Dinge, die ich sie fragen möchte, so viele Fragen, auf die ich Antworten brauche.

Mein Blick huscht zu der unförmigen Masse aus Metall, die einst Teil eines sehr großen Schiffes gewesen ist, als mich eine Welle der Entschlossenheit erfüllt.

Nur weil Charlotte und die anderen Frauen keine Übersetzungsimplantate haben, heißt das noch lange nicht, dass keine an Bord des Schiffes sind. Vielleicht ist meine Mühe umsonst, aber ich werde das Wrack auf den Kopf stellen, bis ich es sicher weiß.

Ich schaue über meine Schulter zu meinen Männern, die alle auf meine Befehle warten. »Durchsucht das Schiff nach Übersetzerimplantaten!«

Sie bewegen sich wie eine Einheit und treten zwischen

den Bäumen hervor. Eine Frau brüllt etwas, und als ich mich umdrehe, werden weitere Waffen auf uns gerichtet.

Akhi. Ich dachte, Charlotte hätte sie davon überzeugt, dass wir ihre Verbündeten sind, aber vielleicht doch nicht.

Ich muss nur in das Schiff gelangen. Ich versuche, darauf zu zeigen und mit den Händen eine gebende Geste gegenüber der Frau zu machen, deren Blick am härtesten ist, aber sie runzelt nur die Stirn und schaut Charlotte an, die sich auf die Lippe beißt.

Verflucht seien die Schicksale. Mein Kiefer verkrampft sich frustriert. Wenn da ein Chip drin ist, könnte ich endlich mit meiner Gefährtin kommunizieren. Ich *muss* an Bord dieses Schiffes gelangen.

Ich deute auf mich selbst, dann auf meine Männer. Dann mache ich eine Gehbewegung mit den Fingern, zeige auf das Schiff, schüttle meine Handflächen und strecke den Frauen meine unsichtbare Gabe entgegen. Charlottes Gesicht erhellt sich und sie beginnt schnell mit den Frauen zu sprechen. Die Große, die mir die Hand geschüttelt hat, erwidert etwas, dann bedeutet sie den anderen, die Waffen sinken zu lassen. Widerwillig befolgen sie die Anweisung.

Gut. Sie haben uns die Erlaubnis erteilt, hineinzugehen.

»Soog dahfu, daas e nihtz Duhmees maht«, sagt die kleine Dunkelhaarige. Sie verschränkt die Arme, tritt zur Seite und deutet auf das Schiff.

Ich werfe meiner Gefährtin einen Blick zu. Wenn Charlotte zuversichtlich ist, dass sie nicht das Feuer auf uns eröffnen, dann vertraue ich darauf, dass uns nichts passieren wird. Ich mag es im Allgemeinen nicht, als Feind behandelt zu werden, wenn ich keinen Grund dazu gebe, aber ich würde an ihrer Stelle dasselbe tun. Die Bewohner dieses

Planeten sind brutal und bösartig, und Misstrauen ist hier an der Tagesordnung.

Die Große, von der ich glaube, dass sie die Anführerin ist, führt mich und meine Männer vorsichtig durch die Minen, die in unregelmäßigen Abständen auf der Lichtung um das Schiff herum liegen.

Charlotte drückt sich eng an meine Seite, ihre Haltung ist defensiv und eine Wärme breitet sich in meiner Brust aus.

Es ist sowohl beschützend als auch besitzergreifend und mein Schwanz zuckt, während Hitze in meinen Adern brennt.

Als wir das Schiff erreichen, greift Charlotte nach einem Metallkabel, das von der obersten Ebene des Wracks baumelt, und beginnt daran hinaufzuklettern, wobei sie die tiefen Rillen jedes Abschnitts als Halt benutzt. Sobald sie oben ist, folge ich ihr und meine Männer direkt hinter uns.

Obwohl es im Inneren des Schiffs dunkel ist, kann ich sehen, wie gut alles verarbeitet ist. Wäre es nicht so schlimm zerstört, das Metall nicht so verbogen und verkohlt, wäre es fast luxuriös. Ich habe keine Ahnung, welche Spezies dieses Schiff gebaut hat, aber basierend auf dem schlanken Design und dem attraktiven Ambiente könnte es ein Kreuzermodell sein.

Charlotte nimmt meine Hand und führt mich tiefer in das Schiff hinein. Wir werden auf beiden Seiten von Frauen flankiert, die jeden Moment ihre Waffen erheben könnten. Jaros harter Blick landet auf einer Frau mit hellem Haar, woraufhin diese sich anspannt und ihre Schritte verlangsamt.

Er weicht von ihr zurück und dient dem Rest der Männer als Vorbild, die ebenfalls den Blick nach vorne richten.

Die Frauen sind alle wunderschön, sodass ich die Faszination verstehen kann, aber in meinen Augen ist keine so schön wie meine Gefährtin. Eine wie sie hat es noch nie gegeben und wird es auch nie wieder geben.

»Droth, wo sollen wir anfangen?«, ruft Axen aus der Mitte der Gruppe.

»In den vordersten Räumen«, erwidere ich, und Aufregung pulsiert durch meine Adern, als mir einfällt, was ich hier zu finden hoffe. »Arbeitet euch zur Nase des Schiffes vor. Wir suchen nach Übersetzerimplantaten. Wenn es welche auf dem Schiff gibt, sind sie höchstwahrscheinlich in einem Medikamentenbehälter.«

Wenn sie noch andere wertvolle Technik haben, dann bestimmt in der Kapitänskabine, also mache ich mich mit Charlotte an der Hand auf den Weg in diese Richtung. Der Rest der Männer inspiziert unterdessen die offenen Türen entlang des Ganges.

Als wir die Kapitänskabine erreichen, bleibe ich abrupt stehen. Sie ist durchwühlt worden. Alle Schubladen und Schränke stehen weit offen, überall hängen Drähte heraus. Wenn die Übersetzer hier drin gewesen wären, hätten die Frauen sie bereits gefunden. Trotzdem schaue ich nach, nur für alle Fälle. Charlotte weiß nicht, wonach wir suchen, aber sie fängt trotzdem an, alles zu durchwühlen.

Nachdem wir den halben Raum durchsucht haben, kommt Jaro herein, begleitet von einer Frau, die in respektvollem Abstand hinter ihm hergeht und mit einer Waffe auf seinen Rücken zielt.

»Wir haben die Implantate gefunden«, sagt er. »Eine ganze Kiste voll.«

Er schaut genauso ernst drein wie immer und verzieht

keine Miene, aber ich lächle breit und bin kaum in der Lage, die Aufregung, die in meiner Brust anschwillt, einzudämmen.

»Ausgezeichnet.« Meine Hand findet die von Charlotte und drückt sie fest. »Bring mich hin.«

Jaro führt mich und meine Gefährtin über den Korridor zu einer breiten Doppeltür. Sie ist geschlossen, und fünf Frauen stehen vor dem Eingang des Raumes und bewachen ihn. In der Mitte des Korridors steht eine schwarze Kiste, deren Deckel geöffnet ist.

Und tatsächlich befinden sich darin die Übersetzer-Implantate. Sie sind fast mikroskopisch klein und in einzelne Schaumstoffbehälter verpackt.

»Sie wollten uns eigentlich nicht in den Raum lassen. Sie haben nur Kisten rausgebracht, als wir sie darum gebeten haben. Ich glaube, sie haben noch mehr Waffen da drin.« Jaro schüttelt den Kopf und unsere Blicke begegnen sich. Seine grünen Augen funkeln und er runzelt die Stirn. »Ich traue diesen Frauen nicht, Droth. Sie wollen uns erschießen – ich kann es in ihren Gesichtern sehen.«

»Natürlich wollen sie das.« Ich grinse und klopfe ihm auf die Schulter. »Wir sind seltsame Männer auf einem Gefängnisplaneten. Ich fände es beunruhigender, wenn sie völlig entspannt wären. Sie werden uns schon noch vertrauen, versprochen. Vor allem, wenn wir uns gegenseitig verstehen können.«

Jaros Blick wird nur noch finsterer und er verschränkt die Arme, antwortet aber nicht.

Seine Reaktion überrascht mich nicht. Jaro gehörte nicht zu der Gruppe von Rebellen, die mit mir zusammen von Vox verbannt wurden. Er ist unter völlig anderen

Umständen auf Nuthora gelandet und hat sich unserer Siedlung vor drei Jahren angeschlossen, nachdem eine unserer Jagdgruppen ihn fast tot in der Wildnis gefunden hatte.

Er hatte ein hartes Leben und hat das Schlimmste gesehen, was das Universum zu bieten hat. Und auch wenn es ihm nicht leichtfällt, zu vertrauen, ist seine Loyalität unerschütterlich, wenn man sie erst einmal gewonnen hat.

Ich weiß, dass er diesen Frauen misstraut, aber ich weiß auch, dass er sich meinem Urteil fügen und ihnen eine Chance geben wird, wenn ich es ihm befehle.

Kaide löst eines der Übersetzer-Implantate aus seiner Schaumstoffhülle und schaut mich an, während er es mir entgegenstreckt.

»Ich kann es für dich einsetzen«, bietet er an.

Er ist am qualifiziertesten für dieses heikle Verfahren. Alle meine Männer sind Krieger, aber Kaide hat auch eine Ausbildung als medizinischer Techniker.

»Danke.« Ich nicke, bevor ich zögere und noch einmal überlege. »Aber ich will, dass die Anführerin dabei zusieht.«

Charlotte mag vielleicht königlich sein – auch wenn ich mir immer noch nicht sicher bin, ob meine Vermutung richtig ist – aber ihre Anführerin wird ihr trotzdem nicht erlauben, irgendetwas zu tun, was gefährlich erscheint. Wenn sie und die anderen Frauen sehen, wie Kaide mir den Chip in den Kopf implantiert, wird sie das hoffentlich beruhigen.

Außerdem habe ich so die Möglichkeit, mich zu vergewissern, dass die Geräte nicht gefährlich sind. Ich habe dieses spezielle Modell von MLI noch nie zuvor gesehen, nur ähnliche Übersetzergeräte, also muss ich sicherstellen, dass es funktioniert und keine unerwünschten Nebenwirkungen hat.

Wir gehen zurück zu der aufgerissenen Öffnung, wo das Schiff auseinandergebrochen ist. Ich rutsche an dem Kabel hinunter und gehe auf die Anführerin zu, die in der Nähe des Schiffes steht und mich mit großem Interesse mustert. Sie scheint von mir und meinen Männern fasziniert zu sein, und ich bewerte die Tatsache, dass sie nicht so misstrauisch wirkt wie einige der anderen als gutes Zeichen.

Sie werden mich akzeptieren, sage ich mir. *Sie werden nicht versuchen, mich von meiner Gefährtin fernzuhalten.*

Charlotte ist nicht weit hinter mir, und ich nehme ihre Hand, während wir uns der Gruppe nähern. Ich höre, wie meine Männer hinter uns hinunterklettern.

Dann strecke ich meine Hand aus und zeige den Frauen den Behälter mit dem Übersetzer. Als Kaide neben mich tritt, knie ich mich hin und reiche ihm den Chip. Der Krieger nimmt den Chip mit geschickten Fingern aus dem Schaumstoff und drückt dann meinen Kopf nach unten. Ich kann nicht sehen, was er tut, aber ich spüre ein leichtes Stechen an meiner Schädelbasis, bevor ich fühle, wie das winzige Ding unter meine Haut gleitet.

Einen Augenblick später lässt der Schmerz nach und als ich aufschaue, sehe ich, dass alle Frauen mich mit großen Augen anstarren – auch meine Gefährtin.

Ich ergreife Charlottes Hand und bringe ihre Knöchel zu meinen Lippen. Ihr Gesichtsausdruck wird sofort weicher, die Falte zwischen ihren Augenbrauen verschwindet und ich spüre einen kleinen Glücksrausch, dass ich diese Wirkung auf sie habe.

Mit meiner freien Hand zeige ich auf Kaide, dann auf

Charlotte. Ich stelle das Wort ‚reden' pantomimisch so gut ich kann dar und versuche, ihr zu zeigen, was die Übersetzer-Implantate bewirken werden.

Zuerst sieht sie zögerlich aus, aber dann küsse ich ihre Knöchel erneut und flehe gedanklich, dass sie versteht, was ich will. Sie dreht sich zu ihren Leuten um, die sie alle beobachten und abwarten, was sie tun wird. Nachdem sie sich eine Minute lang weder bewegt noch etwas sagt, bin ich mir nicht sicher, wie sie sich entscheiden wird, aber dann sinkt sie auf dem weichen Boden vor mir auf die Knie.

Unsere Blicke treffen sich und sie senkt ihren Kopf, genau wie ich kurz zuvor, und gibt Kaide die stumme Erlaubnis.

Mit einem zufriedenen Grinsen tritt Kaide hinter sie und drückt ein zweites MLI in die kleine Einbuchtung zwischen ihrem Hals und der Rückseite ihres Schädels. Die scharfe Kante durchbohrt ihre Haut. Es ist nur ein winziger Schnitt, und nur ein winziger Tropfen Blut quillt heraus. Hunderte von mikroskopisch kleinen Armen treten aus dem Chip hervor und verlängern sich, als ob sie zum Schnitt hingezogen würden. Er bleibt auf ihrer Haut hängen und Kaide lässt ihn los. Es dauert nur den Bruchteil einer Sekunde, bis die Arme den Chip in ihren Körper ziehen. Es bleibt keine Beule zurück. Es ist, als ob überhaupt nichts da wäre.

Aber dieser eine kleine Chip wird alles verändern.

Ich sehe, wie meine Gefährtin den Kopf hebt. Ihre zarten Finger ertasten die Stelle, an der der Chip implantiert wurde.

Sie rümpft die Nase und ihre Augen weiten sich. »Ich fühle gar nichts.«

»Nichts?« Die Anführerin tritt näher und streicht sich

eine Strähne ihres hellbraunen Haars hinter ihr Ohr. »Das mussten neurale Leiter sein. Wie kann man das nicht fühlen? Funktioniert es?«

Charlotte sieht mich an, und in ihrem Ausdruck verändert sich etwas, als sich unsere Blicke treffen.

Ein Lächeln breitet sich auf meinem Gesicht aus. Ich könnte es nicht unterdrücken, selbst wenn ich es wollte.

Endlich kann ich mit meiner Gefährtin sprechen.

Ich habe alles verstanden, was sie und die andere Frau gesagt haben. Charlottes Stimme war schon das Schönste, was ich je gehört habe, bevor ich ihre Worte verstehen konnte, und jetzt, da ich ihre Bedeutung begreifen kann, macht ihre Stimme mich noch süchtiger.

Ich stehe auf, und Charlotte tut es mir gleich. Wir haben Publikum, sowohl meine Leute als auch ihre, aber das ist mir egal.

»Charlotte.« Ich flüstere ihren Namen. Ich kann jetzt alles zu ihr sagen, was ich will, aber das ist das erste Wort, das mir in den Sinn kommt.

»Droth? Kannst du … kannst du verstehen, was ich sage?« Sie beißt sich auf die Lippe, als ob sie Angst hätte, dass ihre Worte unmöglich wahr sein können.

Es ist nach Mittag und schräg einfallendes Sonnenlicht strömt von oben herab und hüllt ihren Körper in weißes Licht, wie eine Göttin, die geschaffen wurde, um angebetet zu werden.

»Es freut mich, dich zu kennenzulernen, Charlotte Navarro«, sage ich mit leiser Stimme. »Ich bin Droth, Prinz von Toorin, vom Planeten Vox.«

Sie blinzelt mich an. »Prinz? Du bist ein …?« Dann schüttelt sie den Kopf, als müsste sie ihre Gedanken ordnen.

»Ich freue mich auch, dich kennenzulernen, Droth. Ich … ich bin Charlotte. Botschafterin der Vereinigten Staaten und Sprachforscherin.«

Ah. Sie ist also eine Botschafterin, doch nicht königlich.

Aber das spielt keine Rolle. Arm oder reich, königlichen Blutes oder nicht, sie ist kostbar für mich. Ihre Abstammung macht keinen Unterschied. Auf Vox hätte es keine Rolle gespielt, und auf diesem Gefängnisplaneten umso weniger.

»Ich bin so froh, deine Worte zu hören«, murmle ich. Wieder küsse ich ihre Fingerknöchel, woraufhin sie errötet. Ich mag es, wenn ihre Wangen so rosa werden. Ich möchte es immer und immer wieder geschehen lassen, auf so viele Arten, wie möglich sind.

Ich bin mir vage bewusst, dass die anderen sich in der Nähe versammeln. Kaide verteilt die Implantate wie Süßigkeiten, und meine Männer mischen sich unter die Frauen, um sich schnell eine zu sichern. Alle sind begierig darauf zu kommunizieren, und ich bin froh darüber – aber ich könnte mich im Moment auf keinen von ihnen konzentrieren, selbst wenn ich es wollte.

Die Frau vor mir hat meine volle Aufmerksamkeit.

»Charlotte.« Ich lasse ihre Hand los, um stattdessen ihr Gesicht zu umfassen und in ihre großen Augen zu blicken. »Ich habe so viele Fragen.«

»Ich auch«, sagt sie leise. »Es gibt so viel, was ich dir sagen wollte. Dir erzählen wollte. Dich frage wollten.« Sie schluckt und blinzelt heftig. »Ich kann nicht glauben, dass wir uns unterhalten können.« Dann legt sie ihre Hand an meine Wange und schaut mit großen grünen Augen voller Staunen zu mir auf. »Sagst du noch mal meinen Namen?«

»Charlotte.«

Sie grinst. »Deine Stimme ist so schön.«

Das hat mir noch nie jemand gesagt. Als Kind wollte ich immer auf den Kriegsfesten singen, aber Kardax hat keine Gelegenheit ausgelassen, mich daran zu erinnern, dass ich mich wie ein sterbender Torcek anhöre, sodass dieser Traum geplatzt ist. Ich war damals erst fünf Jahre alt, aber ich habe nie vergessen, was er zu mir gesagt hat.

Aber hier ist eine Frau, die meine Stimme schön findet – sie liebt den Klang ihres Namens auf meinen Lippen. Es ist eines von so vielen Zeichen der Götter, dass Charlotte meine wahre Gefährtin ist.

»Woher kommst du?«, frage ich und streiche mit den Fingern über ihr volles braunes Haar.

»Von der Erde. Wir sollten eigentlich den ersten Kontakt mit anderen Lebensformen herstellen, aber es ist etwas passiert. Ich glaube, wir sind durch ein Wurmloch geflogen, und das Schiff wurde beschädigt, sodass wir abgestürzt sind.«

Erde. Ich habe noch nie davon gehört.

Aber Vox war schon immer ein etwas abgelegener Planet. Deshalb hat auch keiner meiner Männer ein Übersetzerimplantat. Auf Vox hätten nur Diplomaten, Händler und Könige einen Übersetzungschip gebraucht. Ich hätte mir nach dem Tod meines Vaters einen implantieren lassen sollen, aber mein Onkel Drokar hat dieses Recht zunichtegemacht, als er den Thron übernommen und die Macht an sich gerissen hat.

»Ist das dein Planet?«, fragt sie. »Oder bist du auch abgestürzt? Mir ist aufgefallen, dass es in eurem Dorf keine Frauen und Kinder gibt.«

Ich ziehe eine Grimasse. Die Geschichte, wie ich hierhergekommen bin, ist etwas weniger zufällig als ihre. Ich weiß, dass die Umstände meiner Ankunft nicht ganz unschuldig sind, aber die Gründe dafür sind edel. Ich möchte nicht, dass sie ein falsches Bild von mir und meinen Männern bekommt, aber ich würde auch nicht im Traum daran denken, sie anzulügen.

»Nuthora ist ein Gefängnisplanet. Meine Männer und ich sind hierher verbannt worden.«

»Gefängnisplanet?« Charlotte sieht mit zusammengezogenen Augenbrauen zu mir auf, weicht aber nicht zurück.

Ich spreche schnell, da ich die ganze Geschichte erzählen will, bevor sie die Chance hat, voreilige Schlüsse zu ziehen. »Ja. Wir wurden wegen einer Rebellion gegen unseren König gefangen genommen. Gegen meinen Onkel.«

Sie schweigt und hört zu, während ich fortfahre.

»Mein Vater hat unser Land auf Vox, unserem Heimatplaneten, regiert. Als er unerwartet starb, hat mein Onkel Drokar die Trauer und Verwirrung unseres Volkes ausgenutzt und die Macht an sich gerissen. Er hat mir mein Erbe gestohlen.« Ich beiße die Zähne zusammen, alte Wut brodelt in mir hoch. »Vielleicht hätte ich ihm sein Handeln verziehen, wenn er tatsächlich ein gerechter und fairer Herrscher gewesen wäre. Aber vom ersten Moment seiner Machtübernahme an war sein Handeln hart, korrupt und eigennützig.«

Meine Krieger und Charlottes Volk sind immer noch um uns herum versammelt und einige von ihnen kommen näher und lauschen meiner Geschichte ebenfalls.

»Ich musste versuchen, die Dinge in Ordnung zu bringen«, fahre ich mit harter Stimme fort. »Also habe ich alle, die mir und Toorin gegenüber loyal waren, versammelt und wir haben einen Aufstand gegen meinen Onkel geplant.

Aber mein Bruder hat mich verraten. Er hat Drokar von unseren Plänen berichtet und mein Onkel war auf unseren Angriff vorbereitet. Wir haben hart gekämpft, aber am Ende war nur noch ein Viertel meiner Krieger übrig. Diejenigen von uns, die überlebt haben, wurden ins Exil geschickt und auf diesen Gefängnisplaneten verbannt.«

»Oh, mein Gott. Es tut mir so leid, Droth«, murmelt Charlotte, und das Mitgefühl in ihrer Stimme durchschneidet meinen Schmerz wie ein Messer.

Sie versteht es. Sie betrachtet weder mich noch meine Männer als Kriminelle.

»Meine Männer und ich sind ehrenhaft. Aber der Rest der Bewohner von Nuthora?« Während ich spreche, schaue ich ihr in die Augen und möchte, dass sie den Ernst meiner Worte versteht. »Die in der Stadt? Die Banden von Plünderern und Ausgestoßenen, die von Ort zu Ort ziehen? Diese Leute schlitzen einem die Kehle auf, sobald sie einen sehen, deshalb versuchen wir, Abstand zu halten. Der Sonnenrat nutzt diesen Ort, um gefährliche Kriminelle zu verwahren, anstatt sie in den Territorien ihrer Völker einzusperren.«

Ihre Augen weiten sich, aber sie sagt nichts. Ermutigt durch ihre Aufmerksamkeit, fahre ich fort.

»Wir sind seit fünf Jahren hier und haben das Beste aus dem gemacht, was wir haben. Ich versuche, die Moral zu bewahren, indem ich meinen Männern eine Chance auf Rache verspreche – eines Tages – irgendwie. Darauf hoffe ich jedenfalls. Auf ein Wunder. Vielleicht gewähren uns die Götter diese Chance.«

Mein Herz schwillt an, als ich daran denke, was die Götter mir bereits gesandt haben. Trotz allem, was ich verloren habe, fühle ich mich wie der reichste Mann des

Universums, wenn ich die schöne Frau ansehe, die vor mir steht. Ich lächle auf sie hinab.

»Ich habe mir viele Dinge erhofft, aber nicht einmal in meinen kühnsten Träumen habe ich es gewagt, zu hoffen, meine Schicksalsgefährtin auf diesem Planeten zu finden.« Ich streiche mit den Fingern über ihrer Wange und zeichne die zarte Wölbung nach. »Ich hätte nie gedacht, dass du so stark, so schön sein würdest. So perfekt. Du kannst dir gar nicht vorstellen, wie glücklich ich bin, dass die Götter uns zusammengeführt haben. Es ist wie ein Traum, aus dem ich nie mehr erwachen möchte.«

Charlottes Augenbrauen zucken und sie blinzelt. Die Sanftmut in ihrem Gesicht verblasst etwas und weicht einem Ausdruck der Verwirrung.

Ich runzle die Stirn und gehe in meinem Kopf die Worte durch, die ich gerade gesagt habe, auf der Suche nach etwas, das ich falsch gemacht habe.

Doch bevor ich herausfinden kann, was es gewesen sein könnte, macht Charlotte einen Schritt zurück und Beunruhigung gesellt sich zu der Verwirrung in ihrem Gesicht .

»Schicksalsgefährtin?«

Kapitel 24

Charlotte

Was zum Teufel?

Ich kann die Worte, die gerade aus Droths Mund gekommen sind, nicht ganz nachvollziehen.

Nach allem, was zwischen uns passiert ist, habe ich in Erwägung gezogen, dass ich ihm vielleicht einen falschen Eindruck vermittelt habe, aber dies ist eine ganz neue Stufe des Wahnsinns.

Er denkt, wir sind … Gefährten.

Und mehr noch, dass wir sogar vom Schicksal füreinander bestimmt sind.

Ich stehe auf Romantik, süße Geschichten über Paare, die scheinbar wie füreinander geschaffen sind, aber das ist bei uns nicht der Fall. Es kann es nicht sein. Ich bin verheiratet. Ich gehöre nicht einmal derselben Spezies an wie er.

»Nein«, flüstere ich und meine Stirn legt sich in Falten. »Das ist nicht – das kann nicht sein.«

Droth macht einen Schritt auf mich zu und streckt die

Hände nach mir aus, seine Augen sind leicht geweitet. Flehend. Etwas zerrt an meiner Brust, als ich ihn ansehe, dasselbe seltsame Ziehen, das ich gefühlt habe, als er mir auf der Lichtung die Hand entgegengestreckt hat, nachdem er diesen Vogel getötet hatte.

»Das kann es, meine Kira, und das ist es. Die Götter haben uns füreinander auserwählt. Wir sind füreinander bestimmt, ein perfektes Paar, zwei Teile eines Ganzen.«

Ich bin mir nicht sicher, was »Kira« bedeutet, aber ich vermute, es ist ein Kosename, für den es keine direkte Übersetzung gibt. Mein Herz setzt bei dem Wort einen Schlag aus, und ich kann nicht sagen, ob es vor Glück oder vor Angst ist.

Ehrlich gesagt habe ich keine Ahnung, *was* ich im Moment fühle. Oder was ich fühlen sollte.

Ich mache einen weiteren Schritt zurück, und Droth scheint zu erkennen, dass er sich zusammenreißen muss. Er bleibt stehen und streckt seine Hände aus, wie um mir zu versichern, dass er mir nichts Böses will.

Das weiß ich. Und ich glaube immer noch daran. Oder zumindest glaube ich, dass er keine Bedrohung für meinen Körper darstellt.

Für mein Herz? Da bin ich mir nicht so sicher.

»Spürst du es nicht auch?«, fragt er leise. »Die Verbindung? Die Funken, die zwischen uns sprühen? Unsere Geister sind miteinander verbunden.«

Darauf habe ich keine Antwort. Ich habe *Angst davor*, darauf zu antworten. Ich habe Angst davor, was aus meinem Mund kommen könnte, wenn ich die rohe, ehrliche Wahrheit sage.

Jedes Mal, wenn ich ihn berühre, jedes Mal, wenn ich

seine Stimme höre, jedes Mal, wenn er mich festhält … Es fühlt sich alles warm, perfekt und einfach *richtig* an.

Ich habe mich noch nie zuvor sicherer, geschätzter oder mehr zu einem Mann hingezogen gefühlt. Die tatsächlichen, physischen Gefühle, die durch meinen Körper schießen, sind jedes Mal unglaublich stark, wenn er in meiner Nähe ist. Es ist fast übernatürlich. Zuerst habe ich es abgetan, weil ich dachte, es sei nur eine Reaktion darauf, dass ich mich jahrelang nach Zuneigung verzehrt habe, während ich die Rolle von Josephs treusorgender Ehefrau gespielt habe, aber das ist es nicht.

Noch nie hat jemand eine solche Wirkung auf mich gehabt wie Droth.

Ich war noch nie die Art von Frau, die wild oder unüberlegt handelt. Ich hatte noch nie einen One-Night-Stand. Vor Joseph hatte ich eine kurze Begegnung mit einem Ex-Freund, die man nicht wirklich als Sex bezeichnen kann. Und dann gab es da einen Typen, mit dem ich im College in einem Club rumgemacht habe, aber selbst als ich sturzbetrunken war, bin ich nicht mit ihm nach Hause gegangen.

Vor Droth hätte ich mich für einen vorsichtigen, praktischen Menschen gehalten. Aber auf diesem Planeten scheine ich die Vorsicht in den Wind geschlagen zu haben. Ich habe innerhalb von vierundzwanzig Stunden nachdem wir uns begegnet sind, mit einem Außerirdischen geschlafen – mehr als einmal. Als wir nicht einmal miteinander kommunizieren konnten.

Aber er war wie eine Flamme und ich war eine Motte, die nicht widerstehen konnte. Er war in jeder Hinsicht perfekt, ehrenhaft und wahrhaftig in seinen Handlungen, so frei darin, mir zu zeigen, wie sehr er mich wollte, so respektvoll gegenüber meinen Wünschen, selbst wenn sie ihm nicht gefielen.

Heilige Scheiße.

Fühlt es sich so an, sich zu verlieben? Bin ich dabei, mich in diesen Mann zu verlieben?

Eine Gewissheit setzt sich in meinem Magen fest, etwas, das ich in meinem Körper spüre, obwohl mein Verstand noch Widerstand leistet.

Es ist wahr. Ob ich es die ganze Zeit zugeben wollte oder nicht, ich habe mich in einen Außerirdischen verliebt. Aber sind es wirklich meine Gefühle, oder ist es eine seltsame hormonelle Anziehungskraft, über die seine Spezies verfügt und die sich als eine Art Magie erklären lässt?

Zum Teufel, vielleicht *ist* es Magie. Aber was auch immer es ist, es liegt außerhalb meiner Kontrolle, und dieser Gedanke lässt Panik in mir aufkommen.

Es kann keine echte Liebe sein. Es ist synthetisch, wie eine Droge.

Ich fange an wegzugehen, bevor ich merke, dass ich mich bewege. Es fühlt sich an, als wäre ich unter Wasser, die Welt um mich herum verschwimmt ein wenig. Ich kann damit im Moment nicht umgehen. Ich muss das verarbeiten, einen Weg finden, es logisch zu erklären, und mir einen Plan ausdenken oder so.

Ich klettere am Kabel hoch und gehe in die Gänge des Schiffes, meine Glieder zittern und mein Atem kommt in kurzen Stößen. Die meisten Frauen sind draußen und haben sich alle versammelt, um sich die Übersetzungschips einsetzen zu lassen.

Etwa auf halbem Weg den Flur hinunter schlüpfe ich in einen leeren Raum, lehne meine Stirn gegen die Wand und schließe die Augen, während ich versuche, meine Emotionen in den Griff zu bekommen. Nach einigen Sekunden höre ich Schritte hinter mir.

»Charlotte, es tut mir leid.« Droths Stimme ist tief und rau. »Ich dachte, du würdest es verstehen. Ich dachte, du wüsstest, was eine Gefährtenbindung ist und was sie bedeutet. Ich habe mir so oft gewünscht, mit dir sprechen zu können, um dir alles zu erklären.«

»Nun, jetzt weiß ich es.« Ich habe einen Kloß im Hals und schlucke, während ich die Augen geschlossen halte. »Wir sind … miteinander verbunden, denke ich.«

»Das sind wir«, sagt er ernst. »Aber es ist kein Urteil. Es ist kein Gesetz. Die Bindung bedeutet nicht, dass man keine *Wahl hat.* Du bist nicht gezwungen, etwas zu tun, was du nicht tun willst, und ich werde dich auch nicht zu etwas zwingen.«

Droth kommt näher und überwindet die Distanz zwischen uns. Ich spüre seinen warmen Körper hinter mir, kurz bevor er mich sanft an den Schultern fasst und mich zu sich umdreht.

»Es hat sich nichts geändert, Charlotte.« Sein Gesichtsausdruck ist ernst und seine katzenähnlichen Augen sind dunkel, während er meinen Blick im dunklen Innenraum des Schiffes erwidert. »Sicherlich weißt du, was ich für dich empfinde. Du musst es schon lange vorher gewusst haben.«

Ich nicke, da ich weder taub noch blind bin. Alles, was Droth tut, von meinem Schutz bis zu den intensivsten Orgasmen meines Lebens, beweist, wie viel ich ihm bedeute.

Und auch er bedeutet mir etwas. Auf dem Weg hierher habe ich schließlich aufgegeben, zu versuchen, meine Gefühle zu verleugnen. Aber jetzt … Ich weiß nicht, was das alles bedeutet. Ich weiß nicht, was real ist; alles ist so verwirrend und seltsam.

»So habe ich mir mein Leben nicht vorgestellt«, flüstere ich und presse meinen Kiefer zusammen, während ich gegen die Tränen ankämpfe. »So war das alles nicht geplant.«

Droths Blick wird weich. »Ich auch nicht. Alles, was ich weiß, ist, dass du für mich bestimmt bist und ich für dich. Ich habe noch nie eine Frau getroffen, die so mutig und fürsorglich ist wie du. Du hast Xevar ohne zu zögern gerettet und du warst an meiner Seite, als du dachtest, wir müssten kämpfen. Charlotte, du kanntest mich oder meine Männer damals noch nicht einmal, aber du hast es trotzdem getan, weil du einfach so bist. Ich weiß, dass wir füreinander geschaffen sind, und die Gefährtenbindung ist genau das – eine Bindung. Eine *Verbindung*. Keine Fessel. Kein Käfig. Sie führt mich zu dir, aber sie bestimmt nicht über meine Gefühle. Ich weiß, was mein Herz will.«

Mein Herz hämmert heftig gegen meine Brust und meine Rippen, als würde es dem Mann, der vor mir steht, entgegenspringen wollen. Droths exotische schöne Augen sind groß und feierlich und ich sehe nichts als Wahrheit darin.

Gott, ich möchte ihm glauben. So sehr.

Er ist mir so schnell ans Herz gewachsen und obwohl ich weiß, dass ich nach Hause zurückkehren muss, oder es zumindest versuchen muss, erscheint mir der Gedanke an ein Leben ohne diesen wunderbaren Mann düster.

Meine Gliedmaßen fühlen sich träge und fast taub an, da immer noch Überreste des Schocks in mir toben. Aber meine Füße gehorchen meinem Befehl und treten näher an Droth heran, bis wir fast Brust an Brust stehen. Wärme strahlt von seinem großen Körper aus, und meine Muskeln entspannen sich. Wie immer reagiert mein Körper auf seine Nähe.

Ich blicke in sein schönes, offenes Gesicht.

Bitte lass das die Wirklichkeit sein.

Hoffnung flammt in seinen Augen auf, und als meine Hände seine Wangen umschließen, sehe ich, wie seine Lider schwer werden, fast so, als wäre meine Berührung eine Droge für ihn.

Ist es eine Droge? Diese Gefährtenbindung, von der er gesprochen hat? Oder spielen die Pheromonen oder Hormone uns nur einen Streich?

Aber was ich für Droth empfinde … es geht nicht nur um die Anziehungskraft zwischen uns, um die Chemie, die uns zusammenhält. Ich habe gesehen, wer er ist, und die Gefühle, die ich für ihn entwickelt habe, sind darauf zurückzuführen.

Vielleicht hat er recht. Diese Gefährtenbindung ist kein Urteil. Sie schubst uns nur in die richtige Richtung, aber die Entscheidung, ob wir unseren Gefühlen folgen oder nicht, liegt bei uns.

Ich schlucke und bin plötzlich genauso nervös wie in dem Moment, als ich dem außerirdischen Krieger zum ersten Mal begegnet bin. Dann lasse ich meine Hände wandern und fahre durch das lange Haar in seinem Nacken, bevor ich mich auf die Zehenspitzen stelle.

Doch, bevor ich meine Lippen auf seine pressen kann, ertönt ein ohrenbetäubender Knall.

Erschrocken fahre ich zusammen und mein Herz rast. Droth dreht seinen Kopf in die Richtung, aus der das Geräusch gekommen ist.

Nicht einmal eine Sekunde später erschüttert eine Explosion den Boden, gefolgt von beißendem Rauchgeruch.

Kapitel 25

Droth

Als der Knall verklingt, ist mein ganzer Körper in Alarmbereitschaft, angespannt und bereit für einen Kampf.

Ich löse Charlottes Hände von meinem Nacken und drücke ihr einen schnellen, festen Kuss auf die Fingerknöchel, bevor ich ihr in die Augen sehe.

»Bleib hier.«

Mit diesem Befehl drehe ich mich um, verlasse den Raum und eile zum Ende des Korridors.

Zuerst glaube ich, dass eine der Frauen auf meine Männer geschossen hat, aber als ich das Ende des Flurs erreiche und sehe, was sich unten anspielt, fletsche ich knurrend die Zähne.

Mehrere Männer stürmen zwischen den Bäumen hervor. Plünderer, wie es aussieht. Fast zwanzig. Einige haben Waffen, die meisten aber nicht, den Göttern sei Dank.

Von Zeit zu Zeit explodiert eine der Minen, die in den Boden eingelassen sind, und sprengt eine Handvoll Plünderer in die Luft, aber es sind so viele, dass es fast keine Rolle zu spielen scheint. Ein paar von ihnen werden von den Schüssen der Frauen getroffen und fallen zuckend zu Boden.

Meine Männer stehen mit dem Rücken zum Schiff, die Speere fest in der Hand. Auf Vox hatten wir fortschrittlichere Waffen, aber hier haben wir uns mit den begrenzten Ressourcen begnügt, die uns zur Verfügung stehen. Schusswaffen sind selten auf diesem Planeten, und es ist teuer, sie zu beschaffen.

Die Angreifer kommen immer näher. Die wenigen, die getroffen worden sind, haben kaum eine Lücke in der Reihe hinterlassen. Wir stehen kurz davor, überrannt zu werden.

Und dann erinnere ich mich daran, was Jaro vorhin gesagt hat.

Mehr Waffen.

Ich laufe wieder den Flur hinunter und durch die Doppeltüren in den Raum, in dem die Übersetzerchips waren. Er wird jetzt nicht mehr von Frauen bewacht. Sobald ich drinnen bin, greife ich nach den Waffen, die an der Wand angebracht sind. Es sind nicht viele – nicht genug, um alle meine Männer zu bewaffnen – aber wir können dadurch zumindest unsere Chancen verbessern. Die Zeit wird knapp, also schnappe ich mir so viele Waffen, wie ich kann, bevor ich nach einer Kiste mit Munition greife und zum Ende des Korridors renne.

Ich springe vom Rand des auseinandergebrochenen Schiffes und gleite einhändig das Kabel hinunter. Meine Füße schlagen dumpf auf dem Boden auf, als ich neben Axen lande, der seinen Speer in Wurfposition über die Schulter erhoben hat. Ich drücke ihm eine Pistole an die Brust und er lässt seine lange Holzwaffe fallen, um sie zu greifen. Schnell werfe ich Kaide eine weitere zu und rufe den Männern zu, dass sie noch mehr vom Schiff holen sollen.

Die Waffe, die ich selbst behalten habe, ist eine kompakte, schwarze Handfeuerwaffe. Leicht, kastenförmig und tödlich. Ich stecke die Brennstoffzelle in das kleine Fach an der Seite und halte meinen Unterarm ruhig. Die Reihe der Angreifer ist jetzt nahe, da sie die Minen, die noch nicht ausgelöst wurden, umgehen. Ich ziele auf den, der sich auf mich stürzt und feuere. Es ist lange her, seit ich eine Pistole abgefeuert habe und der Rückstoß entlockt mir einen zischenden Fluch.

Einen Augenblick später erreicht uns die Linie der angreifenden Plünderer. Jaro erscheint neben mir und stößt mit grimmiger Miene einen Schlachtruf aus. Voxeraner kämpfen nie allein, wenn es sich vermeiden lässt. Ein einsamer Kämpfer in einer Schlacht ist so gut wie tot.

Ich ziehe den Schieber zurück, die Pistole summt und lädt nach.

Zwei Sekunden.

Eine Sekunde.

Das Summen erstirbt.

Ich ziele und schieße, womit ich einen Angreifer ausschalte, kurz bevor er mich erreicht. Er fällt zu Boden, aber drei weitere nehmen seinen Platz ein. Sie bewegen sich gemeinsam und stürzen sich auf mich. Einer von ihnen feuert zwischen uns, und ich bemerke vage einen scharfen Schmerz, der durch meinen Körper zischt und genauso schnell wieder verschwindet, wie er gekommen ist.

Jaro stürzt sich brüllend ins Getümmel und schließt sich mir an, während ich mich gegen die angreifenden Plünderer zur Wehr setze. Er schleudert einen von ihnen zu Boden und stößt dann mit seinem Speer zu. Der Angreifer steht nicht mehr auf.

Wir schalten einen zweiten Mann aus, indem wir im Tandem arbeiten, und Jaro nickt mir zu, als der Plünderer zu Boden geht. Doch der dritte Mann täuscht an, duckt sich zur Seite und stürmt dann mit erhobenem Messer auf Jaro zu.

Ich ziele mit meiner Waffe, aber bevor ich schießen kann, ertönt ein weiterer lauter Knall und der Plünderer zuckt in der Luft zusammen, bevor er zur Seite fällt.

Ich schaue auf und sehe Charlotte an der Mündung des Schiffes stehen, in der Hand hält sie eine Pistole, die mit meiner identisch ist. Ihr Gesichtsausdruck ist hart, als sie auf mich herunterblickt.

Meine schöne Kriegerkönigin.

Sie hebt ihre Waffe und zielt erneut, und ich möchte wütend auf sie sein, weil sie sich selbst in Gefahr gebracht hat, aber ich kann es nicht. Ich kann nur zu den Göttern beten, dass wir alle lebend aus dieser Sache herauskommen werden.

Schüsse dröhnen über die Lichtung, gefolgt von schmerzerfüllten Rufen, während sowohl Charlottes als auch meine Leute darum kämpfen, ihr Leben und das Schiff zu verteidigen.

Neben mir rast Kzuri auf eine dichte Schar von Angreifern zu. Er dreht und wirbelt seinen Speer herum, während er den Plünderern ausweicht. Es ist schon so lange her, dass wir auf diese Weise kämpfen mussten, dass ich fast vergessen habe, was für ein großartiger Krieger Kzuri ist. Er setzt mehrere der Angreifer außer Gefecht und schafft es, einen

Mann auf eine Mine zu schleudern. Der Knall hallt über die Lichtung, während die anderen Angreifer vor Kzuri zurückweichen.

Dann durchschneidet ein Schrei die Luft.

Bei dem Klang gefriert mir das Blut in den Adern und Angst erfüllt mich wie Gift. Als ich meinen Kopf drehe, erblicke ich mehrere Plünderer, die das Kabel hinaufklettern. Einer von ihnen ist bereits oben angekommen und hat Charlotte an die Wand gepresst, gefährlich nahe an dem scharfen, zerrissenen Metall.

»Droth!«

Es ist das erste Mal, dass ich sie nach mir schreien höre, und mein ganzer Körper läuft auf Hochtouren. Ich bin noch nie in meinem Leben so schnell gelaufen. Der Boden, über den ich sprinte, ist verschwommen. Als ich das Kabel erreiche, ziehe ich mich so schnell hoch, wie ich kann. Alle sechs Plünderer sind jetzt im Schiff.

Als ich in den Korridor springe, lässt einer der Angreifer Charlotte fallen, während sich alle zu mir umdrehen.

Ich drohe nicht.

Ich brülle nicht.

Ich fange einfach an zu schießen.

Zwei Männer brechen zusammen und sind tot, bevor sie auf dem Boden aufschlagen, zwei verschwinden über die zerrissene Seite des Schiffes und klettern zurück auf die Lichtung. Einer jagt Charlotte hinterher, als sie den Korridor hinunterläuft, ein anderer nimmt mir gegenüber eine Angriffsposition ein.

Er steht mir im Weg und hindert mich daran, meine Gefährtin zu erreichen, und dafür kenne ich keine Gnade.

Wir feuern unsere Waffen im selben Moment ab. Ich

spüre, wie die Kugel seiner Waffe irgendwo in meiner Schulter die Haut durchschneidet, aber ich spüre keinen Schmerz.

Ich habe besser gezielt, und er taumelt nach hinten, als seine Brust durchlöchert wird.

Als sein Körper zu Boden fällt, steige ich über ihn hinweg und renne den Flur entlang. Etwas vermischt sich mit meiner Kampfwut, etwas, das nach Angst schmeckt. Der Schrei, der durch den Raum hallt, macht es nur noch schlimmer.

Als ich in die Kapitänskabine stürme, kann ich mein Bedürfnis nach Blutvergießen kaum noch kontrollieren. Der Angreifer hält Charlotte ein Messer vors Gesicht, während sie auf dem Boden kauert und mit weit aufgerissenen Augen zu ihrem Peiniger aufblickt. Ein sehr präziser Schnitt verläuft über ihre Wange und ein weiterer über ihren Arm. Es sieht fast chirurgisch aus.

Blinde Wut steigt in mir auf.

Es gibt Menschen auf diesem Planeten, die wirklich Monster sind, und der Plünderer vor mir ist einer davon.

Der Mann blickt auf, als ich auf ihn zustürze und ihn von Charlotte wegzerre. Wir fallen beide zu Boden und er wehrt sich gegen mich, während ich ihn festhalte und wie ein wildes Tier fauche. Er holt mit seinem Messer nach mir aus, aber ich weiche ihm aus und erkämpfe mir eine neue Position, indem ich mich auf seinem Körper abstütze. Ich richte meine Pistole auf seinen Kopf, aber er schlägt wild um sich und erwischt meinen Unterarm mit der Klinge, sodass ich danebenschieße. Die Kugel durchschlägt den Boden neben seinem Kopf.

Schmerz flackert in meinem Arm auf, aber ich ignoriere

ihn und weiche dem nächsten Angriff aus, während ich meine Waffe lade und erneut ziele.

Dieses Mal treffe ich.

Er aber auch.

Gerade als ich den Schuss abfeuere, der sein elendes Leben beendet, rammt mir der Plünderer sein Messer in den Bauch.

Kapitel 26

Charlotte

ZWEI KÖRPER ERSCHLAFFEN vor meinen Augen, und mein Herz bleibt stehen. Droth kippt von dem Plünderer herunter und das Messer des Mannes gleitet aus seinem Bauch.

Der Plünderer ist tot, aus dem Loch in seiner Stirn steigt Qualm auf. Droths Körper sinkt zu Boden, und meine Hände zittern, als ich mich bücke, um ihn zu berühren. Sein Brustkorb hebt und senkt sich langsam, aber er blutet aus dem Bauch.

Ich bin keine Ärztin, aber selbst ich weiß, dass es schlimm ist. Sehr schlimm. Er verliert zu viel Blut.

Hektisch durchsuche ich die Schlinge an seiner Hüfte, kann aber keine einzige dieser Spritzen finden.

Scheiße. Ich muss ihn hier rausschaffen. Er braucht Hilfe. Ich muss ihn zu Elizabeth bringen.

Droth ist schwer. Er ist vielleicht das Schwerste, was ich je hochgehoben habe, aber ich zwinge meine Muskeln zu kooperieren und ignoriere meine zitternden Beine.

Dann lege ich seinen Arm über meine Schultern und schleife ihn in den Korridor. Ich brauche Elizabeth oder einen seiner Männer. *Irgendjemanden*, der in der Lage ist, zu helfen. Es ist mir egal, wer es ist. Ich weiß nur, dass ich Droth nicht sterben lassen kann.

Ich hole tief Luft und konzentriere ich mich auf meine Atmung – denn wenn ich es nicht tue, fange ich an zu weinen. Und jetzt ist nicht die Zeit dafür, auch wenn mir Übelkeit in den Hals kriecht und mein ganzer Körper zittert.

Er darf nicht sterben. Er darf nicht sterben.

Bitte, bitte verlass mich nicht, Droth.

An der Öffnung des Schiffes bleibe ich stehen. Die Szene unten unterscheidet sich drastisch von dem Chaos, das noch vor wenigen Minuten dort geherrscht hat.

Die übrigen Plünderer sind auf der Flucht, aber sie haben eine der Frauen bei sich. Einige von Droths Männern jagen sie, ebenso wie die Frauen. Schüsse hallen durch die Luft, aber nur wenige der Angreifer werden getroffen, und einfach so erstarrt das Schlachtfeld. Die Angreifer haben an der Baumgrenze angehalten, wagen sich aber nicht weiter. Unsere Truppen stehen in der Mitte zwischen dem Schiff und dem Wald.

»Also, ist das alles wirklich notwendig?«

Eine Stimme, die wie knirschendes Metall klingt, zieht die Aufmerksamkeit des gesamten Schlachtfeldes auf sich. Ich kneife die Augen zusammen und suche die Baumgrenze ab, aber ich sehe den Besitzer der Stimme erst, als er hinter einem der Bäume hervorkommt und auf die Lichtung tritt.

Unter mir stehen zwei von Droths Männern wie erstarrt da. »Churbac«, murmelt einer von ihnen mit wütender Stimme.

»Ich dachte, er sei tot«, antwortet der andere Mann erbittert.

Offensichtlich kennen sie diesen Plünderer. Vielleicht haben sie ihm schon einmal gegenübergestanden? Ich erinnere mich daran, was Droth mir über die anderen Bewohner dieses Planeten erzählt hat, und mir läuft ein Schauer über den Rücken.

Wer auch immer dieser Mann ist, ich habe das Gefühl, dass er schrecklich ist.

Churbac ist so groß wie die Voxeraner, breitschultrig und so weiß, dass seine Haut fast durchsichtig ist. Sein Kopf ist bis auf ein paar dünne Fransen kahl, und sein Kiefer klappert, als sich ein schmieriges Grinsen auf seinem Gesicht ausbreitet.

»Droth? Bist du das?«

Seine Stimme ist voller falscher Freude und Vertrautheit. Er hebt einen seiner vier Arme, um seine Augen abzuschirmen und sieht uns über das Feld hinweg an. Ich umklammere Droths zusammengesackten Körper noch fester und schütze ihn so gut wie möglich vor dem bohrenden Blick des Außerirdischen.

»Oh, ich verstehe.« Churbac lacht. »Wie schade! Wer wird denn dann mit mir verhandeln?«

Raina ist eine derer, die den Bäumen am nächsten sind. Hoch erhobenen Hauptes tritt sie vor. Ich weiß nicht, was diese Frau in ihrem Leben durchgemacht hat, aber es hat sie offensichtlich abgehärtet. Sie muss Angst haben – ich *habe* Angst – aber sie verhält sich nicht so.

»Gebt uns Gemma zurück«, sagt sie zu ihm. »Und ich werde euch nicht jagen und später bei lebendigem Leib häuten. Wie wäre es damit?«

»Ach, komm schon, Mädchen.« Der außerirdische Jäger schnalzt obszön mit seiner Zunge. »Alles, was wir wollen, sind eure Waffen und euer Schiff. Kein Grund, so aggressiv zu sein. Ich denke, wir können zu einer Übereinkunft kommen, die alle glücklich macht.«

Churbac streckt eine seiner Hände aus, seine Mistreiter stoßen das Mädchen, das sie gefangen genommen haben, auf ihn zu. Er packt sie am Arm und zieht sie mit einem Grinsen an seinen Körper. Scheinbar hat er beschlossen, Raina einfach zu ignorieren, und dreht sich zu Kaide um, der dem Rand der Lichtung am nächsten steht.

»Gebt uns die Waffen, das Schiff und die meisten eurer Frauen, und wir nennen es einen fairen Handel. Da ich euch mag, könnt ihr sogar ein paar der Frauen für euch behalten. Vielleicht dürft ihr sogar eine Pistole behalten.«

Scheiße. Das wird böse enden. Das weiß ich.

Kaide starrt Churbac an, und nach einem langen Moment der Stille weiß ich, dass er auch ohne zu sprechen eine Antwort gegeben hat.

Kein Handel.

Churbac lacht und zuckt mit den Schultern. »Na gut. Ich habe versucht, vernünftig zu sein.«

Zwei seiner vier Hände schlingen sich um den Kiefer des Mädchens, und die Zeit scheint sich zu verlangsamen, während ich begreife, dass er dabei ist, ihr das Genick zu brechen.

Oh, Gott. Er ist wirklich ein Monster.

Einige der Frauen schreien. Ich halte mich so fest wie möglich an Droth fest, aber ich schaue nicht weg. Ich kann nicht wegschauen.

Doch bevor Churbac das Leben des armen Mädchens

beenden kann, vergräbt sich ein dicker Holzspeer so schnell in seiner Schulter, dass es fast scheint, als wäre er einfach aus dem Nichts aufgetaucht.

Brüllend lässt er sie los, um nach dem Speer zu greifen und das Mädchen reagiert sofort. Sie dreht sich in seinen Armen herum, schnappt sich die Pistole, die um seine Hüfte geschnallt ist, und schießt auf die Angreifer, die sich auf sie zubewegen. Andere fangen an, auf das Mädchen zuzulaufen, springen über die wenigen verbliebenen Minen und sprinten auf sie zu, wobei ihnen das hohe Gras gegen die Füße peitscht.

Das Mädchen läuft rückwärts und schießt auf die Angreifer, die auf sie zustürmen.

Doch, bevor sie sie erreichen können, springt Kzuri vor. Er greift Gemma um die Taille und drückt sie mit einem Arm gegen seinen Körper, während er mit der anderen mit beeindruckender Geschwindigkeit einen zweischneidigen Speer durch die Luft schleudert. Er tötet zwei Plünderer, noch bevor die anderen sie überhaupt erreichen, und eine Sekunde später ertönen erneut Schüsse nahe der Basis des Schiffes.

Jetzt, wo Churbac keine Geisel mehr hat, haben die Frauen erneut das Feuer eröffnet.

Ich glaube nicht, dass Churbac tot ist. Der Speer hat zwar seine Schulter durchbohrt, aber da er Gemma vor seinen Körper gehalten hat, konnte derjenige, der ihn geworfen hat unmöglich sein Herz durchbohren, ohne auch das Mädchen zu treffen.

Doch nun, da ihr Anführer verletzt ist, machen sich die Angreifer nicht einmal die Mühe, sich zu wehren. Kzuri versetzt einem weiteren von ihnen einen heftigen Schlag, bevor sie sich alle zurückziehen. Sie schnappen sich den erschlafften Körper ihres Anführers und verziehen sich wie Ungeziefer in den Wald.

Stille tritt ein, so plötzlich und allumfassend, dass es fast unheimlich ist.

Es ist vorbei. Wir haben gewonnen. Wir sind in Sicherheit.

Aber Droth ist es nicht.

Mein Herz stottert in meiner Brust und mir kommt die Galle hoch, als ich schreie.

»Elizabeth, hilf mir! Droth wurde niedergestochen!«

Ich schaue mich wild nach ihr um. Sie ist am Boden, nicht allzu weit weg, und als sie zu mir aufblickt, werden ihre Augen groß.

Ein Voxeraner will sie zurückhalten, aber sie stürmt wortlos an ihm vorbei und eilt auf mich zu. Auch andere sehen Elizabeth nach, und als Droths Männer merken, dass ihr Anführer verletzt ist, verlassen sie ihre Posten und eilen ebenfalls zum Schiff.

Ich bete, dass einer von ihnen ihm helfen kann.

DIE NÄCHSTEN STUNDEN SIND QUALVOLL. Ich verlasse die behelfsmäßige Krankenstation nicht ein einziges Mal, und obwohl ich im Weg bin, jagt mich Elizabeth nicht hinaus, was man von Droths Männern nicht behaupten kann. Sie werden mehrmals gescholten, weil sie so aufdringlich sind.

Der Einzige, der bleiben darf, ist Kaide und zwar

deshalb, weil er mehr von der außerirdischen Medizintechnik versteht als wir.

Laut Elizabeth hat sich die eigentliche Krankenstation wahrscheinlich auf dem Teil des Schiffes befunden, der von dieser Hälfte abgebrochen ist. Aber glücklicherweise haben sie und die anderen Frauen, nachdem der Vogel mich weggetragen hatte, einen Lagerraum auf der mittleren Ebene gefunden, in dem etwas zusätzliche Ausrüstung untergebracht war. Nicht alles davon war noch zu retten, aber was sie gefunden hat, sollte ausreichen, um Droths Verletzungen zu heilen.

Ich weiß nicht genau, was sie mit ihm machen, als sie seine Wunden flicken. Einiges von dem, was Elizabeth sagt, ergibt für mich Sinn – es sind Worte, die ich aus Krankenhausserien im Fernsehen zu Hause kenne. Aber Kaides Worte sind mir völlig fremd, trotz seines Übersetzungschips.

Aber ehrlich gesagt ist mir das egal.

Es ist mir scheißegal, *wie* sie es machen, ich will nur, dass sie dafür sorgen, dass Droth überlebt.

Nach einer Weile nicken Elizabeth und Kaide. Meine Freundin kommt zu mir herüber und legt eine Hand auf meine Schulter.

»Er wird wieder gesund«, sagt sie leise. »Das sollte er jedenfalls. Dieser Techniker ist …« Sie schüttelt den Kopf, ehrfürchtig und ein wenig erschüttert. »Es ist wirklich beeindruckend. Es war ein bisschen Blindenführung, aber Kaide hat mir da durchgeholfen, und ich glaube, wir haben alles richtig gemacht. Jetzt braucht er einfach noch ein bisschen Ruhe.«

»Ich danke dir.« Ich schlucke, und sie nickt.

»Es war offensichtlich, dass er dir etwas bedeutet.« Ihre

grauen Augen werden weicher. »Mir war nur nicht klar, wie viel.«

Mir auch nicht.

Ich spreche die Worte nicht laut aus, aber die Sorge muss sich in meinem Gesicht widerspiegeln, da Elizabeth mich in eine Umarmung schließt. »Ich werde mich vergewissern, dass es allen anderen gut geht. Kaide meinte, die restlichen Verletzungen seien nicht weiter schlimm, aber ich will nachsehen, ob jemand genäht werden muss.«

»Okay. Kann ich…«

Sie lächelt. »Du bleibst hier. Ich schaffe das schon.«

Nachdem sie den Raum verlassen hat, ziehe ich einen Stuhl heran, sodass ich direkt neben dem Bett sitzen kann, auf dem Droth liegt. Er sieht friedlich aus, seine Gesichtszüge und seine Atmung sind entspannt, was einen kleinen Hoffnungsschimmer in mir aufkeimen lässt.

IRGENDWANN DÖSE ich neben dem Bett ein, mit Droths Hand in meiner eigenen. Ich merke nicht einmal, dass ich einschlafe, bis mich etwas weckt. Mein Kopf schießt nach oben, als er mit seinem Daumen über meinen streicht.

Als ich auf das Bett schaue, hat Droth sich aufgesetzt und lächelt mich an. Das Lächeln ist schief und süß und mein Wunsch, ihn zu küssen, ist so stark, dass es mich meine ganze Selbstbeherrschung kostet, dem Drang nicht nachzugeben. Ich will nicht, dass er sich bewegt und seine Heilung dadurch verzögert wird.

Gott, was hätte ich nur getan, wenn er nicht durchgekommen wäre? Wie würde mein Leben dann aussehen? Wäre es überhaupt ein Leben ohne ihn?

»Meine Kira. Ich habe von dir geträumt«, sagt er mit heiserer Stimme.

»Erzähl mir von deinem Traum.« Ich halte immer noch seine andere Hand, und er streicht mit seinen Fingern über meine Fingerknöchel.

»Wir waren auf Vox. Meinem Zuhause. Wir waren auf dem Berg und haben zugesehen, wie die Sonne über dem Tal aufging. Du mochtest den Sand zwischen deinen Zehen nicht.«

»Nun, ich nehme an, das ist ein sicheres Zeichen dafür, dass es ein Traum ist.« Vorsichtig stehe ich auf und schlüpfe neben ihm ins Bett, da ich seinen Körper an meinem spüren muss. »Ich bin eine dieser Verrückten, die Sand zwischen den Zehen sogar sehr gerne *mögen*.«

»Verrückt?«

Ich lache, weil es die treffendste Art ist, mich und ihn zu beschreiben – die Erdenfrau, die mit einem Außerirdischen zusammen sein will und der außerirdische Mann, der sich ständig in Gefahr begibt, um mich zu retten. »Ja. Das Wort beschreibt eine seltsame Person, oder Leute, wie dich.«

»Mich?« Er runzelt die Stirn, und sein verschlafenes Lächeln verwandelt sich in ein verwirrtes. Ich liebe sein Lächeln. Ich frage mich, auf wie viele Arten er lächeln kann und wie lange es dauern wird, bis ich sie alle gezählt habe. »Ich bin in meinem Leben noch nie als verrückt bezeichnet worden.«

Ich ziehe herausfordernd eine Augenbraue hoch. »Das an sich ist schon verrückt. Ich denke, dass viele Leute dich für verrückt halten, wenn man bedenkt, wie gerne du dich in tödliche Gefahren stürzt.«

Er prustet leise und ich stütze mich auf einen Ellbogen und beuge mich über ihn, Tränen brennen in meinen Augen. »Droth, ich meine es ernst. Du musst aufhören, meinetwegen so große Risiken einzugehen. Ich ertrage es nicht, mitanzusehen, wie du meinetwegen verletzt wirst.«

»Es gibt fast nichts, worum du mich bitten könntest, das ich dir nicht geben würde, aber ich fürchte, diesem Wunsch kann ich nicht nachkommen«, flüstert er. »Wenn dich zu beschützen bedeutet, mich vor Dinge zu werfen, die mich töten wollen, werde ich niemals damit aufhören. Ich werde ich dich beschützen, solange ich atme, und selbst danach wird mein Geist immer über dich wachen.«

Sein Gesichtsausdruck ist ernst und entschlossen, wie ich es nur wenige Male bei ihm gesehen habe. Es liegt tiefe Überzeugung in seiner Stimme. Bedeutung und Versprechen. Ich weiß, dass er das, was er sagt, auch so meint – und selbst wenn er es nicht sagen würde, würde ich es an seinen Taten erkennen. Er ist ein bemerkenswerter Mann, und in ihm wohnt der tapferste Geist, den ich je kennenlernen durfte.

Ich weiß, dass ich ihn nicht küssen darf. Ich sollte nicht an die schicksalhafte Verbindung zwischen uns glauben.

Aber ich kann nicht anders.

Und in diesem Moment ist mir egal, ob die Verbindung echt ist oder nicht. Denn meine *Gefühle* sind echt. Ich kenne mein Herz. Und ich weiß, was es will.

Ich beuge mich vor, um meine Lippen auf seine zu pressen, und sage mir, dass es nur ein schneller Kuss wird.

Aber das wird es nicht.

Nicht einmal annähernd, und das ist allein meine Schuld. Sobald sich unsere Lippen treffen, gebe ich mich dieser Verbindung voll und ganz hin. Meine Dankbarkeit, meine Erleichterung, meine Bewunderung und all die Dinge, die ich zwischen uns unausgesprochen gelassen habe, fließen in den Kuss hinein.

Er erwidert den Kuss ebenso innig, und ich klammere mich an ihm fest, als ob er verschwinden könnte, wenn ich es nicht täte. Während unsere Zungen einander umschlingen, schließe ich meine Augen und höre zu, was mir mein schlagendes Herz sagt: dass ich nicht in einer Welt leben wollen würde, in der dieser Mann nicht existiert.

Dass ich noch nie jemanden getroffen habe, der so perfekt ist.

Dass ich noch nie in meinem Leben jemanden so sehr gewollt habe.

Dass ich ihn so sehr brauche, wie die Luft zum Atmen, und dass all das – Gefährtenbindung oder nicht – *real* ist.

Und wenn Droth recht hat, wenn es eine Art höhere Macht gibt, die uns zusammengeführt hat, dann liegt das daran, dass wir füreinander geschaffen sind.

Wir passen perfekt zusammen.

Kapitel 27

Droth

CHARLOTTE SCHLÄFT neben mir auf dem kleinen Bett und weicht nicht von meiner Seite.

Darüber kann ich mich nicht beschweren. Als die große Frau – Elizabeth – zurückkommt, um nach meinen Verletzungen zu sehen, erklärt sie, dass Kaide ihr dabei geholfen hat, einige der fortschrittlichen Technologien auf dem Schiff einzusetzen, um meine Wunden zu heilen.

Nicht einmal auf Vox, wo die medizinische Wissenschaft ziemlich weit fortgeschritten ist, haben wir eine solche Technologie. Als ich am nächsten Morgen aufwache, ist die Wunde in meinem Bauch fast vollständig verheilt. Alles, was bleibt, ist eine Narbe.

Sobald ich dazu in der Lage bin, verlasse ich den kleinen Krankenbereich und gehe nach draußen, Charlotte begleitet mich. Ich bedaure, dass ich die Aufräumarbeiten nach dem Kampf nicht mitbekommen habe. Einige der Frauen sind immer noch misstrauisch uns gegenüber, und ich wünschte, ich hätte dort sein können, um sicherzustellen, dass alles reibungslos abläuft.

Doch scheinbar hat die Tatsache, dass die Männer und Frauen mit vereinten Kräften Seite an Seite gekämpft haben, zu einem gewissen Zusammenhalt geführt. Wir haben uns ein Schlachtfeld geteilt und das bringt immer eine gewisse Kameradschaft mit sich, egal, woher man kommt. Ein Band.

Keiner der Angreifer ist wiederaufgetaucht. Kzuris Speer hat eine Weile für Ruhe gesorgt. Ich habe seinen Angriff auf Churbac nicht gesehen, aber ich weiß, dass meine Männer noch eine Zeit lang davon sprechen werden.

Ich weiß, dass er wütend auf sich selbst ist, weil es ihm nicht gelungen ist, Churbac zu töten, aber das spielt keine Rolle. Unsere Wege haben sich schon einmal mit dem Anführer der Sentiri-Jäger gekreuzt und ich bin sicher, dass es nicht das letzte Mal war, dass wir ihn gesehen haben.

Nächstes Mal machen wir ihm endgültig den Garaus.

Doch Churbacs Männer sind nicht die einzigen Plünderer da draußen. Es gibt noch mehr umherziehende Gruppen, die genauso gefährlich sind. Wenn wir einen weiteren blutigen Kampf vermeiden wollen, können wir nicht allzu lange hierbleiben.

Außerhalb des Schiffes scheinen die Strahlen der Morgensonne bereits auf den offenen Bereich der Absturzstelle. Die Leichen sind weggeräumt worden, und mehrere meiner Männer zeigen den Frauen, wie sie das Schiff nach Materialien durchsuchen können. Elizabeth ruft nach Charlotte, die kurz meine Hand drückt, bevor sie mit ihrer Freundin spricht.

Die große Frau ist nicht die Anführerin dieser Gruppe,

wie ich erst angenommen hatte. Charlotte hat mir gestern Abend erklärt, dass sie keine offizielle Anführerin haben, die meisten Frauen aber zu ihr und Elizabeth kommen, wenn sie Führung und Hilfe suchen.

»Wir werden das nicht alles allein zurücktragen können.« Ich wende mich an Jaro und deute auf die Leute, die das Raumschiff auseinandernehmen. »Wenn wir wieder im Dorf sind, werde ich noch mehr Leute herschicken.«

Ich bezweifle, dass Churbac oder seine Männer erneut angreifen werden. Aber so unwahrscheinlich ein erneuter Angriff auch sein mag, es könnten Räuber im Wald auf der Lauer liegen. Ich werde keinen einzigen Mann in den Wald schicken, es sei denn, wir gehen alle gemeinsam. Alles andere wäre zu riskant.

Jaro grunzt und verschränkt die Arme. »Sollen die Frauen uns etwa beim Tragen helfen? Dann wissen sie doch, wo unser Dorf ist.«

Jaro ist ein guter Mann, ein guter Krieger und ich mache mir keine allzu großen Gedanken über seine Andeutung. Als wir uns zum ersten Mal begegnet sind, war er davon überzeugt, dass er mir nicht trauen könne – obwohl meine Männer und ich ihn alles daran gesetzt haben, um dafür zu sorgen, dass er wieder gesund wird. Jetzt vertraut er mir sein Leben an, genauso wie ich ihm vertraue. Jaro hat ein schwieriges Leben gehabt und ich mache ihm seine Paranoia nicht zum Vorwurf, aber in diesem Fall weiß ich, dass sein Misstrauen unbegründet ist.

»Das werden sie, ja.« Ich spreche langsam und wähle meine Worte mit Bedacht. »Warum vertraust du ihnen nicht?«

Die Frage ist nicht vorwurfsvoll, sondern nur neugierig. Ich vertraue Jaro und ich möchte seine Meinung hören.

Seine Stirn legt sich in Falten. »Weil sie Fremde sind.«

»Du und ich waren auch einmal Fremde«, erinnere ich ihn. »Und jetzt betrachte ich dich als Freund.«

Die harten Linien seines Gesichts werden nur kurz weicher. Dann seufzt er und dreht sich zu mir um. »Ich werde dir in allem folgen, Droth. Das weißt du. Du hast mir das Leben gerettet, und ich werde für immer in deiner Schuld stehen. Aber diese Frauen … wir kennen sie nicht. Charlotte hat sich als vertrauenswürdig erwiesen, aber was ist mit den anderen?«

»Sie haben gestern an unserer Seite gekämpft.«

Er gibt einen kehligen Laut von sich. »Stimmt. Jedenfalls haben sie gekämpft, um das *Schiff* zu schützen.«

Bei seinen Worten presse ich die Lippen zusammen. Ich glaube nicht, dass die Beweggründe der Frauen, die Angreifer abzuwehren so berechnend waren. Aber ich begreife, dass Jaro sich nicht beirren lässt.

»Sie sind wunderschön«, bemerkt er plötzlich und ich drehe mich überrascht zu ihm um.

»Das sind sie.«

Keine der anderen kommt an meine Gefährtin heran. Im Vergleich zu ihr sehen sie für mich eher unscheinbar aus. Aber Jaro hat recht. Objektiv gesehen sind sie alle sehr attraktiv.

»Schönheit kann viele Übel verbergen«, sagt Jaro, und irgendetwas in seiner Stimme lässt mich vermuten, dass er aus Erfahrung spricht. Ich weiß nicht viel über ihn, aber er hat viele Jahre als Sklave auf einem Planeten weit weg von Vox verbracht. »Und das kann einen blind für die Wahrheit machen. Nur weil etwas schön ist, nur weil es einen in seinen Bann zieht, heißt das nicht, dass es gut ist.«

Er verzieht den Mund und ich folge seinem Blick zu einer kleinen Gruppe von Frauen auf der anderen Seite der Lichtung, die eng beieinanderstehen und Waffen in den Händen halten. Ich kann nicht erkennen, ob er eine bestimmte Frau ansieht, aber er schaut eine ganze Weile lang zu ihnen hinüber. Dann schüttelt er den Kopf, als ob er einen Gedanken abschütteln wollte.

»Ich vertraue dir, Droth.« Er dreht sich zu mir um und neigt leicht den Kopf. »Also werde ich ihnen eine Chance geben. Aber ich werde wachsam sein. Und ich werde mich nicht blenden lassen.«

Damit dreht er sich um und geht weg, um sich den anderen Arbeitern anzuschließen.

Ich warte, bis Jaro weg ist, dann stoße ich einen schweren Seufzer aus. Er ist einer meiner besten Männer und ich vertraue seinem Urteilsvermögen, aber in dieser Sache ist er zu misstrauisch. Diese Erdenfrauen sind jetzt unsere Verbündeten und Jaro wird sich einfach daran gewöhnen müssen.

»Droth.«

Auf Axens Ruf hin drehe ich mich um und sehe, dass er auf mich zugeht. Ich hebe mein Kinn an. »Was ist?«

Er antwortet nicht sofort. Als er bei mir ankommt, lehnt er sich zu mir und murmelt in mein Ohr. »Wir haben eine gefunden. Sie sieht ziemlich mitgenommen aus, aber man kann sie reparieren.«

Ich weiß genau, wovon er spricht.

Eine Rettungskapsel.

Meine unmittelbare Reaktion ist Entsetzen und mein

Kopf ist augenblicklich wie leergefegt. Insgeheim habe ich gehofft, dass wir keine Rettungskapsel finden würden oder falls doch, dass sie bis zur Unkenntlichkeit zerstört wäre. Aber die Götter haben den Egoismus meines Gebets durchschaut.

Die Kapsel ist eine Möglichkeit für Charlotte, nach Hause zu kommen. Mich zu verlassen. Ich muss ihr davon erzählen, auch wenn alles in mir bei dieser Aussicht rebelliert. Es ist das Richtige. Das Ehrenhafte.

Die einzige Möglichkeit, wenn mir meine Gefährtin wirklich etwas bedeutet.

Sie muss die Wahl haben.

Ich nicke Axen zu und er geht.

Charlotte steht im Schatten der Bäume, wischt sich mit der Hand über die Stirn und plaudert mit Kzuri. Als sie gerade eine ausladende Geste mit den Händen macht, fällt ihr Blick auf mich. Ein Lächeln breitet sich auf ihrem Gesicht aus und sie sagt noch kurz etwas zu Kzuri, bevor sie auf mich zugeht.

»Hey.« Sie grinst, als sie mich erreicht, nimmt meine Hand und verschlingt ihre Finger mit meinen.

Mir rutscht das Herz in die Hose. Eigentlich hätte ich mich letzte Nacht ausruhen sollen, aber als ich Charlotte neben mir vorgefunden habe, als ich aufgewacht bin, haben wir uns stundenlang unterhalten und alles nachgeholt, was wir uns vorher nicht sagen konnten.

Ich kenne sie jetzt besser als je zuvor.

Und gleichzeitig bin ich auch näher dran, sie zu verlieren.

»Komm mit. Ich muss dir etwas zeigen.«

Es ist das Einzige, was ich herausbringe. Ihr Lächeln

verblasst und ich führe sie an der Seite des Schiffes entlang bis zum hinteren Ende. Als wir von der Gruppe weg sind, bleibe ich stehen und drehe mich zu ihr um.

Sie runzelt die Stirn und ein besorgter Blick tritt in ihre grünen Augen. »Droth, was ist los?«

»Wir haben eine Rettungskapsel gefunden.« Die Worte kommen mir ohne Vorwarnung über die Lippen, und ich würde sie am liebsten sofort wieder zurücknehmen. Aber es ist zu spät. »Axen meinte, dass sie ein wenig beschädigt ist, aber repariert werden kann. Vielleicht kannst du damit wieder auf deinen Heimatplaneten zurückkehren.«

Ihre Augen weiten sich, bevor sie den Blick senkt. Sie schweigt einige Augenblicke lang, dann schaut sie wieder zu mir auf. »Willst du das denn?«

»Was?« Ich blinzle sie schockiert an. »Nein. Natürlich nicht. Ich will … Ich will *dich*, meine Kira. An meiner Seite, für immer. Ich würde dich nie …«

Ich verstumme.

Charlotte beobachtet mich aufmerksam, ihr Gesichtsausdruck ist undurchdringlich. Die Worte, die gegen meine Lippen drücken, sollten nicht überstürzt gesagt werden, aber jetzt ist vielleicht die einzige Chance, die ich habe.

Und ich möchte, dass sie es weiß.

»Ich werde niemals eine andere so lieben wie dich«, versichere ich ihr. Ihre Augen weiten sich, aber ich fahre fort. »Du bist meine Gefährtin. Ich bete dich an. Je mehr ich über dich erfahre, desto mehr liebe ich dich und ich möchte alles erfahren, was es zu wissen gibt. Ich will nicht, dass du gehst.« Ich muss erst schlucken, bevor ich den Rest herauspresse. »Aber dein Glück bedeutet mir mehr als alles andere. Wenn du gehen willst, dann werde ich dich nicht aufhalten, auch wenn ich es am liebsten tun würde.«

Ihr Mund verzieht sich zu einem kleinen Lächeln, sie macht einen Schritt auf mich zu und legt ihre Arme um meine Taille. »Das freut mich, zu hören, Droth. Denn ich werde nicht gehen.«

Die Zeit scheint stehenzubleiben. Falls ein Wind weht oder jemand spricht, merke ich es nicht. Alles, was ich sehen kann, ist Charlottes schönes Gesicht, alles, was ich riechen kann, ist ihre Süße, alles, was ich hören kann, ist das Echo ihrer Worte, die in meinem Kopf widerhallen.

Ich werde nicht gehen.

Worte haben hier keinen Platz. Kein Wort in keiner Sprache kann das Gefühl beschreiben, das in mir aufsteigt.

Anstatt es mit Worten auszudrücken, küsse ich sie und schließe sie in meine Arme, erleichtert und verzweifelt zugleich. Es ist fast wie ein Traum, und ich fürchte mich davor, aufzuwachen.

Ihre Fingernägel kratzen über meinen Rücken und ich unterbreche unseren Kuss, um mein Gesicht an ihrer Halsbeuge zu vergraben. Ich halte sie so fest, als würde ich sie nie wieder loslassen. Ihr Duft wird stärker, der verführerische Geruch ihrer Erregung steigt mir in die Nase und mein Körper gerät in Wallung.

Ich muss sie sofort haben. Der Gedanke, mich zurückzuhalten, ist unerträglich.

Charlotte löst sich mit einem atemlosen Stöhnen aus meiner Umarmung, dann beginnt sie rückwärts zu gehen und bedeutet mir mit ihrem Finger, ihr zu folgen. Sie zieht mich mit sich, allein mit der Bewegung dieses einen Fingers und dem Versprechen in ihren Augen lockt sie mich aus den

Bäumen hervor und weg von unserem Volk, wie eine Göttin, die darauf aus ist, mich zu verzaubern.

Sobald wir vom Blätterdach der Bäume verdeckt sind, verschmelzen unsere Körper erneut miteinander und unsere Lippen pressen sich verzweifelt aufeinander, während sich unser Atem vermischt. Meine Hände gleiten über ihren perfekten Körper und die leisen Laute, die sie von sich gibt, treiben mich an.

Wir stolpern über den weichen Boden, bis sie mit dem Rücken gegen den Stamm eines großen Baumes stößt. Ich hebe sie hoch, lege ihre Beine um meine Taille und reibe mich an ihr.

Ich kann immer noch nicht glauben, dass sie nicht gehen will, dass sie sich für mich entschieden hat. Das Echo des Schmerzes, der meine Brust in den letzten Tagen erfüllt hat, hallt immer noch in meinem Herzen wider und ich küsse sie noch leidenschaftlicher, wie um mir zu beweisen, dass sie wirklich hier ist. Dass sie nirgendwo hingeht.

Dass uns nichts jemals trennen wird.

Ich kann dem Drang nicht widerstehen und lasse meine Hand zwischen unseren Körpern nach unten gleiten, um mit den Fingern über den kleinen Knoten zu streichen, der ihr so viel Lust bereitet. Sie keucht an meinem Mund, und ich mache mich an ihrer behelfsmäßigen Kleidung zu schaffen, bis ich Zugang zu allem habe, was ich will. Als der Rock und ihre Hüftbedeckung auf den Waldboden neben uns fallen, kann ich die Erregung meiner Gefährtin noch stärker riechen.

Ich kann es kaum erwarten. Ich möchte ihre Haut, ihren Kern und ihre süße Erregung kosten.

Aber dafür wird später noch Zeit sein. Wir haben jetzt viel Zeit – unser ganzes Leben liegt vor uns.

Jetzt im Moment sehne ich mich nach nichts mehr, als in ihr zu sein. Ich muss spüren, wie Charlottes Körper mich umhüllt, ich muss diese Verbindung zwischen uns spüren.

Mit einem leisen Grunzen ziehe ich sie vom Baum weg und trage sie zu einem weichen Fleckchen Gras, das vom Schiff aus und für die Menschen um das Schiff herum völlig unsichtbar ist. Ich lege sie behutsam hin und ziehe rasch meinen Lendenschurz aus, sodass meine Erektion hervorspringt.

Charlottes Blick gleitet über meinen Körper, und als er schließlich auf meine steife Erektion fällt, beißt sie sich auf die Unterlippe.

Slanch. Das ist fast mehr, als ich ertragen kann.

Ich umfasse meine schmerzende Erektion und Charlotte setzt sich wimmernd auf, packt mich an den Schultern und zieht mich auf sich.

Ohne zu zögern, dringe ich in sie ein und ihre flatternden Wände fühlen sich perfekter an als alles, was ich mir je träumen lassen habe, als sie sich um meinen Schwanz legen. Die Muster auf meiner Haut glühen sanft, während sie mich umhüllt.

»Du bist so eng, meine Kira«, murmle ich. »Du fühlst dich so gut an.«

»Scheiße, ja. Du auch, Droth.« Sie stöhnt, als ich zu stoßen beginne und ihre Oberschenkel spannen sich an. »So etwas habe ich noch nie gefühlt.«

Der Klang ihrer Stimme und die Ehrlichkeit ihrer Worte lassen meinen Schwanz pulsieren.

Es gefällt mir, dass ich jetzt mit meiner Gefährtin sprechen kann, während ich sie beanspruche.

Ich liebe es.

Mein Tempo nimmt zu, aber nach mehreren weiteren Stößen schlingt Charlotte ihre Beine um mich und drückt gegen meine Schultern, sodass ich auf den Rücken rolle und sie auf meinen Hüften sitzt. Mit einem leisen Stöhnen beugt sie sich über mich und legt ihre Hände flach auf meine Brust. Ich versuche, still zu halten, aber meine Hüften zucken und bewegen sich von selbst. Sie keucht, als ich noch tiefer eindringe und ihre Fingernägel graben sich in meine Haut.

Dann beginnt sie, ihre Hüften zu bewegen.

Götter. Es ist so gut.

Zuerst reibt sie sich langsam an mir, aber dann nehmen ihre Bewegungen an Geschwindigkeit und Dringlichkeit zu. Ich umfasse ihre Hüften, während sie auf meinem Schwanz reitet, sich immer wieder aufspießt und mich bis zum Anschlag in sich aufnimmt.

Dann setzt sie sich aufrecht hin und wölbt ihren Rücken, während sie sich an mir reibt. Sie wiegt ihre Hüften und ihr Mund öffnet sich. Sie keucht und stöhnt, ihre Schreie werden immer lauter und ihre Wände ziehen sich um mich herum zusammen. Ich werde den Anblick, wie sie mich in der Morgensonne reitet, nie vergessen, und der Druck in meinem Bauch wird allmählich unerträglich.

Schreiend erreicht Charlotte ihren Höhepunkt und ihre Wände verkrampfen und verengen sich um mich herum, als sie kommt. Ihre Hüften drehen und wenden sich, während sie sich an mir reibt und ihre Lust bis zum letzten Tropfen auskostet.

Als sich ihr Körper schließlich entspannt, lässt sie sich schwer atmend auf mich sinken. Aber ich bin noch nicht fertig mit ihr.

Ich setze mich auf und beanspruche ihre Lippen in einem weiteren innigen Kuss.

Sie reagiert sofort und ihre Zunge verschlingt sich mit meiner. Sie ist genauso hungrig auf mich, wie ich auf sie. Ihre Arme schlingen sich um meinen Nacken und ich lege meinen Arm um ihren unteren Rücken, um sie nach unten zu drücken, während ich meine Hüften bewege. Sie gibt einen kurzen Laut der Überraschung von sich, der sich in ein leises Stöhnen verwandelt, als ich nach oben stoße und ihre kleine Knospe über den harten Grat ziehe, gegen den er gedrückt wird.

Das ist die einzige Ermutigung, die sie braucht.

Charlotte schlingt ihre Beine um meine Taille und bewegt sich auf mir, so wie ich mich an ihr bewege, während wir beide versuchen, unsere Körper so eng wie möglich aneinander zu pressen.

Sie schreit erneut auf und spannt sich um mich herum an, als ein weiterer Höhepunkt ihren Körper erschüttert. Bei dem Gefühl ihres zweiten Orgasmus explodiert der Knoten in meinem Bauch und mein Schwanz pulsiert, während ich mich in ihr entleere.

»Charlotte!« Ihr Name kommt mir als Schrei über die Lippen.

»Droth! Oh Gott, Droth …«

Zu hören, wie sie meinen Namen schreit, verloren in den Wellen ihrer eigenen Lust, erfüllt mein Herz mit etwas Unbeschreiblichem.

Ich gehöre dieser Frau ganz und gar. Mit Herz, Verstand und Seele. Ich gehöre ihr. Und sie gehört mir.

Meine Liebste.

Meine Gefährtin.

Meine *Kriegerin*.

Kapitel 28

Charlotte

Ich habe keine Ahnung, wie Droth immer noch steif sein kann, nachdem er mich zweimal kommen lassen hat und mir dann mit einem starken Orgasmus in die Ekstase gefolgt ist.

Aber er ist es. Und seine gesamte stählerne Länge ist immer noch in mir vergraben.

Es fühlt sich unglaublich an. Ich fühle mich ihm näher als je zuvor. Vielleicht sagt das nicht viel aus, da wir uns erst seit ein paar Tagen kennen, aber durch die Intensität von allem, was passiert ist, fühlt es sich so viel länger an.

Und wir haben noch so viel Zeit. Wir haben noch ewig Zeit.

Bei dem Gedanken läuft mir ein angenehmer Schauer über den Rücken und ich spanne mich an, was ihm ein Stöhnen entlockt und ihn dazu veranlasst, in meine Schulter zu beißen. Ich will noch eine Runde, aber ich glaube, dass ich brauche eine kurze Verschnaufpause, um Luft zu holen und meinen Puls wieder auf ein normales Niveau zu bringen.

Wir waren laut, das weiß ich, und wahrscheinlich hat uns jeder außerhalb des Schiffes gehört, aber das ist mir egal.

Droth nimmt seinen Kopf von meinem Hals, seine bezaubernden blauen Augen glänzen im Licht, das durch das Blätterdach über uns nach unten dringt. Ich lehne mich vor und küsse ihn, langsam, innig und zärtlich. Als wir uns voneinander lösen, grinst er sein süßes, einseitiges Grinsen. Es ist so verdammt sexy, dass ich dem Drang nicht widerstehen kann, ihn noch einmal zu küssen.

Ich kann nicht glauben, dass ich jemals gedacht habe, ich könnte diesen anbetungswürdigen Mann verlassen. Und die Tatsache, dass ich es nicht kann? Die Tatsache, dass bei dem Gedanken, in diese Rettungskapsel zu steigen und ihn zurückzulassen, alles in mir rebelliert?

Nun, das sagt mir alles, was ich wissen muss.

»Ich wusste vorher nicht, was es bedeutet«, sage ich leise. »Liebe.«

Meine Worte sind ein Flüstern an seinen Lippen. Daraufhin öffnen sich Droths Augen und er zieht mich ein wenig näher heran, seine Arme sind immer noch um meinen Rücken geschlungen.

»Und weißt du es jetzt, meine Kira?«, fragt er und mustert mich aufmerksam.

Ich lächle. »Ja. Ich weiß genau, was es bedeutet. Und ich liebe dich, Droth.«

»Ich liebe dich auch«, murmelt er, ohne zu zögern.

Mein Herz schwillt an. Es ist ein einfacher Austausch von Worten, aber es bedeutet so viel.

Damals auf der Erde habe ich gedacht, Liebe sei Loyalität, Opferbereitschaft und Engagement. Und *das ist* sie – *nur* nicht so, wie ich dachte. Jetzt wird mir klar, dass diese Dinge nicht in einen Topf geworfen und miteinander vermischt werden können, um Liebe *zu schaffen*. Sie sind nur die Akte der Liebe, die Dinge, die entstehen, *weil* wir lieben. Sie sind die Art und Weise, wie wir die Liebe zeigen, die wir empfinden, aber sie sind nicht die Liebe selbst.

Jetzt erscheint mir das so offensichtlich, aber vorher habe ich das nie wirklich verstanden. Vorher, bei Joseph, wusste ich nicht, wie sich echte Liebe anfühlt und so dachte ich, dass das, was ich ihm gegeben habe – Treue, Opfer, Hingabe – Liebe wäre.

Aber alles, was ich getan habe, war der Versuch, etwas herzustellen, das niemals wirklich zwischen uns existieren könnte.

»Ich dachte, ich hätte es schon einmal gespürt, bei meinem Ehemann«, sage ich leise. »Ich habe viel für ihn geopfert, ich bin bei ihm geblieben und ich dachte, dass ich ihn lieben würde, aber das habe ich nicht. Das hast du mir gezeigt. Du hast mir gezeigt, was wirklich möglich ist.«

»Ehemann?« Droth neigt den Kopf.

»Ja, es ist … auf der Erde haben wir etwas, das sich Ehe nennt. Joseph ist … war der Mann, an den ich … *gebunden* war.«

»Oh.« Droth dreht uns mit einer schnellen Bewegung um und umfasst meinen Kopf mit beiden Händen, während sein Schwanz noch immer in mir vergraben ist. Ich könnte schwören, dass ich fühlen kann, wie er anschwillt und pulsiert, als ob selbst dieser Teil seiner Anatomie versuchen würde, mehr von mir zu beanspruchen. »Du hast noch einen? Einen anderen Gefährten?«

»Nein!« Meine Augen weiten sich. Ich kann mir nicht einmal annähernd vorstellen, Joseph als meinen Gefährten zu bezeichnen. »Nein. Was auch immer zwischen mir und Joseph war, ist schon lange vorbei. Er hat mich nie wirklich geliebt, glaube ich. Er hat mich mit einem Mann betrogen, aber ich habe ihm verziehen und eingewilligt, bei ihm zu bleiben, zumindest für eine Weile. Ich wollte ihm helfen, Gutes in der Welt zu tun, und ich dachte, das würde ich.« Ich seufze. »Aber ich glaube nicht, dass ich Joseph jemals wirklich gekannt habe. Er hat mich so oft angelogen.«

»Nun, wenn mich dieser Ehemann, dieser – Joseph – herausfordern will, dann soll mir das recht sein«. Droth lächelt, aber es hat etwas Besitzergreifendes und Gefährliches an sich. Es ist das Lächeln eines Raubtiers, das mir einen kleinen Schauer über den Rücken jagt und dafür sorgt, dass ich mich um ihn herum zusammenziehe.

»Du musst dir wegen ihm keine Sorgen machen.« Ich ziehe den Ring von meinem Finger und werfe ihn ins Unterholz, ohne auch nur zu sehen, wo er landet. Mein Blick ist auf Droths schöne blaue Augen gerichtet. »Er ist auf der Erde. Ich kann nur beten, dass er keine Ahnung hatte, was die wahre Mission der Foreigner II war, dass ich seinen Charakter doch nicht *so* falsch eingeschätzt habe. Aber ich nehme nicht an, dass ich es jemals sicher wissen werde. So oder so, er wird nicht kommen, um mich zurückzuholen. Er hat mich nie wirklich geliebt. Aber du? Du bist mein Gefährte.«

Es fühlt sich seltsam auf meiner Zunge an, aber gleichzeitig so perfekt. Es gibt keine besseren Worte, um auszudrücken, was dieser Mann für mich ist.

Droths verschmitztes Lächeln verblasst. Er beugt sich hinunter und streicht mir über die Wange, seine Lippen pressen einen heißen Kuss auf meine, der mir das Gefühl gibt, auf die bestmögliche Art und Weise verschlungen zu werden.

Dann beginnen sich seine Hüften wieder zu bewegen.

Und er *zeigt* mir, wie viel ich ihm bedeute.

Kapitel 29

Charlotte

NACHDEM DROTH mich noch zweimal kommen lässt, setzen wir uns in den lauschigen Schatten der Bäume und unterhalten uns eine Weile. Jetzt, da wir einander unsere Gefühle offenbart haben, jetzt, da ich mich offiziell entschlossen habe, mit ihm und seinen Männern in ihrem Dorf zu leben, stellt sich nur noch die Frage, was mit den anderen Frauen passieren wird.

Mit beruhigender Stimme flüstert er mir ins Ohr, dass sie bei seinem Volk in Sicherheit sein werden und dass sie alle in seiner Siedlung willkommen sind. Ich bin erleichtert, dass er es angeboten hat, bevor ich überhaupt fragen musste, und ich hoffe sehr, dass die Frauen sein Angebot annehmen werden.

Nachdem wir so lange wie möglich die Gesellschaft des anderen genossen haben, raffen Droth und ich uns schließlich auf und sammeln unsere Kleider vom Waldboden auf. Dann verlassen wir den Wald Hand in Hand.

Droth beruft ein Treffen ein, beordert Axen zu sich und weist ihn an, die Botschaft zu verbreiten. Ich informiere die Menschenfrauen und zehn Minuten später sind beide Parteien um mich und Droth herum versammelt.

Mein wunderschöner Krieger wirft mir einen erwartungsvollen Blick zu. Ich atme tief ein und trete einen Schritt vor.

»Die Voxeraner müssen in ihr Dorf zurückkehren«, sage ich. »Dort ist es sicherer, und sie werden von ihren Kameraden erwartet. Ich werde mit ihnen gehen.«

Das Schweigen, das dieser Verkündung folgt, macht mich noch nervöser, sodass ich schneller rede.

»Ich vertraue all diesen Männern vollkommen. Dies ist ein Gefängnisplanet, aber im Gegensatz zu Churbac und seiner Räuberbande sind Droth und seine Männer hierhergeschickt worden, weil sie einem bösartigen, tyrannischen Herrscher die Stirn bieten wollten. Sie haben sich die ganze Zeit über ausschließlich ehrenhaft und großzügig verhalten. Und ich denke … ich denke, ihr solltet alle mit uns kommen. Droth hat mir gesagt, dass ihr in seinem Dorf willkommen seid und sie können uns beschützen.«

Als ich verstumme, plappern die Frauen wild durcheinander. Einige von ihnen sehen fast erleichtert aus und das gibt mir Hoffnung. Wir sollten zusammenhalten und was gibt es da Besseres, als sich mit einer größeren Gruppe von Menschen zusammenzuschließen? Vor allem mit einer Gruppe erfahrener Krieger, angeführt von einem Prinzen, der mein vollstes Vertrauen genießt.

»Du sagst das, als bräuchten wir Schutz.« Raina tritt vor, die Hände in die Hüften gestemmt. »Falls du es noch nicht bemerkt hast, wir sind diejenigen mit den Pistolen.«

»Ja, aber wir brauchen Brennstoffzellen, damit sie funktionieren«, erwidere ich sachlich. »Nach dem gestrigen Kampf sind die Vorräte bereits knapp. Noch ein weiterer Angriff von Räubern wie Churbac und seiner Bande und wir werden keine mehr haben. Da wir diesen Planeten nicht verlassen können, müssen wir langfristig denken. Und auf lange Sicht sind eure Überlebenschancen besser, wenn ihr mit uns kommt. Bitte.«

»Wir sind unseren Vorfahren zur Ehre verpflichtet, unsere Verbündeten mit der höchsten Wertschätzung zu behandeln«, fügt Droth hinzu. »Ihr habt mein Wort, dass ihr alle gut behandelt werdct.«

»Nichts für ungut«, entgegnet Raina, »aber wir sind von unserer Regierung entführt und in den Weltraum geschickt worden, um als Fickpuppen gegen Waren an einen Haufen Außerirdischer eingetauscht zu werden. Die meisten von uns haben schon niemandem vertraut, *bevor* sie uns entführt haben, also verzeiht uns, dass wir Taten sehen wollen, bevor wir euren Worten Glauben schenken«.

Er nickt. »Wir werden euch mit jeder unserer Handlungen zeigen, dass unsere Absichten ehrenhaft sind. Und wenn ihr euch entscheidet, mit uns zu kommen, werden wir euch nicht an diese Entscheidung binden. Falls ihr jemals beschließen solltet, dass ihr nicht mehr bei uns leben wollt, dann steht es euch frei zu gehen.«

Raina blinzelt ihn an und scheint durch Droths Worte und seine offensichtliche Aufrichtigkeit ein wenig irritiert zu sein. Ich merke, dass er ihr ein wenig den Wind aus den Segeln genommen hat, und ich verstecke ein kleines Lächeln hinter meiner Hand.

Sie scheint eine der größten Gegnerinnen der Idee zu

sein, mit uns zu kommen. Wenn wir sie überzeugen können, werden die anderen ihrem Beispiel sicherlich folgen.

Ein paar weitere Hände erheben sich, Frauen, die Fragen oder Bedenken äußern und wissen wollen, wie das Dorf aussieht und wie weit es entfernt ist. Droth und ich beantworten jede einzelne, wobei seine Männer hier und da ein paar Kommentare einwerfen.

Außerdem berichte ich den Frauen von der Rettungskapsel, wobei ich darauf achte, zu betonen, was Droth mir gesagt hat, nämlich wie gefährlich es sein könnte, zu versuchen, den Planeten zu verlassen. Durch die Ringe und die Tatsache, dass eine Gefangennahme durch den Sonnenrat ein Todesurteil wäre, wäre es äußerst riskant, zu versuchen, ein Schiff von Nuthora wegzusteuern. Ich weiß, dass Droth alles in seiner Macht Stehende tun würde, um mich zu schützen, wenn ich gehen wollte und er würde sogar sein eigenes Leben aufs Spiel setzen, wenn es nötig wäre. Aber jetzt, da ich mehr über die Risiken weiß, bin ich dankbar, dass ich ihn nie in die Lage gebracht habe, diese Entscheidung treffen zu müssen.

Auch keine der anderen Frauen scheint daran interessiert zu sein, ihr Glück in der Rettungskapsel zu versuchen. Das Wurmloch, das uns hierhergebracht hat, ist vielleicht nicht einmal mehr offen, und der Gedanke, in einem winzigen Schiff allein zur Erde zurückzufliegen, scheint den meisten von ihnen Angst zu machen. Nach einer kurzen Diskussion über die Rettungskapsel geht es also wieder darum, ob wir Droth und seine Männer in ihr Dorf begleiten sollen oder nicht.

Elizabeth ist die Erste, die sich dafür ausspricht, sich uns anzuschließen, und ich werfe ihr einen dankbaren Blick zu. Sie lächelt mich an und nickt mir zu.

Ehrlich gesagt weiß ich, dass sie es nicht nur gesagt hat, um mir den Rücken zu stärken. Sie ist klug und versiert, und sie hat Kaide etwas besser kennengelernt, während sie gemeinsam Droths Verletzungen verarztet haben. Wahrscheinlich hat sie erkannt, dass es sicherer ist, in einer großen Gruppe zu sein – vor allem, wenn diese teilweise aus muskulösen, speerwerfenden Kriegern besteht.

Nach mehreren langen Minuten hitziger Debatten willigt auch der Rest der Frauen zögerlich ein, uns zu begleiten. Ich sehe, dass Sadie ganz hinten in der Gruppe den Kopf schüttelt, aber durch das Stimmengewirr bin ich mir nicht sicher, ob sie sich tatsächlich zu Wort meldet. Und als Elizabeth eine Hand hebt, um zur Ruhe aufzurufen und dann abstimmt, geht jede einzelne Hand nach oben – auch die von Sadie und Raina.

Das war's also. Sie kommen alle mit uns mit.

Ich bin froh. *Erleichtert.* Ich hätte mich so schuldig gefühlt, wenn diesen Frauen etwas zugestoßen wäre, auch wenn es nicht meine Aufgabe ist, sie zu beschützen.

Wir sind alles, was wir noch haben.

Diese Frauen sind vielleicht die letzten Menschen, die ich je sehen werde. Wir müssen zusammenhalten.

»Gut.« Droth lächelt breit und ich bemerke, dass einige der Krieger ebenfalls lächeln – mit Ausnahme von Jaro, der nie zu lächeln scheint. »Wir werden den nächsten Tag, höchstens zwei, damit verbringen, das Schiff zu zerlegen. Dann nehmen wir die wertvollsten Teile mit ins Dorf. Wir werden zweifellos Dinge zurücklassen müssen, aber ich kann eine weitere Gruppe schicken, um den Rest abzuholen, sobald wir euch alle sicher in unser Lager gebracht haben.«

Während ich weg war, haben seine Männer und die Frauen bereits mit der Demontage begonnen. Er teilt seine Krieger in Teams auf, und Elizabeth und ich machen dasselbe mit den Frauen, damit sie bei der Verteilung der Aufträge zusammenarbeiten können.

Alle teilen sich auf und der Klang von Stimmen hallt über die Lichtung, als alle sich an die Arbeit machen.

Der Tag vergeht schnell und als ich am Nachmittag eine Pause einlege, stehe ich etwas abseits der Lichtung und staune, wie schnell sich die Menschen und die Voxeraner aneinander gewöhnt haben.

Das ist gut.

Ich bin sicher, dass es noch viele gewöhnungsbedürftige Dinge geben wird, wenn wir zurück ins Dorf kommen und anfangen, uns wirklich einzuleben, also wird eine positive Ausgangsstimmung den Übergang auf jeden Fall erleichtern.

»Charlotte.«

Droths Stimme ist tief und warm, fast wie ein Schnurren. Ich erschrecke ein wenig, als er von hinten seine Arme um mich schlingt, dann lasse ich mich gegen ihn sinken. Es ist eine instinktive Reaktion, etwas, das ich fast von dem Moment an getan habe, als ich ihm begegnet bin, aber nun, da ich ihn kenne, bedeutet es so viel mehr.

Jetzt, da ich weiß, wie würdig er meiner Liebe und meines Vertrauens ist.

Ich drehe mich in seiner Umarmung um, lege meine Arme um seinen Hals und fahre mit meinen Fingerspitzen über seine nackte Schulter. Ich muss zugeben, dass ich nichts dagegen habe, dass mein Gefährte einen Lendenschurz trägt. Das bedeutet, dass er immer praktisch nackt ist und meine gierigen Hände und Augen lieben das.

»Du bist glücklich.« Er blickt mit warmen Augen auf mich herab und streicht mit seinem Handrücken an meiner Wange entlang.

»Ja, das bin ich wirklich«, stimme ich zu, zeichnete die Muster entlang seines Oberarms nach und beobachtete, wie sie sanft glühen, nachdem ich sie berührt habe.

Er runzelt die Stirn. »Hast du nicht gedacht, dass sie zustimmen würden?«

»Ich war mir nicht sicher. Ich habe gehofft, dass sie es tun würden, und ich bin wirklich froh, dass sie alle mitkommen. Auch wenn ich keine dieser Frauen wirklich gut kenne, liegen sie mir am Herzen.« Ich halte inne, denke einen Moment nach und füge dann hinzu: »Aber das ist nicht das Einzige, was mich glücklich gemacht hat.«

»Was denn noch?«

Ich schaue ihm in die Augen, spitze die Lippen und suche nach den richtigen Worten, um meine Gefühle auszudrücken. Selbst nachdem der Übersetzerchip mir und Droth die Kommunikation ermöglicht hat, scheinen manche Dinge immer noch fast zu groß zu sein, um sie in Worte fassen zu können.

»Ich dachte, mein Leben wäre vorbei, als das Schiff auf diesem fremden Planeten abgestürzt ist«, sage ich langsam. »Aber ich habe mich geirrt. Sehr. Es war nicht das Ende. Es fühlt sich an, als wäre … es erst der Anfang gewesen.«

Er nickt und nimmt mein Kinn zwischen Daumen und Zeigefinger, als er auf mich herabblickt. »Das habe ich auch gedacht. Nach unserer Verbannung war ich wütend und entmutigt. Um meiner Männer willen habe ich die Hoffnung nicht aufgegeben, aber ich …« Er holt tief Luft. »Ich hätte nie gedacht, dass ich jemals wieder das wahre Glück finden würde.«

»Ich hätte nie mit alledem hier gerechnet«, murmle ich, und die Emotionen schwellen in meiner Brust an. »*Ich hätte ich nie mit dir gerechnet.*«

Als ob er merken würde, dass ich noch nicht fertig bin, schweigt Droth und lässt mich meine Gedanken durchgehen, bevor ich sie ausspreche. Er ist so geduldig. Das ist eines der vielen Dinge, die ich an ihm liebe.

»Du hast mich gefragt, ob ich nach Hause will, aber ich bin schon zuhause.« Ich streiche mit meinen Fingern durch das dichte Haar in seinem Nacken und sehe genüsslich zu, wie sich seine Augenlider bei meiner Berührung senken. »Zuhause ist, wo du bist, Droth.«

»Meine Kira. Du bist alles, was ich je brauchen werde.« Das Lächeln, das er mir schenkt, ist das größte, das ich je bei ihm gesehen habe.

Und als er mich küsst, weiß ich tief in meiner Seele, dass meine Worte wahr sind.

Ich bin zuhause.

Wir beide sind es.

Epilog

Sadie

Ich dachte immer, das Härteste, was ich je geleistet habe, waren die vierzehnstündigen Drehtage am Set, als ich *Dear Sister* gedreht habe.

Aber wie sich herausstellt, ist auf einem fremden Planeten gestrandet zu sein, viel schwieriger als eine Kinderschauspielerin in einer Sitcom zu sein.

Mein Körper ist überall wund, meine Füße tun weh, weil ich die ganze Zeit in den dünnen Schuhen herumgelaufen bin, in denen ich aufgewacht bin und meine Muskeln schmerzen vom Heben und Tragen – ganz zu schweigen davon, die Angreifer abzuwehren, die gestern auf uns losgegangen sind. Ich habe mich noch nie so sehr nach einem heißen Bad und einem Glas Wein gesehnt, die Entspannungsmittel meiner Wahl, wenn ich merke, dass ich unruhig werde. Leider scheint es unwahrscheinlich, dass ich in absehbarer Zeit eines dieser Dinge genießen kann. Oder überhaupt jemals wieder.

Das Gesicht vor Anstrengung verzerrt, versuche ich, eine Schaltfläche aufzubrechen, die in die Wand eines der Räume des Schiffes eingelassen ist.

Des Raumschiffes.

Des *außerirdischen* Raumschiffes.

Wenn ich zu lange über eines dieser Worte nachdenke, blubbert die Panik, die ich ständig versuche, zu verdrängen, in meiner Brust auf, also erlaube ich es mir nicht, mich darauf zu konzentrieren.

Durch die Nase einatmen. Durch den Mund ausatmen.

Ich lasse die Schaltfläche los, hole mehrmals tief Luft und zähle meine Atemzüge. Ich habe die Kontrolle über meine Emotionen nicht mehr verloren, seit ich am ersten Tag, an dem wir auf diesem fremden Planeten aufgewacht sind, aus dem Schiff geflohen bin. Ich habe mich so schrecklich gefühlt, dass meine Angst dazu geführt hat, dass Charlotte von einem riesigen Vogel geschnappt wurde und die Schuld, für ihren mutmaßlichen Tod verantwortlich zu sein, hat wie ein Stein auf meinen Schultern gelastet.

Deswegen habe ich mir geschworen, mich nicht von meiner Angst beherrschen zu lassen, und auch jetzt, da ich weiß, dass sie lebt, halte ich mich daran.

Ich werde meine Sorge nicht gewinnen lassen.

Ich werde meine Angst nicht gewinnen lassen.

Aber es fällt mir schwer. Die Hälfte der Bewältigungsmechanismen, die ich auf der Erde entwickelt habe, funktionieren hier nicht wirklich und ich habe immer noch Alpträume davon, in einer Kapsel aufzuwachen, ohne zu wissen, wo ich bin oder was passiert ist.

In meinen Albträumen sehe ich jedoch nicht Charlottes Gesicht, das auf mich herabblickt, sondern *sein* Gesicht.

Das Gesicht des Mannes, der mich auf der Erde verfolgt hat und es trotzdem irgendwie geschafft hat, den Weg in meine Träume zu finden, obwohl ich wer-weiß-wie-viele Lichtjahre von meinem Heimatplaneten entfernt bin.

Denk nicht an ihn, Sadie.

Ich schüttle den Kopf, als könnte ich die Erinnerungen, die sich dauerhaft in mein Gehirn eingeprägt haben, verdrängen und mache mich wieder an der Schaltfläche zu schaffen. Ich glaube, das Metall ist beim Absturz des Schiffes verbogen worden oder so, denn es sollte eigentlich aufspringen, aber es tut sich nichts.

Dutzende dieser Schaltfläche säumen die Wand. Dahinter sind die Abstellkammern verbborgen, in denen verschiedene Gegenstände aufbewahrt werden. Einige sind leer, und ich hege den heimlichen Verdacht, dass dies auch hier der Fall ist, aber die einzige Möglichkeit, es *sicher zu* wissen, besteht darin, sie zu öffnen.

Obwohl wir die Plünderer in die Flucht geschlagen haben, scheinen alle der Meinung zu sein, dass es eine schlechte Idee wäre, zu lange hierzubleiben, falls sie zurückkommen. Angesichts des engen Zeitplans haben wir alle hart daran gearbeitet, vor unserer Abreise so viel wie möglich zusammenzutragen, und ich wurde mit der Aufgabe betraut, einen größtenteils leeren Lagerraum zu durchsuchen, um sicherzustellen, dass sich darin nichts befindet, was sich lohnen würde, mitzunehmen.

Ein wirklich spannender Job.

»Komm schon, du Mistding«, knurre ich und kratze mit den Fingerspitzen an dem Metall herum. Sie tun bereits weh, weil ich das Gleiche schon bei mehreren anderen, ähnlich hartnäckigen Schaltflächen, getan habe. »Geh auf, verdammtes Mistding.«

Als das Metall immer noch nicht auf meinen Befehl reagiert, stehe ich auf und trete kräftig gegen das Metall. Es bringt nicht viel, außer dass meine Zehen genauso wehtun wie meine Finger, aber ich fühle mich etwas besser.

Ehrlich gesagt lasse ich nur meinen Frust an einem leblosen Objekt aus. Seit dieser spontanen Versammlung, die Droth und Charlotte vorhin einberufen haben, fühle ich mich unruhig und verunsichert.

Denn die Wahrheit ist, dass ich nicht wirklich mit den fremden Männern zurückgehen möchte. Ich will das Schiffswrack nicht verlassen und ich will nicht in ihrem Dorf leben. Das habe ich auch gesagt, als Charlotte uns alle eingeladen hat, aber ich habe mich so daran gewöhnt, mich im Hintergrund zu halten und nicht aufzufallen, dass ich mir nicht sicher bin, ob mich überhaupt jemand gehört hat, außer den Frauen, die direkt neben mir standen.

Und es hätte auch nichts ausgemacht, wenn ich geschrien hätte.

Egal, wie laut ich gesprochen hätte, ich wäre überstimmt worden. Letztendlich haben sich sogar die Frauen, die den Voxeranern nicht ganz über den Weg trauen, entschlossen, mit ihnen mitzugehen.

Ich kann nachvollziehen, dass eine größere Gruppe Vorteile bietet. Es ist nur, dass … wir sie nicht kennen und selbst wenn wir sie kennen würden, wie könnten wir sicher sein, dass wir ihnen vertrauen können?

Ja, sie haben uns im Kampf gegen die Plünderer unterstützt, aber das würde jeder tun, wenn er glaubt, dass dabei etwas für ihn herausspringen könnte. In diesem Fall wären das ein Schiffswrack und ein Haufen Frauen.

Dennoch vertraut Charlotte ihnen, und ich vertraue ihr. Sie und Elizabeth haben mich und die anderen entführten Frauen aus den Schlafkapseln gerettet, in die uns die Regierung gesteckt hat. Und sie vertraut diesen Voxeranern hundertprozentig.

Zum Teufel, sie schläft sogar mit einem von ihnen.

Und genau das macht mir, ehrlich gesagt, ein bisschen Angst. Nicht gerade die Tatsache, dass sie mit einem Alien schläft. Ich meine, sie sind größtenteils menschenähnlich, und sie sind alle groß und muskulös, also kann ich verstehen, dass sie sich zu ihm hingezogen fühlt.

Ich glaube, was mich verunsichert, ist die Tatsache, dass sie nicht nur mit dem Typen schläft, sondern dass er ihr wirklich etwas zu bedeuten scheint. Sie scheint in ihn *verliebt zu* sein.

Unser Schiff ist vor weniger als einer Woche auf Nuthora, oder wie auch immer dieser Planet heißt, abgestürzt, daher weiß ich, dass sie den Mann kaum kennt. Und ich war dabei, als ihnen die Übersetzerchips implantiert worden sind und sie zum ersten Mal miteinander gesprochen haben.

Gestern.

Wie zum Teufel konnte sie so schnell Gefühle für den Kerl entwickeln?

Das ergibt für mich keinen Sinn. Und als allgemeine Regel gilt: Dinge, die keinen Sinn machen – Dinge, die ich nicht kontrollieren kann, machen mich wahnsinnig. Mein Therapeut auf der Erde hat mir gesagt, dass das völlig normal für jemanden ist, der so ein traumatisches Ereignis wie ich erlebt und einen tiefsitzenden Kontrollverlust gespürt hat.

Vielleicht besteht mein Problem mit diesem ganzen Plan, mit den Voxeranern in ihrem Dorf zu leben, also nicht nur darin, dass ich den Außerirdischen nicht traue. Vielleicht liegt es daran, dass ich *nichts* von all dem traue.

Es war alles zu viel für mich, und es wurde nur noch komplizierter, als die Männer zu uns gestoßen sind.

Ich rümpfe die Nase und verpasse der Türverkleidung einen weiteren kräftigen Tritt – diesmal nicht aus Frust, sondern weil ich hoffe, dass sich die Verriegelung dadurch lockert.

Kein Glück.

»Sie sind nicht dafür gemacht, sich auf diese Weise zu öffnen. Gewalt wird da nicht helfen.«

Die Stimme hinter mir lässt mich hochschrecken und ich stoße einen Schrei aus und wirble herum, sodass meine blonden Haare um meinen Kopf herumfliegen.

Dann erstarre ich. Ein außerirdischer Mann steht in der Tür, so groß und breitschultrig, dass er den Türrahmen fast komplett ausfüllt. Er schaut mich mit intensiv grünen Augen an. Die Pupillen sind leicht oval, sodass sie fast mehr an die einer Katze als an die eines Menschen erinnern, und ich kann nicht wegsehen, als unsere Blicke sich treffen.

»Oh«, murmle ich und erinnere mich vage daran, dass er etwas über die Schaltflächen gesagt hat. »Das wusste ich nicht.«

Er antwortet nicht. Wir starren uns eine weitere endlose, unbequeme Sekunde lang an, dann betritt er den Raum.

Ich weiche automatisch zurück und achte darauf, einen großen Abstand zwischen uns zu wahren, als er auf die

Verdeckung zusteuert, an der ich mich gerade zu schaffen gemacht habe. Er wirft mir einen Blick zu, und seine Augenbrauen senken sich tief über seine smaragdgrünen Augen, als könne er meine Reaktion nicht ganz verstehen. Dann schüttelt er den Kopf und richtet seine Aufmerksamkeit auf die Tafel.

Er zieht ein Messer aus einem kleinen Gürtel, der über seinen Lendenschurz geschnallt ist, und lässt die Klinge zwischen Platte und Wand gleiten. Er rüttelt leicht daran, und eine Sekunde später springt die Tafel auf.

Ich mache einen halben Schritt darauf zu und verrenke meinen Hals ein wenig, um hineinzuspähen, ohne ihm zu nahe zu kommen.

Leer.

Wie erwartet.

»Ähm, danke«, murmle ich leise.

Ich weiß nicht genau, warum er hereingekommen ist, um mir zu helfen, oder warum er überhaupt an der Türschwelle stand. Hat er mich beobachtet?

Ich schiebe den Gedanken als Überbleibsel meiner alten Paranoia beiseite und räuspere mich. *Nur weil du mal einen Stalker hattest, bedeutet das nicht, dass du* von allen *verfolgt wirst.*

Vielleicht ist dieser Typ – ich glaube, sein Name ist Jaro – gerade zufällig vorbeigekommen und hat gesehen, wie ich mich abgemüht habe. Wenn ich ein normales Mädchen wäre, wäre ich wahrscheinlich dankbar. Vielleicht sogar beeindruckt davon, wie schnell er das Ding aufbekommen hat und wie geschickt er mit dem Messer umgegangen ist.

Stattdessen suche ich nach Hintergedanken und erfinde welche, wenn ich keine finde.

»Wirklich«, sage ich erneut und versuche, meine Stimme

normaler klingen zu lassen, obwohl ich immer noch darauf achte, eine gewisse Distanz zwischen uns zu bewahren. »Danke. Diese hier war besonders knifflig. Ich mache das jetzt schon seit einer Stunde und ich bin immer noch nicht einmal mit der Hälfte fertig.«

Ich deute auf die ungeöffneten Tafeln, die ich noch nicht einmal angerührt habe.

Jaro sieht meinem Finger nach, nickt und gibt ein leises Grunzen von sich. Dann wandert sein Blick zurück zu meinem Gesicht und hinunter zu meinen Fingern. Auch ich senke meinen Blick und stelle fest, dass sie durch meine Arbeit leuchtend rosa geworden sind. Meine Fingerspitzen pochen leicht.

Jaro dreht sein Messer um, hält es mir hin und geht zwei Schritte vorwärts, bis der Griff in meiner Reichweite ist. »Hier. Versuch es damit.«

Meine Augenbrauen schießen nach oben, als ich das Messer anstarre. Ist das sein Ernst? Als ich wieder in sein Gesicht blicke, sehe ich, dass er mich aufmerksam mustert.

Ist das eine Art Test? Und wenn ja, was ist die richtige Antwort? Was hofft er herauszufinden?

Vorsichtig mache ich einen Schritt nach vorn und nehme dem außerirdischen Krieger das Messer ab, das er mir hinhält.

Als sich meine Hand um den Griff schließt, streichen meine Fingerspitzen gegen seine. Es ist nur der Hauch einer Berührung, aber das Gefühl schießt wie ein Blitz durch meinen Körper. Ich zucke zurück und schaffe es gerade noch, das Messer nicht klappernd fallen zu lassen. Meine Finger verkrampfen sich um den Griff, ich schlucke heftig und bemühe mich um einen neutralen Gesichtsausdruck.

Es ist das erste Mal, dass ich einen dieser Jungs berühre, und ich frage mich eine Sekunde lang, ob ihre Haut elektrisch ist. Schließlich haben sie seltsame weiße Muster, die über ihren Körper wirbeln, und ich schwöre, dass ich sogar gesehen habe, wie die Muster auf einigen von ihnen sogar leicht geglüht haben. Da liegt es nicht wirklich außerhalb des Bereichs des Möglichen, dass sie alle irgendeine Art von Strom führen. Oder vielleicht ist ihre Haut giftig, wie die eines Stachelrochen.

Hat er das mit Absicht getan? Hat er mir deshalb das Messer gegeben? Wollte er mich reinlegen?

Der Blick des Mannes ist unergründlich, als er zurücktritt, aber seine Schultern sehen straffer aus und sein Mund ist jetzt eine schmale Linie. Ich kann nicht sagen, ob er wütend ist oder etwas anderes. Ich bin nicht gut darin, Emotionen zu lesen, vor allem nicht bei jemandem, dessen Gesicht die ganze Zeit so teilnahmslos ist.

Oh Mann. Hör auf, in alles etwas hineinzuinterpretieren, schimpfe ich mich selbst. *Es war wahrscheinlich nichts. Nur statische Elektrizität.*

»Du kannst es mir später zurückgeben«, sagt der Außerirdische und deutet auf das Messer. »Ich werde draußen vor dem Schiff sein.«

»Okay.« Ich nicke und hebe die Waffe leicht an. Sie liegt fest und schwer in meiner Hand. »Danke.«

Jaro nimmt meine Dankesworte immer noch nicht zur Kenntnis. Er schaut mich nur einen Moment lang an, als wäre ich ein Rätsel, das er nicht lösen kann, dann dreht er sich um und verlässt den Raum.

Während ich ihm nachsehe, stoße ich einen Atemzug aus, von dem ich nicht wusste, dass ich ihn angehalten habe.

Ein seltsames flaues Gefühl breitet sich in meiner Magengegend aus, ich schlucke schwer und richte meinen Blick wieder auf das Messer. Ich weiß nicht, was gerade passiert ist, aber es passt in die Kategorie der »Dinge, die keinen Sinn machen« und ich fühle mich dadurch noch unruhiger als zuvor.

Ich passe meinen Griff um das Messer an und wende mich wieder den Schaltflächen zu, aber meine Gedanken kreisen, während ich mich an die Arbeit mache und die nächste öffne.

Ich wusste es. Ich hatte recht.

Wir sollten definitiv nicht mit diesen Männern mitgehen.

DIE SERIE GEHT WEITER mit *Ihr Alien-Retter*, der Geschichte von Sadie und Jaro.

Printed in Poland
by Amazon Fulfillment
Poland Sp. z o.o., Wrocław

79288012R00160